# 凡人动了心

熊太行 著

熊太行说"三言"

中华书局

**图书在版编目(CIP)数据**

凡人动了心:熊太行说"三言"/熊太行著. —北京:中华书局,
2022.3
　ISBN 978-7-101-15431-3

Ⅰ.凡…　Ⅱ.熊…　Ⅲ.话本小说-小说研究-中国-明代
Ⅳ.I207.419

中国版本图书馆 CIP 数据核字(2021)第 225064 号

| | |
|---|---|
| 书　　名 | 凡人动了心——熊太行说"三言" |
| 著　　者 | 熊太行 |
| 责任编辑 | 董邦冠 |
| 出版发行 | 中华书局 |
| | (北京市丰台区太平桥西里 38 号　100073) |
| | http://www.zhbc.com.cn |
| | E-mail:zhbc@zhbc.com.cn |
| 印　　刷 | 三河市航远印刷有限公司 |
| 版　　次 | 2022 年 3 月北京第 1 版 |
| | 2022 年 3 月第 1 次印刷 |
| 规　　格 | 开本/920×1250 毫米　1/32 |
| | 印张 11½　插页 2　字数 180 千字 |
| 印　　数 | 1-10000 册 |
| 国际书号 | ISBN 978-7-101-15431-3 |
| 定　　价 | 39.00 元 |

# 自序：最怕凡人动了心

最近几年，我忙于人际关系案例的分析和梳理，在得到App上开了两门课——"关系攻略"和"职场关系课"，第一门课的部分内容，集成了一本书，叫《掌控关系》。

也是在这个耕耘过程当中，我意识到了20世纪八十年代、九十年代出生的人的尴尬，我们不知道如何去处理人际关系中的各种问题。

一方面，我们亲历着中国历史上最大的经济奇迹，高速公路和高铁让城市和乡村的距离更短，中国在四十年之内实现了工业化，年轻人有条件接触到更广阔的世界；另一方面，在处事的技巧和方法上，年轻人还是感到困惑。这方面卖得最好的图书，还是上个世纪二十年代卡耐基的《人性的弱点》，工业时代早期的人际关系指南并不能告诉我们，微信群里要注意什么，发朋友圈又有什么讲究。

求助长辈吗？有的家庭，祖孙三代，在人际关系方面都很茫然，当爹的只会告诉女儿：你再忍忍，吃亏是福。

也有人希望从传统当中汲取力量，我见过当哥哥的对自己的弟弟说，《厚黑学》你可以看看，其实这是民国时候讽刺作家李宗吾的作品，用来批判人性有余，指导人生不足。

本来就不善于处理人际关系的年轻人直接拿这些讽世的内容来操作、践行，很快就会人缘散尽。

专门讲道理的书很多，有的是经典，有的是通俗作品。

经典里，《论语》里讲的人生智慧，高深而通透；比较通俗的，《菜根谭》也有不少金句，但是许多富有智慧的人总是忙于制造金句，他们不负责解释金句。

比如孔子看见宰予白天睡觉，说"朽木不可雕也"，直接就是失望而又严厉的结论。至于为什么白天睡觉就是朽木，白天睡觉有什么坏处，夫子并没有解释。

这可能是所有人际关系指导者的通病，我在《关系攻略》里也给过好多这样的结论，"不要发抱怨性质的朋友圈""不要随便给人介绍对象""不要借钱给别人""别跟同事做朋友"。

看上去斩钉截铁，但只记结论根本不够，读者一时记得，但到用的时候，往往想不起来，仍然吃亏。

后来我逐渐摸到了窍门——光讲道理是不够的，还要讲故事。

凭空讲道理，给人送金句、发结论，就像是分发面包，只对饿坏了的人有意义。

用故事说服他们，解释这些道理，才是给他们麦种，对那些想要挣扎出人际关系苦海的人，才是救人救到底。

于是我发了愿，要从中国的经典作品当中，寻找适合做人际关系解读的部分，把这些人际练习册掰开揉碎，分享给大家。于是，我开始重读"三言"。和金庸小说、《西游记》《三国演义》这样的作品不同的是，"三言"里的很多故事，并不为人们熟知，一些陌生的姓名和情节，很难引起读者的共鸣。所以我尝试重新叙述小说，发现小说中被一带而过的、微妙而丰富的细节，这个方法，我称之为"拆解"。

大家看到的这本拆解"三言"，和市面上所有的"三言"相关作品都不太一样，我不是简单地解析故事，而是在小说关键的时候停下来，辨析其中的要害。我主要关心这么几点：

1. 人性的真善美

老人为什么救护失去父亲的孩子？姑娘为什么对初见的小伙子托付终身？主仆之间为什么会亲如父子？这是人情，也是人性，细细道来，拆解了高贵的行为，我们就能理解中国传统文化里人和人打交道的准则。

2. 世情的冷热甜

我们经常说世态炎凉，一个人和一个人的关系可能简单，但是一个人如何应对一个群体，难度就会陡然上升了。邻居们为什么同情孤儿寡母？为什么乡亲们对一个吝啬鬼指指戳戳？这种一对多的关系，个人和舆论、和社会的关系，也是我们解读的重点和难点。

拆解了世人的看法，我们就能够理解人是如何在社会当中生存、打拼的。

3.你我的贪嗔痴

这是冯梦龙整理"三言"很了不起的地方。"三言"世界里有很多好人，但更多的是凡人，他们是众生，是世人，是你，是我，他们喝醉了也吐，失恋了也哭，遇见便宜想占，遇到事了也会慌慌张张。

拆解他们的得失，就是向着自己的内心用功、用力，解剖他们，是为了直面我们自己。

说完了有用的那一面，我想跟大家说说"三言"的美。

我实在太喜欢这三本书了。

我曾经做了十几年的杂志记者和编辑，后来做了主编，年轻记者让我给他们推荐书，我都是先给四本：一本是《变态心理学》，讲的是被疾病和各种心理障碍困住的人的特质；另外三本就是《警世通言》《醒世恒言》《喻世明言》，今天你能看到的一切热闹的社会新闻，其实在这三本书里都能找到原型。

读了这三本书，你会发现太阳底下没有新鲜事，也就不会被各种杂乱的消息蒙蔽和欺骗了。

遗憾的是，这三本书往往被人低估。因为有些篇目格调不高，故事老套，"三言"的影响力远远比不上四大名著，因此常常受到冷落。

有些没读过的人恭恭敬敬，把它放在"国学经典"当中，这就可惜了，这么当祖宗敬着，读不出它的好来。

也有些读过的人一脸坏笑，说："哎呀，小时候把它当小黄书看，里面好多男女情爱的描写很大胆。"

我觉得这两种评价都不公正，"三言"这三本书是包着糖衣的良药。

"三言"是说书人的话本，那个时代没有得到，没有喜马拉雅，没有智能手机，连电都没有，但是它口口相传，说明里面的故事是人们喜闻乐见的。

"三言"还是市民阶层的消遣读物，它用白话写就，只有一个足够规模的识字的市民阶层，才能支持这样的三本畅销书。

"三言"故事不断地被改变成戏曲、戏剧、电影、电视剧、武侠小说……有些改编、再创作，也已经成了经典。

说完形态，再说说内核，"三言"的内核是劝人向善。

望读者、听众能够在关键时刻做出正确的决策，确保自己的安全、健康。不能吃亏，却也不能缺德，人要太平，也要心安。

为了传播强行硬推是不行的，会相当枯燥，所以历代的故事讲述者、改编者、修订者给这些苦口良药加了糖衣，比如风月、悲欢和曲折的剧情。有些读者可能沉溺于糖衣的味道，买椟还珠、舍本求末，那就可惜了。

我拆解这三本书，就是要让这些作品仍然好看的同时，把里面的人如何决策，如何赢，如何输，讲透讲清，让大家记得故事，顺便记得人情事理，遇到类似的局面，通过故事情节可以想到正确的决策。

《论语》《孟子》《道德经》代表的是知识分子的思考，《史记》《三国志》《资治通鉴》代表的是史家的努力，"三言"和它们不同，它是市民阶层的赞歌，也是我们传统文化的一个重要宝藏。

这些故事大多数都是宋、元、明三个朝代的故事，用今天做自媒体的话说，都是"爆款"。它们都是当时的人喜欢的故事，但主要的精神气质，是明朝市民阶层的。"三言"的故事大多发生在明朝的江南，在这里，人们用稻田、桑蚕、手工业和淡水鱼维持着繁荣的商业社会，用历史教科书上的话说，这叫资本主义萌芽。

"三言"世界里的人，他们渴望富有、渴望闲暇、追求享乐……他们一到佳节就去金明池、西湖这样的地方游玩，他们不像"曾国藩家书"里正襟危坐的读书人，他们更像今天在都市当中辛苦劳作、渴望成功的你和我。

当然了，中国人的关注点，从来也不会只是小我，甚至也不只是小家。

"三言"世界里还有那种寂寥、彷徨、苦厄。

有失身于贼的夫妻失散，有国破家亡时的生离死别。

有人一步步从汴州走到临安，重圆破镜；有人被岳父抛弃在瓜洲黄天荡里，叫苦无门。

我们看见一村尽死，百鬼夜行；我们听见冤屈之人在牢狱里大放悲声。

院中的高楼里，玉堂春在等他的王三公子；荡漾着轻波的西湖边上，法海和尚正念着一声"大威天龙"。

丰盈的故事，含蓄的传统文化，真实的市井，这个宇宙庇护渴望爱和关注的人，人们在这个宇宙中，追逐着善和美好。

跟我一起伸出你的手吧，我们一起穿越数百年的时空，去探索"三言"宇宙当中的一切温柔、一切美好。

# 目　录

自序：最怕凡人动了心

## 爱与欲

## 人之道

## 事与理

## 人世间

爱——与——欲

# 也是一段错付的爱——《一窟鬼癞道人除怪》

有朋友问我："找对象可以找那种条件比自己好很多的吗？"

在冯梦龙的《警世通言》里，还真的有这样一篇小说。今天就给大家拆解一下，一个美丽的富家小姐看上穷小子的故事。

这个故事叫作《一窟鬼癞道人除怪》，改编自宋朝话本《西山一窟鬼》。

有的朋友可能会觉得眼熟，对，《神雕侠侣》里，郭襄第一次离开姐姐出走，就是跟着西山一窟鬼里的"大头鬼"走的。

为什么金庸先生用"西山一窟鬼"里的人物引出郭襄和杨过的相识？

因为这个故事，也是一段错付的爱。

## 吴教授

南宋绍兴年间，福州威武军有个秀才叫吴洪。吴秀才来临安府参加科举考试，没有考中，他身上路费不多，就在临安府开了一个小学堂，教孩子们念书。

"也罪过那街上人家，都把孩儿们与他教训，颇自有些趱足。"

之前有朋友跟我说，"三言"半文半白，看不懂。

其实"三言"是明朝的浅近白话，语法和我们今天的现代文很像。

民国时候白话文写得好的大高手，都是熟读《水浒传》《红楼梦》《西游记》和三言二拍的人。

"罪过"，其实不是说家长们瞎眼，把孩子送来给吴洪辅导，而是"多亏"的意思。

吴秀才一个福建人，在临安这种一线城市能办小学堂，可见他的官话不错，学问也扎实，所以他"颇自有些趱足"，就是存了点钱。他的想法很简单，就是三年后再考一次，希望能够获取功名。

邻居们都尊称他为"吴教授"。《水浒传》里，吴用也被人这么称呼过，"教授"就是"老师"的意思，不是今天的职称。

## 王妈妈

有一天，吴老师在课堂里教书，听见青布帘子上的铃铛响，有个老太太挑帘子进来了。

你看，自古至今的市井生活都差不多。今天的小超市、便利店，你一推门，有个粗制滥造的玩具熊猫用诡异的女声说"欢迎光临"，这就是没有前台的小店的常用做法。

吴老师一看，这个老太太不是家长，是半年前住隔壁的王婆。王妈妈是个职业媒婆，人送外号叫"撮合山"，意思是说两座山都能给撮合到一起，专治各种顽固性单身疾病。

吴老师是个文化人，赶紧跟王婆打招呼："多时不见，婆婆如今在哪里住呀？"

跟前任邻居打招呼就是这样的："您现在跟哪儿住呢？"

别管他搬去哪儿，你都可以恭维一下他的选择。

好比他说："我现在住天通苑。"

"那地方可好啊，都是大户型！您这下可是改善型居住了。"

"没有没有，也就买了个三居室！嘿嘿嘿。"

人家乐意听，是不是？

其实你也知道，那地方人口密度太大，五号线每天早上都能挤死人，但是我们中国人，就是喜欢挑别人爱听的话说，人家心里是寒的，你说完了，就变成暖的了。这就是寒暄。

王婆说："我现在钱塘门里城墙边上住。"

吴老师说："婆婆高寿？"

这也是对长者的恭维，长者说个年纪，你说"不像，不像，您显得年轻"，老年人心里高兴。

王婆说："七十五啦，吴老师您青春多少呀？"

"小子二十有二。"

这就是奶奶和孙子的年纪差了。

王婆说："啊呀，那可不像，我看你像三十多岁的人了，想来是每天教孩子比较费心吧。"

其实，评价读书人，你说他老成是恭维，你说他显老，他肯定不爱听。

就像程序员，你说他"资深"，他开心，你说他头秃，那他就不舒服。

上来先给你一个巴掌，按照今天时髦的话说，这算ＰＵＡ，死命贬低你，你就容易听他的。

但是人家王婆立刻就给你一个枣儿："依老媳妇愚见，也少不得一个小娘子相伴。"

看这句话，直接能击中吴老师的灵魂！古代这种需要口才的行业，人人都是语言大师。

吴老师说："我这里也托人打听过几次，但都没有找到合适的。"

于是王婆就说出了女方的条件。

## 女神

王婆说的这个人条件极好：一千贯钱房卧，带一个从嫁，又好人材，却有一床乐器都会，又写得算得，又是咋嗹大官府第出身。

解释一下：这个女子有一千贯的陪嫁，有个一起嫁过来的丫头，长得很好看，会弹古琴。

"一床乐器"里的床，指的是安放琴的架子。

这个女子是弹古琴的，说明是个风雅人，跟木鱼、沙锤的演奏者自然是有区别的。

写得，算得，你要跟她开个店，她能记账，管账，这就是技能点。

咋嗹，就是厉害的意思。人家有官府背景，在大户人家工作过。

南宋年间，很多姑娘都会在各种官府里打工，当养娘，给自己攒出嫁妆来。这些姑娘外嫁的时候，夫君收获的可能还有大户人家的社会关系。

## 疑点

像这等好条件的姑娘，一般也不会看上小学教员吴洪，所以吴老师听了，有点将信将疑。

王婆继续解释："好教教授得知，这个小娘子，从秦太师府三通判位下出来，两个月里头不知放了多少帖子。有省、部、院里当职事的来说亲，也有内诸司当差的来说亲，也曾有门面铺席人来说亲。只是高来不成，低来不就。"

好的中介，都是会早早把缺点告诉你的，王婆就是这样的人。

"三通判位下"，这里"三"是排行，"位下"是尊称，相当于"阁下"。小娘子以前是秦桧府里三通判的妾。

宋代的通判是州一级的监察官，地市级干部，这个通判是秦桧府里的属官，虽然级别不高，但是权力很大。

小娘子什么原因从府里出来，王婆没有细说，但常见的缘故，是嫡妻不容。

正妻不容的女子啊，长得都好看。

有的人盯着的是她的社会关系，比如那些当职事的，就是想着要靠这些关系升官、走门路。

内诸司当差的，有的是武选官，但更多指的是宦官，宦官娶亲，那就是看中小娘子的才艺，会弹琴最有用。

还有的就是做生意开铺子的，那主要是看小娘子能写会算，有很高的役用价值。

这些人家都不错，但是王婆解释了小娘子不愿意的原因："我只要嫁个读书官人。"

读书人清贫一点，但是教辅行业从来没有饿死过人。教书先生毕竟是秀才，免税免役，如果中了举人和进士，那就还有官运在等着，所以小娘子要嫁读书人。其实女方考虑的就是：好好过日子，做长久夫妻。

多动人！

## 非你不可

王婆告诉吴老师，小娘子叫李乐娘，陪嫁叫锦儿。

说到这里，吴老师就有几分心动了，逻辑如下：你爱读书人，我是读书人。咱俩结了婚，这得多完美。

正说的时候，风吹起门头的布帘儿，有个人从门前经过。

王婆一拍大腿，"你看，该着你娶媳妇！"

王婆出门追上那个人。

那人也是一个老太太，这个老太太是李乐娘的房东，叫作陈干娘。

王婆把陈干娘拉进吴老师的小学堂，问她："小娘子找到对象没有？"

"别提了，她非要找一个读书人，哪里找读书人去？"

一帮孩子起哄，指着吴洪："吴老师啊！"

酿成了严重的教学事故。

王婆说："你看吴相公怎么样？"

"啊呀，要是能嫁了吴相公，那就好了！"

这一下，吴老师彻底没法工作了。

"同学们，今天老师相亲去，提前放学！"

同学们一哄而散。

吴老师请两个老太太上街喝酒去了。

来，教教大家怎么说动别人。一个原则就是先肯定大方向，然后逐渐缩小范围。第一步先肯定，我喜欢的是这样的人，而你就是这样的人，这是直钩钓鱼，一半的人就咬钩了。第二步，要告诉他，我喜欢的不是别人，就是你，有点戒备心的男性，一般也会倒在这一步上。

女子强调非你不可，其实就是说"你是独一无二之人"。

而渴望成为独一无二之人，是男性从青春期开始的梦想，现在的网络流行语叫"中二病"，就是觉得自己无可替代、世界为我而存在的那种感觉。

纯粹的诱惑，其实很多人都扛得住。

但是混杂着爱情表达的那种袒露，足以击倒最细致的老江湖。

两个做媒高手一上手段，吴老师就沾沾自喜了。被爱了，谁还不膨胀个两三斤的。

## 相亲

吴老师约好了相亲的日子，给同学们放了假，穿了体面衣服，来到了酒店。男女不好直接照面，李乐娘和锦儿就在隔壁包间里坐着。吴老师舔开窗户纸，看这一主一仆。

啊呀！惊叹一声，这俩人都不是人！

说她们不是人，因为一个像是南海观音，一个像是玉帝的侍女，主子端庄，丫鬟俊俏。

别客气啦，赶紧跟媒人谈条件，然后走各种流程。

很快，吴老师就把李乐娘娶回家了。

小学堂鸟枪换炮，现在还能辅导音乐特长。

但是很快，一些奇怪的情况出现了。

某天早晨，吴老师要提前去学堂，走到灶台前边，突然看见那个漂亮的陪嫁小丫鬟锦儿：脊背后披着一带头发，一双眼插将上去，脖项上血污着。

吴老师当时就吓得晕厥过去了。

娘子和锦儿赶紧过来把他扶起来，他一看，娘子的脸美美的，锦儿的脸，也是美美的。

吴老师赶紧解释说，我可能是着凉，被风一吹，晕倒了。

## 清明

又过了一段时间，到了清明假期。

我们知道，"三言"的小说世界里，清明时候最容易出事。尤其是年轻人，必须要保护好自己，尽量别出门。

清明家家都要扫墓，所以学堂里放假。

但是吴老师家没有墓，他家的祖坟在福州。他跟媳妇打了个招呼，就决定出门走走，一逛就逛到了净慈寺附近。

这个时候在酒家里遇到了一个朋友，叫王七三官人。

这不是他的名字，他是王七爷府上的判儿（属官）三官人，方便起见，我们就叫他王七三了。

王七三听说了吴教授娶了个漂亮媳妇的事，就想拿他开玩笑。

好多男人爱开这种玩笑，看见一个人娶了漂亮媳妇，就嘲笑人家是不是着急早点回家。

你要努力证明自己不是这样没出息，他就要拉你出门去玩。

如果男人好面子，坚持说自己做得了主，就得跟着朋友去，一去就是一宿，回家就要跟老婆吵架。

这种"朋友"，我们最好离远一点。

王七三便邀请吴老师到他家的坟上去转转，因为那里"桃花发，杜酝又熟"。

有花就酒有朋友，这就值得去走走。

王七三坟上，有看坟的亲戚接着，给他们准备了酒和食物，两个人喝大了。

喝完酒，王七三又要瞎折腾："我们过驼献岭、九里松路上，妓弟人家睡一夜。"

你看，在官府里当差的家伙，就好搞这个。

吴老师能攒下钱来，就靠的是不花这种无谓的钱。王七三的撺掇，有作弄书呆子的成分。

书呆子也不傻："我新娶一个老婆在家里，干颡我一夜不归去，老婆须在家等，如何是好？"

干颡，就是胡闹的意思。这是个顾家的人，还想着家里的媳妇。

但是下一句就给自己找借口了。

"便是这时候去赶钱塘门，走到那里也关了。"

于是就跟王七三"手厮挽着"上岭，两个人真的准备去睡娼家了。

俩人在山上遇到了一场大雨。

杭州，清明，下大雨，一定有事儿。

## 见鬼

两人在一个竹门楼里躲雨，才发现这里是一个野墓园。

什么是野墓园，葬在这里的人没有家人，或者被家人抛弃了。

因为岁月的缘故，我们必须抛下某些先人。大家可以想一想，自己爷爷的爷爷叫什么名字。

一般都不记得了，没错，人一般最多能记得自己的曾祖一代，高祖一代，就已经非常遥远了，大多数的死者，终将被自己的子孙遗忘。

这些野墓园里，都是一些清明也无人祭祀的鬼。这些鬼好苦啊！

一个死鬼朱小四被鬼差拘走，带去问话了。

行到山顶上，侧着耳朵听时，空谷传声，听得林子里面断棒响。

不多时，只见狱子驱将墓堆子里跳出的那个人来。

两人见了又走，岭首却有一个败落的山神庙，两人进了庙里，慌忙把两扇庙门关了。两个把身躯抵着庙门，真是气也不敢喘，屁也不敢放。

听那外边时，只听得一个人喊道："打杀我也！"一个人道："打脊魍魉，你这厮许了我人情，又不还我，怎的不打你？"

王七三和吴老师两个人光顾着怕鬼，没有读懂这段剧情，冯梦龙没有细说，我给大家说说。

朱小四是个没有人祭的穷鬼，到了清明，别的鬼过节，朱小四就要挨揍，鬼差见朱小四没有礼物贿赂，就打得特别重。

任你子孙满堂，恐怕也难逃成为穷鬼的一天——当了皇上，也只追封九代祖先，不再往上追溯了。

其实这就是高人在提醒这两个人，可惜两个人都没有明白。

他们赶紧跑到一个山神庙里，吴老师开始埋怨王七三："你没事教我在这里受惊受怕，我家中浑家却不知怎地盼望！"

这书生也是讨厌，你是成年人，不愿意来，谁还能强迫你呢？现在撞了鬼了，开始想念家里的娇妻美婢了。

刚说完一句埋怨的话，就分分钟被教做人。

有人门外敲门。

却是女子的声音，道："王七三官人好也！你却将我丈夫在这里一夜，直教我寻到这里！锦儿，我和你推开门儿，叫你爹爹。"

吴教授听得外面声音，心内想："不是别人，是我浑家和锦儿，怎知道我和王七三官人在这里？莫教也是鬼？"

两个都不敢做声。

只听得外面说道："你不开庙门，我却从庙门缝里钻入来！"

想到家的时候已经晚了，家已经回不去了。

两个听得恁地说，日里吃的酒，都变做冷汗出来。

只听得外面又道："告妈妈，不是锦儿多口，不如妈妈且归，明日爹爹自归来。"浑家道："锦儿，你也说得是，我且归去了，却理会。"却叫道："王七三官人，我且归去，你明朝却送我丈夫归来则个。"

## 逃亡

王七三肯定肠子都毁青了，好好地作弄怕老婆的人干啥！

听见李乐娘和锦儿走了，王七三赶紧拉着吴老师逃命。此时天将五更，路上还没有行人。这个时候，媒人和保人出现了。

林子里走出两个人来。上手的是陈干娘，下手的是王婆，两个婆子道："吴教授，我们等你多时，你和王七三官人却从哪里来？"

吴老师和王七三抱头鼠窜。

后面两个婆子，慢慢地赶来。

民间有种说法，说是阳气不够才会撞鬼，男子汉自带三盏明灯，夜间走路把灯拍亮，鬼就不敢冲撞。

于是王七三和吴老师，看见了一个酒店，决定进去躲一躲。

一来是酒店里应该有人，人气一旺，鬼就不敢来了；二来是喝点酒身上暖和，阳气就能重一点。

结果进门一看，有个穿着奇怪，看上去很懒散的伙计。

王七三官人道："你这酒怎地卖？"

只见那汉道："未有汤哩。"

吴教授道："且把一碗冷的来！"

只见那人一言不发。

王七三官人道："这个开酒店的汉子又尴尬，也是鬼了！"

一阵风起来，酒店也不见了，他们站在坟地上。

也是万幸，天，亮了。


## 结局


人啊，真是一种不死心的动物。

吴老师还是决定，去城里确认一下。

他找到了王婆家。

门锁着，王婆的邻居们告诉吴老师，五个月前，王婆就死了。

去陈干娘家，十字竹竿封着门，家门口有一盏官灯。这人是出意外死的，所以有衙门的标志。陈干娘的邻居说，陈干娘也死了一年多了。

吴老师回到自己家。

门锁着，邻居们说，昨天他一出门，李乐娘和锦儿就锁了门，告诉邻居说，自己要去干娘家住几天。

好了，吴老师怎么办？敢进门么？

这个时候，一个癞头道长来了。

"怕了吧，那就帮你把鬼都收了。"

其实李乐娘虽然是鬼，但是有媒妁之言，是正经娶来的媳妇，最好是拘来问问她才好。至少吴老师应该问问：为什么要跟我结婚？是要害我吗？

这个时候哪管什么娘子不娘子？保命要紧啊。

吴老师把道长请进来做法。

道长极其奢华地请了一个金甲力士，把那几个鬼都拘了。

风过处，捉将几个为怪的来。

吴教授的浑家李乐娘，是秦太师府三通判位下乐娘，是难产而死的鬼。

从嫁锦儿，因为通判夫人嫉妒她的容貌，打了她一顿，她愤而自杀，这是自杀而死的鬼。

王婆是害水蛊病死的鬼。

保亲陈干娘，是在白雁池边洗衣裳，落在池里淹死的鬼。

被狱子叫开墓堆，跳出来的朱小四，是害痨病死的鬼。

那个岭下开酒店的，是害伤寒死的鬼。

道人一一审问明白，去腰边取出一个葫芦来，人看到它，便道是葫芦，鬼看到它，便是酆都狱。

道人作起法来，那些鬼个个抱头鼠窜，被捉入葫芦中。

这些鬼都是穷鬼。

王婆做一辈子媒，没儿没女，也没个老伴儿。就算李乐娘和锦儿曾经风光过，现在也都是薄皮棺材乱葬在岗子上。

吴洪啊吴洪，你是个穷人，不会有条件好的人看上你。惦记你亲事的人、爱你的人，必定也是孤魂野鬼。而且，还是穷鬼。

真相如此难堪，吴洪就给神仙跪下了。

"我见到神仙了，我还教什么书？我还求什么功名，就算王侯将相，终于也有荒冢一堆的那一天，求您收我为徒！"

老道乐了："我乃上界甘真人，你原是我旧日采药的弟子。因你凡心不净，中道有退悔之意，因此堕落。今生罚为贫儒，教你备尝鬼趣，消遣色情。你今既已看破，便可离尘办道，直待一纪之年，吾当度汝。"

这话不能细想，越想越吓人：1.师尊教育上辈子的吴老师失败了；2.当小学老师是惩罚修仙者的一种方式；3.防止吴老师这辈子再破戒，所以先让女鬼把他玩残了；4.吴老师被女鬼爱上，不是因为他有魅力，也不是因为他读书好，而是因为他师尊是甘真人；5.所有的鬼都是工具，这些鬼被师尊派去执行完任务，金甲天神来了再把他们一网打尽。

## 负心人

李乐娘和锦儿从来没有害吴洪的意思。

想想那个大雨倾盆的夜晚吧。李乐娘半夜敲着山神庙的庙门，想要见到自己的丈夫。

她急着说什么？也许是真相吧。

最后，锦儿拦住了她，说吴老师一定会回家的，她似乎比娘子更相信吴相公。

两个女子寂寞离去，后来再也没有跟吴洪说上一句话。

王婆和陈干娘远远地跟着吴洪，也并没有要他性命的意思。

这四个人来巴结吴洪，显然不是为了加害。

她们早就已经明白了吴洪是个修行人，未来能成仙。两个婆子讨好他，给他做媒，两个女子嫁去他家，给他家庭的温暖，其实也没指望跟着他鸡犬升天。

前面是讨好，后面是求饶。

我替李乐娘说出那句潜台词吧：有朝一日倘若道士拿我们，希望夫君你能够考虑夫妻一场，为我求情则个！

但这几个鬼结局如何呢？

都被甘真人收入葫芦，被吴洪埋在岭下。

我们看《白蛇传》，小青拿剑指着许仙，说许仙出卖她们姐妹俩，找了法海，他负了心。

但戏曲里的许官人毕竟回到了家里，在努力挽救自己的错误。

如果许仙是负心，那吴洪就是一个混蛋。

李乐娘的青睐和爱慕，王婆身为邻人的善意啊！

终——究——错——付！

这个故事不长，结局简单粗暴，但我一直都希望它能有一个不同的结局。

我真的希望有那么一个平行宇宙，在那个世界里，吴洪拿着葫芦，能够开口对真人说："放他们一马，让他们转世做好人吧。"

如果师尊真的还要为难，那就把后半句押上："为了他们，弟子愿意赔上两世的修行。"

"弟子瞎，弟子曾经破戒，但弟子从来没有后悔过，曾经为一个情字所恼！"

写到这里就忍不住会想起卢冠廷的《一生所爱》，祝大家一生都能经历一次真心的爱情吧。

# 欲望是祸福的来源——《小夫人金钱赠年少》

谈婚论嫁的时候，我们一般会从三个角度来考虑一个对象：相貌、财富和品行。

三样都特别好的人，少之又少。如果一定要选择的话，只怕应该把品行放在第一位。

一个人如果放纵自己的欲望，刻意地去追求美貌和富有的对象，那可能就会遇到一些品行有问题，甚至给自己带来风险和祸患的人。

《警世通言》里的《小夫人金钱赠年少》，讲的就是一个老人垂涎美丽、富有的女人，女人贪图财富带来的祸患。

## 老员外

北宋时，东京汴梁有个老大爷叫张士廉，六十多岁，他没了老伴儿，开着一个绒线铺。

别看是个小买卖，他这辈子挣了十万贯的家私，用今天的话说，实现了财务自由。

张员外的家在界身子里这个地方，这里是开封的繁华所在，大概相当于今天北京的金融街。张员外见过世面。

遗憾的是，挣到过钱、见过世面的男人，回头再看自己的时候，可能已经面目模糊。用一句俗语说：这人不知道自己吃几碗干饭了。

张员外手底下有两个主管，有一天他对两个人说："我年纪大了，但是无儿无女，要十万家财有什么用呢？"

两个主管很明白事，赶紧劝老员外："取房娘子，生得一男半女，也不绝了香火。"

张员外就找了张媒婆和李媒婆来聊他的婚事。

俩老婆子觉得张员外条件一般，找个老伴儿照顾晚年就好了，在宋朝，六十多岁就是风烛残年了。

没想到张员外开了三个条件：第一，要一个人才出众，好模好样的；第二，要门户相当；第三，我家下有十万贯家财，须着个有十万贯房奁的亲来对付我。

　　张员外挣下如此家业，不会是个傻子，但是人到晚年，一切顺遂，就放松了警惕。去追逐美色和更多的财富的时候，祸患就暗暗种下了。

　　当时两个媒人"肚里暗笑"，口中胡乱答应道："这三件事都容易。"

　　今天的人说话，讲究说"正确"的话。

　　比如"人无论贫富、高矮、美丑、老少、学历，一律平等"这话就正确，但是不符合生活的真实情况。

　　找对象这事，就是许多不正确观点叠加在一起。我们都是普通人，普通人找对象的时候实诚得很。我们都喜欢年轻的、好看的、健康的、事业有成的、经济条件好的。

　　这也是俩媒人笑话张员外的原因，他那么平凡，可又那么自信。

　　看看这三个条件吧，可不简单：第一个挑长相，顺便也就把年纪给挑了；第二个挑门户，家庭条件不好的姑娘就不考虑了，那时候女性不上学，所以他要么娶读书人家的小姐，要么就找个大户人家的丫鬟；第三个最离谱了，让人家姑娘"带资进组"，女方还得有钱。

　　媒婆和中介，是最刻薄，也最真实的一种人，张媒婆下来就对李媒婆说："有那三件事的，她不去嫁个年少郎君，却肯随你这老头子？"

　　还说了一句俏皮话："须你这几根白胡须是沙糖拌的？"

天底下有两种乙方，一种是接到艰难的任务就吐槽一通，说干不了；一种是坑蒙拐骗，好歹能淘换出一个合适的来。

李媒婆就是后者，她想起了一个人。

"是王招宣府里出来的小夫人。王招宣初娶时，十分宠幸，后来只因一句话破绽些，失了主人之心，情愿白白里把与人，只要个有门风的便肯。随身房计少也有几万贯，只怕年纪忒小些。"

注意了，李媒婆这话里有机巧。

一个女性有钱又貌，又急于降格找对象，那可能品行上就有点问题了。

长得好看，还有几万贯财产的妾，怎么可能因为"一句话破绽些"，就"失了主人之心"？这都是媒婆掩盖过失的话。

被大宅门发出来的妾，要么是经济问题，偷东西了；要么是作风问题，偷人了。

讲究的主人家不愿意报官，往往是把女人卖了或者送走，免得惹祸。

对了，王招宣这个人名，在《金瓶梅》里也出现过，潘金莲也是一位王招宣家出来的丫鬟，招宣是招讨使、招抚使、宣慰使、宣谕使一类官职的泛称，是朝廷大员。

李媒婆虽然胆子大，敢把问题媳妇塞给张员外，但她也有担心。

"只怕年纪忒小些。"

不是每个老头儿再婚都喜欢小的。

有的老头儿很现实，愿意找有些年纪的老伴儿，经历过婚姻，知道疼人。张员外能挣下十万家私的人，必然不傻，会算账，这就是李媒婆担心的。

不过张媒婆用人性来劝说她。

"不愁小的忒小，还嫌老的忒老，这头亲张员外怕不中意？只是雌儿心下必然不美。如今对雌儿说，把张家年纪瞒过了一二十年，两边就差不多了。"

第二天俩人去张员外那里说亲。

张员外问道："却几岁？"张媒婆应道："小员外三四十岁。"张员外满脸堆笑道："全仗作成则个！"

张媒婆对老头儿的心理把握得非常准确，接下来她就去骗小娘子了。

张员外爱欲熏心，想挑一个有姿色的；小娘子有钱有貌，希望挑一个年少老成的。两人相见，必然会失望。


## 小夫人

小夫人非常美丽，张员外看得暗暗喝彩。张员外须眉皓白，小夫人看完暗暗叫苦。

当然了，嫁了白胡子老头儿，还可以给自己解心宽，比如告诉自己说，对方只是长得面老，但是很快，小夫人就得到了一个证据。

有个小道士给张员外送道疏，这是拜神用的东西，上面有张员外的出生年月。小夫人一算，妈呀，这张员外六十多了！

失望，委屈，一股脑涌上心头。

有一天老员外外出，小夫人就闲得没事，古代没有什么娱乐活动，从嫁的养娘说："夫人要不看看街景吧。"

张家的门外就是他家的绒线铺，小夫人把帘子放下来看街景，两个主管看见了，就来拜见老板娘。

这两个主管，李庆五十多岁，张胜三十多岁。张胜年轻英俊，小夫人就有些中意。

小夫人先叫李主管，这就是掩人耳目了，她问："在员外宅里多少年了？"

"二十多年了。"

"员外平时对你怎么样？"

"简直是小人今生的'福报'。"

问完了李主管，问张主管。

张胜特别强调了一点："张胜从先父在员外宅里二十余年，张胜随着先父便趋事员外，如今也有十余年。"

这个人记恩，他强调自己父子两代都在员外家里工作。

小夫人道："主管少待。"

小夫人折身进去，不多时，递些物件与李主管，李主管接过，躬身谢了。

小夫人却叫张主管道："终不成与他不与你？"又说："这物件虽不值钱，也有好处。"

张主管也接过东西，躬身谢了。

机关在包里。李主管得的是十文银钱，张主管得的却是十文金钱，谁也不知道对方拿的是什么钱。

小夫人对张胜的爱是越礼的，所以要尽快敲定，免得夜长梦多，用钱来砸，是最便捷的法门。

## 张胜

当天晚上，张胜在铺子里值夜班，半夜有人敲门。

张胜打开门。那人进来，闪身在灯光背后。张胜看时，是个妇人。

样子有些鬼鬼祟祟，这个女人在害怕。

张胜吃了一惊，慌忙道："小娘子你这早晚来有甚事？"

那妇人应道："我不是私来，早间与你物事的教我来。"

张胜道："小夫人与我十文金钱，想是教你来讨还？"张胜不敢想其他的可能性。

那妇人道："你不理会得，李主管得的是银钱。如今小夫人又教把一件物来与你。"

好家伙！

"李主管得的是银钱。"这就是图穷匕见了。

危险的情感是这样的表现形式：1.我看你和别人不一样；2.我看上你了；3.你不跟我好就会有大麻烦。张胜感到自己一步步进入了小夫人的陷阱。

只见那妇人从背上取下一包衣装，打开来看道："这几件把与你穿的，又有几件妇女的衣服把与你娘。"

妇人留下衣服，作别出门，复回身道："还有一件要紧的倒忘了。"

又向衣袖里取出一锭五十两大银，交给张胜。

张胜无故得了许多东西，心里忐忑，一夜不曾睡着。

对这种事情能狂喜，那就不是好人，好人都会害怕。张胜跟着老员外长大，跟父子差不多，他的女人跟自己表白，他心生恐惧，答应了是丧尽天良，不答应，怕对方进谗言害自己。

第二天，张胜带着银子和衣服回家，直接去问老娘。

这是对的，女人能迷惑男人，但很难迷惑另外一个女人。

所以遇到和女人相关的事儿，觉得迷惑，问问老娘；遇到和男人相关的事，觉得迷惑，请教老爹。

张主管把夜来的话，一一说与娘知。

老太太说道："孩儿，小夫人他把金钱与你，又把衣服银子与你，却是甚么意思？娘如今六十已上年纪，自从没了你爷，便满眼只看你。若是你做出事来，老身靠谁？明日便不要去。"

老太太明白。这种用力过猛、不管不顾的女人，一定会招来祸事的。

老太太索性就让儿子辞职，张胜半个月没有上班，一直说身体不好。张员外以为张胜找了别的工作，也就不问他了。

张胜没了工作，收入成了问题，老太太就让他把家里房梁上的东西拿下来。

打开纸包看时，是父亲当年用的花栲栳儿。老太太道："你如今依先做这道路，习爷的生意，卖些胭脂绒线。"

花栲栳儿就是绣花的荷包，老太太让张胜去卖针线、胭脂，这种东西不需要库房，轻便、本钱少，但是利润还挺高。

日本关白丰臣秀吉在年轻时就曾贩卖针线，只有在商业发达的地方，才会有专业的针线货郎。

小生意做起来，人就不愁了。赶上正月十五，端门外放灯，张胜就想要去看，老娘不答应，那条路会经过张员外家门前，老太太怕儿子被小夫人看到。

张胜于是找一个朋友王二哥一起去，老太太想了想，就答应了。

在"三言"的世界里，三件事最危险：看灯、烧香和上坟。

张胜出门不久，被游人一冲，就和王二哥失散了。

他的第一个念头就是："这下麻烦了，没和王二哥一起回去，老太太一定觉得我是去张员外家了。"

越是让人畏惧、想躲避的事物，就越有一种吸引力，让人想去看个究竟。这是正常的人性。

张胜鬼使神差，竟然走到了张员外家。

去了才发现，张家出事了。

## 珍珠

张员外家被十字竹竿封住，还有一个招贴告白，说了他家的罪名，这是被官府查封的人家。

张胜刚读了几个字，还没看到张员外的罪名，就被看管的差人赶走了。

如果他读完官府招贴，就知道张员外犯了什么罪，也不至于有后面的麻烦。

张胜逃到一个酒店门口，有个伙计请他进去，说是有朋友请他。

张胜以为是王二哥在里面，进了酒店，结果看到"一个妇女，身上衣服不甚齐整，头上蓬松"。

不是别人，正是小夫人。

小夫人告诉张胜，张员外因为偷偷锻造不合格的银子（相当于制造假币），被绑到了衙门，不知下落，他的家和许多房产，都被查封了。现在的小夫人无家可归。

"留我家中住几时则个！"

张胜说："使不得！第一家中母亲严谨，第二道不得'瓜田不纳履，李下不整冠'。"

第一是我妈不让，第二，你来我家，别人看到，咱们说不清楚。

这个时候，小夫人拿出一件宝贝来。

一百单八颗西珠数珠，颗颗大如鸡豆子。西洋珍珠，各个都有鸡头米（芡实）那么大。

"你是怕我在你家花钱吧，这一串珠子，你看能不能过日子？"

小夫人的处事方式，还是这么简单粗暴。

张胜想了想，决定回去跟娘商量商量。

老太太是有慈悲心的人，之前小夫人当着老板娘的时候，要打张胜的主意，老太太让张胜辞职跑路；而今小夫人无家可归，老太太就动了恻隐之心。

张胜用五十两银子和一颗珍珠做本钱，把过去张员外的客户关系都接过来了。但是小夫人来纠缠自己，他坚决躲开，"只以主母相待"。

张胜是个冷静的聪明人。他和小夫人也许有那一日，但一定不能这么急。


赃物


清明时节，张胜出门游玩，回来路上被人叫住了。

那人喊道："张主管？"

张胜一看，发现是张员外，老头儿脸上刺字，成了罪人。他说，是小夫人连累了他。

正月初一那天，小夫人遇到了王招宣家里的一个小童子，问这孩子："府里最近有什么消息？"

"府里丢了一百单八颗珠子，到处找呢！"

这孩子说完，小夫人脸上就是青一阵、白一阵。

小童子看在眼里，就回去禀报，不久，王招宣家就派人带着官府的差人来抓小夫人了。

张员外家被抄，张员外也被问罪拷打。

小夫人在房中上吊死了，那串珠子也没有搜到，王招宣找不到贼赃，也只好算了。

各位，这段听起来轻描淡写，因为张员外不是主角，甚至他因为之前的鸡贼、好色，有点可憎。

但是细细一想，才知道这件事的可怕。

娶一个大官府里出来的妾或者婢女，看上去好像风光无限，有了一个教养很好的妻子，但是看到张员外这个样子，你还笑得出来么？

没有证据的情况下，铺子被抄了，家被抄了，妻子被逼死了，王招宣是好人么？做的是好事么？

我们站在老张的角度看，这件事委屈透顶；但是我们站在小张的角度看，这件事更让人毛骨悚然！小夫人正月初一就在家里吊死了，那现在自己家里住着的是谁？自己用了小夫人一颗珠子，这东西怕不是赃物吧？

张胜不敢跟张员外多说，赶紧回家。

## 鬼故事

小张员外回家，见到了小夫人。

张胜一步退一步道："告夫人，饶了张胜性命！"

小夫人说："怎么这么说？"

张胜把老张的话说了。小夫人说："你看我身上衣服有缝，一声高似一声，你岂不理会得？"

这段很有生活，死人的寿衣都是整幅裁出来的袍子，不像活人的衣服那么细致。"一声高似一声"，是说自己能说会笑。小夫人意思是，自己是活生生的人，怎么会是鬼？张胜听到的那些话，是老张不愿意小张留自己，才这么说的。

张胜觉得小夫人说得也有道理，就相信了。

又过了几天，老张来了。张胜想叫小夫人过来和老张见面，再找的时候，小夫人已经没有了踪影。

这是个有鬼的故事，但是吸引读者的，不是鬼故事的惊悚与可怖，而是小夫人从生到死，对张胜的苦苦纠缠，以及张胜的回避与躲闪。

张胜没有办法，就把事情跟老张员外说了。

老张和小张带着剩下的珠子，一起去见王招宣。

情况就是这么个情况，事情就是这么个事情，希望您大人大量，看看怎么办。

王招宣听了，倒是也没有为难他们，花钱替老张员外赎了罪，把他的家产还给了他，那些已经变卖的珠子，让老张和张胜花钱赔。

冯梦龙在这里有评论："只因小夫人生前甚有张胜的心，死后犹然相从。"

他对被媒人坑害的这个年轻女子，是有同情之心的。

但是他更加称赞的，是张胜。

"亏杀张胜立心至诚，到底不曾有染，所以不受其祸，超然无累。"

这句说得又冷酷又有力。

小夫人为什么要带走王招宣家的珠子，已经很难说了。

也许是两个人好的时候，王招宣给她的，后来大房正妻问起来，王招宣就假装说丢了，夫人去报官，小夫人害怕，上吊自杀。

但看珠子的价值和王招宣的架势，更大的一种可能是，小夫人确实人品有问题，偷了珠子。

小夫人是一个缺爱，也渴望爱的人。

她可怜，但也可厌，她会给人带来无尽的祸患，聪明人如张胜，不敢接受她的表白，只会远离她。

小夫人可以用珠子换来在张胜家的一间房、一个落脚之地，但却永远不能换来张胜的爱。

因为她表达的方式粗暴而急切，让人望而生畏；她一无所有，却又对世间充满了欲望。

三个人当中，张老员外放纵了自己的欲望，把小夫人骗进家门，引火上身；小夫人是拿自己的欲望放火，想要点燃张胜，求他能跟自己相爱；只有张胜，表现得克制谨慎。他一开始就修了一道防火墙，隔绝掉一切起火的可能，最终避免了灾祸。

套用弗洛伊德的说法，老员外是"本我"，一切凭着本能行事；小夫人是"自我"，要钱要人，权衡利弊；而张胜是那个"超我"，是压抑的理想人格。

他们不是别人，他们正是我们的三种可能，所以遇到欲望当头、机会在眼前的时候，多问问自己心中的那个张胜吧。

# 最辛苦的是一厢情愿——《崔衙内白鹞招妖》

聊点谈婚论嫁的事。

中国人的婚姻里，有四个字特别重要，那就是"门当户对"。一个穷小子想要入赘豪门，固然是难比登天，但是大家往往有种错觉，那就是灰姑娘想要嫁入高门，似乎比较容易。在这个故事里，冯梦龙告诉我们一件事，地位悬殊的婚姻，纵然女子性格温婉、容颜美丽，也未必能行得通。

这个故事叫作《崔衙内白鹞招妖》，故事里有妖有鬼，有对婚姻追求的失败，但对应的问题，其实是现实中财富、门第的悬殊。

## 崔家的公子

唐玄宗时，有位姓崔的宰相，因为得罪了杨贵妃，被贬到了定州中山府（今河北保定），当了太守。

他有个儿子，叫崔亚，二十出头。"生得美丈夫，性好畋猎"。

美丈夫三个字了不得，美，好理解，丈夫，指的就是高大伟岸，有男子气概。大家可能会说，这就是一位家世还可以的高富帅吧。

不，远远不是。因为他姓崔。这里需要解释一下，唐朝的时候，如果你姓崔，会有什么样的社会地位和资源优势。

唐朝有一些大士族，这些家族从魏晋时期，就不断地出宰相、高官，势力非常庞大。

这些家族强大到什么地步呢？唐高宗开了一个名单，让那些功臣勋旧不能和这个名单上的"五姓七族"联姻，就是为了防止他们的势力太大。但是这个名单却成了双一流家族的认证名单，大家更加追捧这些家族了。

五姓指的是崔、卢、郑、王、李五个姓。七族指的是陇西李氏、赵郡李氏、清河崔氏、博陵崔氏、范阳卢氏、荥阳郑氏和太原王氏。姓王姓李的人很多，但你必须得是太原王氏、赵郡李氏，才算是士族。

有个唐朝人叫薛元超，当了宰相，大家都羡慕他，他自己却说"这辈子没有娶一个五姓女子为妻，真是一大遗憾"。

唐太宗李世民就特别不能理解这种家族狂热："为什么这五家的女子这么受民间欢迎，大家都急着和这些家族结亲呢？"李世民是军功贵族出身，他对人们的这种心理无法理解。

因为只要和崔、卢这样的家族结亲，就是仕途已定。娶一个公主收获的是皇家的庇护，而跟崔家、卢家的女儿结缘，那么得到的就是世家大族的全面安排。

崔氏有两家，清河崔氏和博陵崔氏，老家都在河北。博陵崔氏有个有名的诗人，叫崔护，他有一首诗，大家应该听说过："去年今日此门中，人面桃花相映红。人面不知何处去，桃花依旧笑春风。"

传说崔护出门游玩，遇到一个女孩子，他觉得人家很好，后来他第二年再去，想要提亲，发现女孩子已经生病去世了，就写了这首诗。

有的故事里说，崔护是贫穷书生，中了功名才来求亲，结果耽误了，这是瞎猜，崔护的家族是博陵崔氏，他只要开口说要娶哪家的女孩子，小门小户的家长简直就会幸福到晕眩。

唐文宗曾这样对宰相感叹："民间谈婚论嫁，不在意官位品级而崇尚门第世家，我家二百年天子，顾不及崔、卢耶？"

崔家就是这么光芒四射。我们这个故事里的崔衙内，不管他出生在清河崔家还是博陵崔家，他都是一位豪门子弟。

你可以把他想象成一个王子。他聪明，也没有那么急迫去考功名，而是对骑马和打猎特别有兴趣。

崔大人家里有一只白鹞子，是新罗（朝鲜）进贡给唐玄宗的，唐玄宗把这只鹞子给了崔大人。崔衙内非常喜欢这只鹞子。

这天春光正好，崔衙内就来跟父亲告假，说准备出去打猎，同时"欲借御赐新罗白鹞同往"。

鹞子是猛禽，必须得放养，猛禽吃到生肉，身体才能健康。大家如果有兴趣看养鹰驯狗的事情，可以看看王世襄的自选集，他在雪地里放鹰逮兔子，丢了一只白鹰。

崔大人于是吩咐他："好，把出去照管，休教失了。这件物是上方所赐，新罗国进到，世上只有这一只，万弗走失！上方再来索取，却是哪里去讨！"

皇上赐的东西，哪里敢出差错。

崔衙内解释说："儿带出去无他，但只要光耀州府，教人看玩则个！"

崔衙内说得很有道理，也能打动父亲：你本来是宰相，如今被贬做了太守，可能地方上会有一些人贬低你、鄙视你，打击和挖苦你的落魄。这个时候把皇上给的白鹞子拿出来，那些人自然会有所敬畏，得掂量一下轻重。

崔衙内借出来鹞子，让一个"五放家"架着。五放家就是鹰把式，鹰有鹰、隼、鹘、鹞、鹞五种，所以养鹰的人，就叫

"五放家"。

大家一窝蜂出了城，走到半路，遇到了一个小酒店。崔衙内就和大家到了店内，一起喝酒解渴。

结果看见一个酒保，身长八尺，豹头燕颔，环眼骨髭，简直是张飞再世。衙内吃了一惊："怎么有这般生得恶相貌的人。"他就有了提防的心思。以貌取人虽然不可取，但也是人们自保的一种方式，看见长得凶的，客气一点，躲开一点，总没有错。

那酒保倒出来的酒，颜色很红。

崔衙内跟着酒保溜进后厨，发现"血水里面浸着浮米"。

崔衙内出来，赶紧告诉众人，先不要吃酒。然后拿三两银子给酒保，算了酒钱。

这是崔衙内的聪明，这家店是黑店，但是在这个凶险莫测之地，万万不能声张，不然容易被害了性命。

赶紧逃走，回到安全地带，报官，这才是万无一失的稳妥办法。

但是崔衙内的玩心实在太重，见了黑店之后，还要继续去打猎。这真是年轻人的心态，想的是"出来一趟不容易"。

"行了半日，到了北岳恒山。"解释一下，这里的恒山，不是山西恒山，而是今天河北保定的大茂山。

## 利益接合部

崔衙内到了恒山脚下，看见一座小山峰，山势雄伟。山脚下钉着一面木牌，上面写着："此山通北岳恒山路，名为定山。有路不可行。其中精灵不少，鬼怪极多。行路君子，可从此山下首小路来往，切不可经此山过，特预禀知。"

这个牌子是谁做的？是好心人，还是鬼怪？这么可怕的警告，说明这个地方万分凶险，不如回去的好。

"怎么办？咱们不如回去吧。"崔衙内这么说。

这时候一直跟着衙内的一个架鹰的人站了出来，他说："衙内，我是本地人，家就在此处。上面景致好着呢，好多稀罕的走兽飞禽。衙内既然出来打猎，不上山怎么能行？平地上哪有什么飞禽走兽？白鹞子和鹰都没有发挥的空间啊，我们带这么多的弹弓和弩箭，不也都浪费了吗？"

就怕这种人。崔衙内这样的人，他最重要利益的是什么？是人身安全。但是架鹰的这个人，他的KPI怎么衡量？是鹰驯得好不好，有没有抓到猎物，可不可能得到赏钱。

这两个人虽然是上下级关系，但这一刻的利益，完全不一样。双方利益不同的地方，叫"利益接合部"，放鹰的要工作出成绩，就得让衙内吃苦头。

衙内觉得这人说得有理，他开出赏金："若打得活的归去，到府中一个赏银三两，吃几杯酒了归；若打得死的，一人赏银一两，也吃几杯酒了归；若都打不得飞禽走兽，银子也没有，酒也没得吃！"

于是，大家都冲上山来。

## 乾红兔儿

山上有什么鸟兽吗？根本没有。众人半天只看见一只"乾红兔儿"，乾红，就是深红色。

衙内说："若捉得这红兔儿的，赏五两银子！"于是，众人踊跃去捉这只兔子，连新罗白鹞子都放了出来。

崔衙内跟着白鹞子，到了一棵大树下面，看见有一个"锦袍灼灼、金甲辉辉"的"一丈来长短骷髅"。

只见这个骷髅"左手架着白鹞，右手一个指头，拨那鹞子的铃儿，口里啧啧地引这白鹞子"。一个骷髅，对活人无动于衷，只关注这只白鹞子，说明这骷髅也是见过世面的，有些来历。

"尊神，崔某不知尊神是何方神圣，一时走了新罗白鹞，望尊神见还则个！"崔衙内向着骷髅说了五七番好话，唱了七八个大喏，但是骷髅完全不理他。

于是衙内拿起弹弓，一弹子打去。这里说的弹弓，是发射弹丸的大弓，不是现在小孩玩的"丫"形绷弓子。打鸟和小兽用弹弓，可以防止打坏毛皮。

这种弓打起来声音很响。沈从文在散文《月下》里这么写："你的眼睛还没掉转来望我，只起了一个势，我早惊乱得同一只听到弹弓弦子响中的小雀了。"少年时我特别爱这一句，写相思，这是很美的文字。

崔衙内打完这一弹，只听一声响，骷髅和白鹞子都不见了。

衙内找路下山，却找不到路。天，就快黑了。

总算看到了一座庄院，这里有几间草屋。衙内打算就在此借宿一晚。到得庄园，有个人走来开门，却是个熟人。

正是白天遇到的那个相貌凶恶的酒保。这人叫"班犬"。见衙内一脸惊讶，班犬解释说："这里是我的主人家。"

于是几个人簇拥着一个穿銀红衫的姑娘出来。崔衙内见事情越来越诡异，只得壮胆对姑娘说："告娘娘，崔亚迷失道路，敢就贵庄借宿一宵。来日归家，丞相爹爹却当报效。"

结果这姑娘说："奴等衙内多日，果蒙宠访。请衙内且入敝庄。"

这是什么话？一个陌生姑娘，看见你就说，我已经等你等了很久了，这是不是有些奇怪？

衙内说："岂敢擅入。"这时候的客气，早不是繁文缛节，已经是保命的手段。

在古代的小说世界里，投宿在一个陌生、荒凉的地方，最好是被一家之主，或者年长的人收留，如果迎接你的人是一位女性，那就非常危险了。

## 门第问题

姑娘努力邀请，崔衙内只得进门。

姑娘命令"安排酒来"。衙内不敢喝。姑娘说："家间也是勋臣贵戚之家。"

一来是劝衙内安心，我们两家差不多，我不会害你；二来就是为下面的谈婚论嫁做准备。

"不敢拜问娘娘，果是哪一宅？"衙内问。

"不必问，他日自知。"姑娘说。

衙内知道这家人有些蹊跷，开始求姑娘放自己回去。想走？晚了。

"家间正是五伯诸侯的姻眷，衙内又是宰相之子，门户正相当。奴家见爹爹议亲，东来不就，西来不成，不想姻缘却在此处相会！"

多吓人！

荒山野岭遇到的陌生人，反复说我们门当户对，要谈婚论嫁，你怕不怕？

衙内越发心慌，喝了几杯酒，就说："指一条路，姑娘就让我回去吧。"

"左右明日教爹爹送衙内归。"

"男女不同席，不共食，自古'瓜田不纳履，李下不整冠'，深恐得罪于尊前。"

"不妨，纵然不做夫妇，也待明日送衙内回去。"

注意这个对话。衙内说了各种理由，要走，姑娘却百般阻挠。总之，今天夜里衙内是走不了了。

这个时候人喊马嘶，有人说将军回来了。

"爹爹来了，请衙内少等则个。"

崔衙内心想，这荒山野岭哪来的将军。就跟着姑娘出去，想看看这位将军是什么人物。

哎呀！只见一个大骷髅坐在主位上！

骷髅向姑娘抱怨说："我玩一个白鹞子，被人打了一弹子，打在了眼睛里，好疼！去问山神土地，却是崔丞相的儿子崔衙内做的好事，我若捉得这厮，劈腹取心，左手把起酒来，右手把着他心肝，吃一杯酒，嚼一块心肝，以报冤仇！"

酒保班犬便在旁边说，崔衙内到过自己的酒店，而且刚才被"妹妹"留在家里吃酒。

女孩儿这个时候跟骷髅求情："他是五百年前姻眷。看孩儿面，且饶恕他则个！"

对崔衙内的态度上，父女俩发生了分歧。

趁着父女俩在争执，崔衙内终于找到了逃跑的机会，骑马离开了这个可怕的庄园。

一口气跑到天亮，终于离开了定山，遇到了自己的随从。

衙内把晚上的恐怖经历说给大家听，大家都吓坏了。一行人落荒而逃。

## 阴魂不散

衙内被众人护送回家，把事情跟父亲说了一遍。

崔大人认为儿子胡说八道，罚他在书院里禁足。崔衙内从此待在家里，就这样过去了三个月。

事情当然不会就这样结束。夏天来了，屋子里闷热难耐，崔衙内就去后花园乘凉。

不觉到了二更天，一轮月亮上来，突然黑云里来了一辆香车。

驾车的正是班犬，坐车的，自然就是留他吃酒的姑娘了。

姑娘开口说话："衙内，奴好意相留，如何不别而行？"

衙内分辩说："好！不走，左手把着酒，右手把着心肝做下口。告娘娘，饶崔某性命！"

姑娘道："不要怕，我不是人，亦不是鬼，奴是上界神仙，与衙内是五百年姻眷，今时特来效于飞之乐。"

可能是因为在自己家里，有主场优势；也可能是因为确实看到过对方给自己求情；还有，确实姑娘温柔美丽，言语和气。总之，这次崔衙内依了。

有这么几天，崔衙内不让老院子进书院，老院子好奇偷偷往里看。

"张见一个妖媚的妇人。"

老院子赶紧告诉崔大人，崔大人"焦躁做一片，仗剑入书院来"。

进了书院问责儿子，说不该招惹邻家妇女，儿子说没这回事，老头儿再问的时候，那个姑娘出来道了声万福。

这姑娘未免也太实在了，真拿崔大人当公公了。她觉得自己长得好看，但好看只对情郎有杀伤力，对方的父母看的是家世和门第。

寻常人家，父母通情达理的话，确实可能取个商量，《聊斋》里的宁采臣之母，就认了女鬼聂小倩和儿子的婚姻。

但是这是谁？豪门崔家！

没有铁石心肠，崔大人能当上宰相吗？

崔大人上来就砍了女孩儿一剑。

这也太粗暴了，这要是寻常女孩子，就给他砍死了。这姑娘虽然勾引衙内有点越礼，但上来就砍人，崔大人的行为不妥。

崔大人倒退三步，"看手中利刃，只剩得剑靶，吃了一惊"。

崔大人第一次这么没面子。

"相公休焦！奴与崔郎五百年姻契，合为夫妇。不日同为神仙。"

我们知道这姑娘是个小兔子精。小兔子其实很有礼貌，护着崔郎，也对他的父亲客气，最后说的也是好听话：早晚我们是会成仙的。

兔子精认为成仙是个好出路，但这件事对崔大人没有意义，成仙意味着把儿子带进深山，跟死了差不多。当然不支持了！

崔家的每个儿子，都肩负着联姻其他高门、考进士、当宰相的重任。不断地有人考中进士，家族才能延续实力。

好不容易把儿子养到二十出头，他却要到山里去当神仙，要都这样，崔家就完了呀。

一般的法师抓不住小兔子精。但是别忘了，人家是崔家。

崔大人到处托人打听哪有高人，正好他手下有个司法官是罗公远罗真人的弟弟，于是就把这位罗道爷请来了。

罗公远是唐朝的一个道士，跟张果老当年的名气差不多。

罗真人见了兔子精，就说："看罗某面，放舍崔衙内吧。"

真人是个江湖人，他知道其实这是自由恋爱，兔子精也没有害人，但是受了人家家长委托，他只能好言相劝。

姑娘哪里肯依！

今天也是，长辈棒打鸳鸯，年轻人坚持在一起的很多。

于是罗真人做起法来，忽起一阵怪风，叫下两个道童来，一个拿着一条缚魔索，一个拿着一条黑挂杖。罗真人令道童捉下那姑娘。

这姑娘把那个长得像张飞的哥哥班犬叫来了。

哥哥"忿忿地擎起双拳，竟来抵敌"。

忿忿这两个字好。班犬是老虎成精，认骷髅做父亲，把兔子当妹妹。

这个妖怪虽然酿酒酿得很差，但对家人很好，还愿意讲道理。

妹妹恋爱了，班犬不敢欺瞒父亲，但是妹妹真和崔衙内在一起了，他就保驾护航。这个时候看见罗真人来收妹妹，又冲在前面抵挡，这个娘家哥哥，对妹妹是非常疼爱了。

一番恶战，两个道童把老虎精、乾红兔子精和骷髅将军都收了，从此以后，定山再也没有了灵异。

## 人间的事

在班犬为兔子精和罗真人战斗的时候，崔公子躲在了父亲身后，没有出来。

故事里没有提到崔公子的结局，天底下被父母安排人生的男人，不会有什么惊喜的结局。

看上去说的是兔子精和崔衙内的爱恨情仇，其实讲的还是人间的痴男怨女。

现实中的小红兔可能就是一个下级武官的女儿，可能有一个莽撞而有力的哥哥，她爱上了崔衙内，为此她鼓起勇气，尽力一搏。你看，她拼命地寻找自己的家门显贵的痕迹，还希望能够得到崔家长辈的认可，用力过猛的样子真是让人心疼。

她的父亲，那个骷髅将军反而冷静得很，看见那个皇上御赐的白鹦子，就知道双方门第相差太多，这段婚事再无可能了。小红兔还是忍不住要去试试，但是在她努力的同时，她的情郎崔衙内，却在父亲的权威之下瑟瑟发抖，任凭父亲做主，派道士来拿自己的恋人。

小红兔最后破家灭门，不知道她被罗真人镇住的时候，有没有痛恨崔郎的负心，有没有被骷髅爸爸和老虎哥哥埋怨。她没有得到恋人的支持，终于失败。

重新看看小红兔的那些话吧，"家间也是勋臣贵戚之家""家间正是五伯诸侯的姻眷"，这个姿势，很努力，也很委屈。

她其实不明白一件事：你就是你自己，你不可能变成对方喜欢的那种样子。

委委屈屈地去迎合对方，假扮一个士族女儿，被对方半推半就地接纳，又干净利落地背叛，还不如痛痛快快地表明自己的态度："姓崔的，我是红兔儿成精，我家的门户不高，但我就是看上你了，你跟我在一起吧，在那云深不知处，我会给你一个不一样的人生！"

不要委屈自己，不要迎合对方，才有可能成就甜蜜的爱情。

## 好的爱情，需要多方成全——《宿香亭张浩遇莺莺》

夜半更深，美女对书生倾诉了仰慕之情，这是许多鬼怪故事的开始，也是许多爱情故事的开始。

有人及时行乐，一晌贪欢；有的人按捺心情，追求天长地久。不同的心态，结局也会大不相同。

今天讲一个《警世通言》里的故事，小回目叫作《宿香亭张浩遇莺莺》。这是一个发生在宋朝的故事，张浩遇到的是李莺莺，男女主人公的名字，可能受到了王实甫《西厢记》的影响。

## 花妖

在宋朝的西京洛阳，有一个书生名叫张浩，字巨源，长得相貌清秀，又写得一手锦绣文章，而且家里有钱——家藏镪数万，以财豪称于乡里。

这样的一个好小伙子，很多人都想给他介绍对象，他都拒绝了。

他有一套理论，是这么说的："我虽然不是什么才子，但是一直都希望娶一位佳人，如果遇不到这样出世的娇美姿容，我宁愿一辈子不娶。等我考取了功名，这个愿望应该就可以实现了吧。"

前半句明明白白，说"寡人有疾，寡人好色"，但是后半句意思一转，说自己要考功名，那谁还好意思挡他的成功之路呢？

张浩很懂得享受生活，他觉得住所狭窄，于是在他家房子北边又盖了一座园子，这座园子跟王侯贵胄的园子比，也不落下风。街坊四邻经常有过来游玩的，都称赞他家的花好。

有了园子，张浩就喜欢请客，今天牡丹开了，亲友们哗啦来看；明天芍药艳了，亲友们一起来赏。其中有一个朋友，叫作廖山甫，是个大儒，人品端方，和张浩相比，这个人更像是一位老师、一位楷模。

廖山甫这一天来张浩的园子里做客，两个人决定作诗为乐，正要提笔写诗，突然有黄莺儿惊起。张浩说，一定有人折花，我们过去看看。

俩人放轻了脚步走到芍药栏边，看见一个十五岁左右的垂髫女孩儿，带着一个青衣小丫鬟站在花丛边。

这个姑娘太好看了，小说这样描写姑娘的美："新月笼眉，春桃拂脸，意态幽花未艳，肌肤嫩玉生光。"

张浩一下子就被迷住了，他对廖山甫说："你看，世上哪里有这样的美女呢？这一定是花妖。"

这话一方面是称赞，说凡间没有这样的美女；另一方面，他这话已经有一点轻佻，如果对方不是人类，自己的行为就可以不那么严谨了。张浩放松了对自己的要求。

廖山甫赶紧劝他："这就是个普通人家的姑娘，你以前没遇到而已。"他给张浩踩了一脚刹车，提醒他要对姑娘以礼相待。

"真是第一次见到这么美的女孩子，老兄有什么办法，让我能和她在一起呢？"

山甫说："你的门第、才学，想要找个妻子易如反掌，何苦这么劳神？"

张浩说："要是遇不着这样的佳人也就罢了，如今遇到了，真是片刻也等不了。"

山甫赶紧劝："别急，别急，咱们先打听一下这是谁家的姑娘，有了线索，再给你做媒。"

山甫踩了第二脚刹车，但张浩已经等不了了，他整理一下外衣，上前施礼："您是哪家的小姐，为什么会到我的园子里来？"

"我是东边的邻居，听说您家的牡丹花开得好，就带着丫鬟过来看。"

不简单，十五岁的女孩子，不是羞答答地躲人，而是落落大方地回答。

张浩想起来了，这姑娘是邻家女孩儿李莺莺，小的时候曾经和自己一起玩过。

"我这园子比较荒芜，没法招待您。我这有个小书馆，我想准备点酒和菜，作为主人，和您一起喝一杯，您看怎么样？"

"我今天来这里，其实是想要见您的，但是要喝酒，我不敢答应，我希望咱们能以礼相待，您让我说说我的想法。"姑娘说。

"您说您说。"张浩赶紧拱手鞠躬。这个鞠躬，是敬重李莺莺守礼自持。

"我从小就敬慕您的品德，我家家教很严，没法过来见您，现在您还没有娶，我也还在闺中，如果您不觉得我丑陋，那就去我家提亲……"

"立祭祀之列，奉侍翁姑，和睦亲族，成两姓之好，无七出之玷。"

这话说得多大胆！让你的姓冠我的名，让你的爹妈做我的公婆，让我们的亲族和睦，让我们成为恩爱的夫妻。

但是这话又说得多谨慎！你现在要是碰我一下，你就践踏了我所有的善意、所有的仰慕、所有的青睐，一切责任都在张浩一方！

张浩幸福得几乎晕过去了，他说："我当然希望这样了，但是……您今天这么一走，再也见不到您了怎么办？"

"咱们两个都信念坚定，缘分自然也就有了，请给我一个信物吧。"

李莺莺要一个信物，张浩身上没有什么，就把腰间的绣花腰带拿给她了，李莺莺也把自己的罗帕送给张浩，而且对张浩说："请在送我的罗带上，写一首诗吧。"

张浩想了想，写了四句：沉香亭畔露凝枝，敛艳含娇未放时。自是名花待名手，风流学士独题诗。

诗一般，大家凑合看就可以了。话本小说里的诗歌都是道具，总之李莺莺觉得张浩才华横溢，写得特别好。

"无忘今日之言，必遂他时之乐。父母恐回，妾且归去。"

张浩不舍得。这时有人在身后大喝一声："你出来见她，已经越礼了，听我一句话，你们才能在一起。"

张浩一看，正是半师半友的廖山甫。他这一回头，李莺莺趁机走了。

"你是读圣贤书的人，怎么像个没受过教育的粗人？女孩子回去晚了，父母一定会问她去了哪里。怎么能因为一时的快乐损害自己的品德呢？你要三思！"

这是实话，李家父母如果告到官府去，那张浩的功名前程就算是完了。

张浩知道廖山甫说得对，就跟廖山甫回宿香亭去喝酒，但是从此之后，他就每天伤春悲秋，害上了相思病。

## 传书

张浩家有个供奉祖先香火的寺院，是个尼姑庵。过去的很多大家族都有香火庙，请尼姑来主持，是为了方便家中的女眷。这里有个管事的老师太，叫作惠寂。

老尼姑这天来见张浩，说有书信来送，张浩问是哪里来的书信，老尼姑说："邻家李莺莺姑娘向你致意呢。"

张浩吓了一大跳，老尼姑怕不是来诓我吧！他第一反应就是："不可能有这样的事，不要瞎说。"

"你不用隐瞒。"老尼姑说，"李家的家长，也是我的门徒，全家都很信任我，所以李莺莺才托我来。莺莺病了，我听说之后去看她，她告诉我这件事，让我看了你写的诗。我是来帮你的，你为什么要对我隐瞒呢？"

"我不是不相信您，我就是怕传扬出去，让邻里耻笑。既然您是来帮我的，您说我应该怎么办？"

老尼姑的计划不是让俩人私下联系，她建议莺莺母亲给女儿定亲，莺莺的母亲说："女儿年幼，未能干家。"

过去的女孩子出嫁，从十四五岁到二十一二岁的都有，一般来说，太早结婚的都是穷人，养着姑娘吃力，就早早送出去。最极端的，把女儿八九岁送到别人家做童养媳，就是省一笔嫁妆，还省下女儿的口粮。

嫁女儿太晚也要被批评，那往往就是想要多剥削女儿一阵，女儿十六七岁就是劳动力了，针线也好，家务也罢，都已经很熟练，让她干活到二十几岁再出嫁，这父母就是图女儿的劳动力了。

老尼姑跟张浩解释了李家的计划，希望他耐心等待，她负责传书送信。

这一眨眼的工夫，一年过去了，又到了清明节，牡丹半凋零，张浩睹物思人，想起了莺莺，让老尼姑帮忙送信。信寄出不久，就收到了回信。

"一年没见了，我每天都在想念您，我不久前托乳母问了父母结婚的事情，他们没有答应，我能保证的是，如果不嫁给您，一定也不会嫁给别人，请您耐心一点。"

如果说谈婚论嫁是一个工作上的项目，那么莺莺一直在推进着这个事情，及时通报进度，就是为了防止张浩多心。

随信送来一首莺莺写的小词，张浩读着词，泪如雨下，怕家里人看见，就趴在桌子上偷偷哭泣。

哭了好久，一抬头，天已经黑了，他信步走出书斋，出了大门，看见了莺莺家的宅院。

有一扇小门没有关，当下壮起胆子走了进去。

不知道大家有没有过这样的经历，喜欢一个人的时候，她的办公楼、她的宿舍、她的学校、她的小区，都会觉得亲切，哪怕她人不在，也会想要到那里转一转，走一走。

张浩进去了，看见庭院深沉，他突然醒悟——李家不知道我们相会之事，如果被人抓住，那可就颜面丧尽了。转身要往外走，发现那扇小门已经被关紧，这时候听见庭院里有人轻声唱歌，歌声优美动听，唱歌的人应该就是莺莺。

他进一步，退三退，又是憧憬，又是畏惧。眼看走到了莺莺的窗下，却听见一声大喝："这小子翻墙进来，一定不是好人，抓到衙门去！"

张浩一下子就被吓醒了，发现自己还在书斋里。他做了一个梦。

廖山甫之前对他断喝一声，记忆犹新，所以在梦里，他都感觉到有人盯着自己。用弗洛伊德的话说，有一个很大的"超我"在管束着张浩，不让他越轨。

老尼姑又来了："莺莺要见你，过几天她的父母要去参加亲戚的婚礼，她会自己在家，你的园子有一处围墙很矮，她就会从那边过来。"

"三言"的小说世界里，不规矩的出家人很多，但这位老尼姑的犯规，我们一点都不反感。

她不做道德上的批判，不像廖山甫那样一张嘴就是大道理，她期待两人通过合法途径成为夫妻，也能理解青年男女的相思之苦。

## 约会

到了约定的日子。

张浩在园中准备好了酒菜，把仆人童子都轰到前院，只留下一个小丫鬟。

打了初更，张浩心里嘀咕，老尼姑不会骗我吧……

就在这时，墙头出现了李莺莺的脸，张浩赶紧上梯子搀扶。

张浩狂喜："您居然真的来了。"莺莺说："我做这么私密的事情，怎么可能还骗您？"

这是一个认真用力去爱的姑娘，她爱得狠狠地，私订终身都显得正气凛然。

张浩邀莺莺喝酒。莺莺说，不能喝，第二天父母会看出来。

这姑娘每一步都在考虑未来的事情，我自己过来的，张浩没进我家，这就豁免了他的大罪。我没喝酒，是清醒的时候和他在一起的。

她把许多罪愆都放在了自己身上，可惜张浩没有看明白。

张浩是男子，也是主人，莺莺是女子，也是客人，莺莺不说分别的话，张浩没法赶她走。

两人互相道了珍重，莺莺要了张浩一首小诗。

"华胥佳梦徒闻说，解佩江皋浪得声。一夕东轩多少事，韩生虚负窃香名。"

莺莺拿了诗，在张浩的搀扶下登上梯子，回到了自己家。

他们不知道何时再相见，但约定了要彼此想念。

莺莺和张浩发生了关系，看起来非常冒失，但其实不是，莺莺有一个武器，她识文断字，有文化。

她两次要张浩的诗歌，这都是物证。

比如这四句诗：华胥，是女娲和伏羲的母亲，代指梦境；解佩江皋，是郑交甫的典故，说的也是男女欢好；窃香，是西晋贾充女儿偷香给韩寿的故事。张浩的诗不怎么样，但是每个字，都是他曾经和莺莺欢好的招供。

俩人又传了几次信，但一直没有机会见面。突然有一天老尼姑过来告诉张浩，莺莺的父亲要去河朔做官，莺莺跟着同去，得等他们回到洛阳，莺莺才能跟张浩商量婚事。

## 官司

莺莺走后，张浩度日如年。时间过去两年多，眼看着张浩快三十岁，他的叔叔来找他了。

"你看你，快三十了，居然还没有娶亲，虽然没到绝后的地步，但是也不像话。孙家也是本地的巨富，门当户对，他家的女儿已经及笄，家世非常好，我帮你订了这门亲吧！"

张浩的叔叔是个暴脾气，张浩一直都怕他，又不敢跟叔叔说自己和李莺莺的事，只好去跟孙家商量亲事。

这是张浩不对的地方，其实完全可以认真说一句，想请廖山甫帮我说邻居李家的姑娘，叔叔您看行不行。说到底，这个男人自己软弱，而且因为等了太久，他对李莺莺也有了疑问。

张浩和孙家女儿定了亲，马上就要娶的时候，李莺莺的父亲任期结束回来了。

张浩赶紧托人送信给莺莺："我不是负心，实在是被叔叔逼得没办法，才去跟孙家结亲的！"

快三十岁的男人，现在无计可施，居然要去求姑娘想办法。

李莺莺倒是非常冷静，她直接找了父母。

"女儿犯了大错，玷污了家门，我现在只求一死。"

上来就先说死，打了父母一个措手不及。

父母吓坏了："这是何苦呢？"

李莺莺说："我和邻居家张浩私订了终身，之前也让乳母跟你们说过，现在他要和别人结婚，我现在不会嫁别人，如果你们不答应我跟他在一起，我就不活了。"

父母慌了："早点说多好，咱们可以商议啊，可如今张浩就要成亲，我们有什么办法呢？"

李莺莺的父母很疼她，而且她是独生女，父母这个时候就会迁就她，倘若是家里有四五个女儿，有哥哥兄弟，这威胁就打了折扣。

他们现在立刻就希望李莺莺和张浩在一起了。

"如果你们答应我嫁他，我就有办法。"

"都听你的。"父母点头答应。

李莺莺写了一张状子，到河南府告状。

北宋时，东京汴梁归开封府管，西京洛阳归河南府管。河南府府尹是龙图阁学士陈老爷，他接到这张状子，觉得特别新奇，一个小姑娘竟然来告自己的心上人负心。没错，李莺莺来告的不是别人，就是张浩。

陈老爷读完了状纸，问李莺莺有没有证据。有，罗带、诗句。

陈老爷和张浩过去的文章笔迹一对比，都合得上。

好家伙，一个姑娘，告状告得这么准，证据收集得这么有力，这陈老爷就对李莺莺刮目相看了。

"来人呐，拿负心汉张浩！"

张浩被抓到河南府，向上磕头："大人，小生是爱李莺莺的，但是叔叔逼迫太紧，才答应了孙家的婚事。"

陈老爷一看，这男人，唉，没点骨气。转过头来看李莺莺：

"姑娘,你怎么说呢?"

那意思是,我可以揍他一顿给你出气,但也可以想想办法,如果你还要这货。

莺莺说:"张浩有才名,是个很好的配偶,如果大老爷做主让我嫁给他,我会恪守妇道,做他的妻子。"

"好!"陈老爷判下了案子,"孙家女儿的婚约解除。张浩和李莺莺,我来做主,你们呀,赶紧结婚!"

后来张浩和李莺莺生了两个儿子,都中了进士,得了功名。但是张浩虽然号称才子,却没有中举的记录,不知道是恋爱影响了学习,还是才华本来就有限。

各种评论文章,都称赞李莺莺的勇敢、聪明,没错,李莺莺是这个故事里最最让人钦佩的形象,这样的女性,值得任何男性珍惜。

李莺莺和张生的爱情之路并不平坦,难得的是,在几个关键的环节上,他们总能得到助力。

如果没有廖山甫及时喝止,恐怕早早就要出事。如果没有老尼姑往来通信,两个人恐怕会更加煎熬。李莺莺的父母通情达理,完全理解女儿的选择。能决定二人最终命运的陈学士非常开明,懂得年轻人的不易,给了李莺莺极大的尊重和肯定。旁观和参与这件事的几个人物,都心怀善意,努力成全这对恋人,多方帮助,终于成就了这段美好爱情。

至于张浩,他虽然十分平庸,但在这段感情中,他拿出了极好的耐心，能够长久地等待对方，这种态度，是李莺莺的信心来源。

好的爱情，并不是一方或者双方的孤独努力，而是需要被打动、被感染的人们都伸出援手，多方的呵护和帮助，才能得到理想的结果。

# 千万不要恋上疯魔之人——《白娘子永镇雷峰塔》

今天给大家拆解的是白娘子的故事，这个故事，京剧、评剧、粤剧、电视剧、电影里全都有，大家非常熟悉了。

这是《警世通言》里的一篇，回目叫《白娘子永镇雷峰塔》，和我们熟悉的白蛇传故事相比，这个故事还相当粗糙，有一种特别草莽的力道。

我们今天就来看看这个故事的初始版本，感受一下它的特别浓烈的"警世"意味。

## 偶遇

南宋高宗时候，杭州临安府过军桥附近有个官人名叫李仁，在朝廷里做管理国库的小吏，大家都叫他李募事。李募事的妻弟叫许宣，"排行小乙"，住在李募事的家中。

没错，这就是原著里面许仙的名字。明、清时候，"乙"指排行第一，"小乙"就是家中老大的意思。古代人记账，用"乙两银子"来表示"一两银子"。《水浒传》里燕青又名燕小乙，他的排行就是老大。

许宣二十二岁，长得很精神，在表叔李将仕的生药铺里面当伙计。将仕，就是将仕郎，是最低一级的文官，民间用来尊称富商，和"员外"的意思差不多。

姐夫是官人，表叔是老板，许宣衣食不愁。但还有一个烦恼，就是没钱娶媳妇，姐夫也好，表叔也罢，帮你安排一个工作，住在家里，这就是极限了，娶媳妇是大开销，你不能让亲戚来负担这个开支。

清明前一天，一个和尚来到药铺门口，邀请许宣去保叔塔寺给父母烧香。

许宣跟姐姐打了招呼，第二天早晨买了祭奠用的东西，跟表叔请了一天假，就直奔保叔塔寺。祭奠过父母，回程路上，却下起了雨。

　　许宣心疼新鞋袜，光着脚跑到街上来找船回家。正巧这个时候，来了一个认识的船家，叫张阿公。下雨坐不上船，许宣十分懊恼，这时遇到熟人很开心。

　　张阿公把船摇出十几丈，听见岸上有人求搭船。许宣看时，是一个妇人，头戴孝头髻，乌云畔插着些素钗梳，穿一领白绢衫儿，下穿一条细麻布裙。妇人身边是一个丫鬟，穿着青衣。

　　今天的戏曲、故事当中模糊了白娘子的身份，但是原著故事里说得很清楚，白娘子是个寡妇。

　　老张看见有买卖，就想多挣一份船钱。许宣是个与人方便的人，赶紧邀两个女人上船。那妇人感谢许宣答应自己拼船，道了一个万福，许宣也起身答礼。

　　进了船舱，白娘子把秋波频转，瞧着许宣。

　　过去的姑娘、媳妇没有盯着男人看的，许宣是个老实人，但看见这个娘子盯着自己，也未免也有点心猿意马。

　　妇人请教许宣的姓名。许宣答道："在下姓许，名宣，排行第一。"妇人道："宅上何处？"许宣道："寒舍住在过军桥黑珠儿巷，生药铺内做买卖。"

　　上来问姓名，是致谢的意思，又要问住在哪里，那就有点奇怪了。但是许宣跟我们大多数普通人一样，觉得干净漂亮的女性不容易有坏心眼儿。

　　他的回答也有意思，许宣寄住在姐夫家，并没有自己的

"寒舍"，在生药铺打工，他却说做买卖。年轻小伙子遇到漂亮的女性，就容易美化自己。

有道是礼尚往来，许宣也问了白娘子的名字和住处。那妇人答道："我是白三班白殿直的妹妹，丈夫已经去世了，今天出门去祭扫，遇到了大雨，幸亏您让我搭船。"

殿直，就是宋代的宫廷禁卫军。白娘子强调两个意思：1.哥哥是个武官，我是好人家的女孩儿；2.我丧偶了，可以再嫁。

到了岸边，白娘子说她没有带钱，让许宣先垫上，许宣满口答应。

许宣把白娘子挽上岸去，两人客气分别。这就是船的妙处，它晃，给了人献殷勤的机会。许宣先上去，挽白娘子一下，是为了安全。

白娘子建议许宣去她家喝茶，要给他船钱。但是许宣做事还是规矩的，第一次见面就去女性家里，不好。

许宣自己回家，路过表叔的生药铺，借了一把伞。拿伞给他的伙计老陈说这伞是清湖八字桥老实舒家做的，八十四骨、紫竹柄的好伞，让他仔细爱惜。

这又是一个铺垫，如果是把便宜的伞，可能就不会有后面的故事。

许宣撑伞出来，走了一段，就听见有人叫他。

回头一看，屋檐下站着白娘子。白娘子道："雨一直不停，我的鞋都踏湿了，叫青青回家取伞和雨鞋。眼看着天黑下来了，官人有伞，搭我几步吧。"

特别巧，对不对？现在小青也被支开了，白娘子也不避嫌，主动要求和许宣共伞。白娘子说得有道理，天黑了路只会更难走，还可能遇到坏人，许宣是个君子，她比较放心。

白娘子隐藏了实力，摆出楚楚可怜的样子。她创造的一切机会都特别合理，打在了许宣的软心肠上。

许宣把白娘子送到家门前，许宣让她把伞拿去，明天去她家里拿。

注意，许宣非常讲究——南宋的临安市井比较开放，但毕竟送寡妇回家让街坊邻居看到不太好，他对白娘子有好感，但不跟着白娘子半夜进家，是非常体面的。

但是伞必须要拿。一来伞确实贵重，二来伞也是许宣去见白娘子的借口，他想念白娘子的温柔美丽，也乐意跑一趟。

第二天许宣跟表叔请假："我早点走，姐夫说要我去帮忙送人情。"

许宣到了白娘子说的地方，跟街坊邻居打听，没有一个人认得白娘子，正在着急，却看见了小青。许宣说来取雨伞，小青就带着许宣回家取伞。

白娘子家相当气派，"一所楼房，门前两扇大门，中间四扇看街槅子眼，当中挂顶细密朱红帘子，四下排着十二把黑漆交椅，挂四幅名人山水古画。对门乃是秀王府墙"。

看街榻子眼，就是那种高大的窗户，过去的人没有看电视之类的娱乐活动，许多人喜欢看看街景。透过这种带格子的窗户看街景，外面的人看不见里面的女眷，私密性比较好。

白娘子住在秀王府对面。秀王是宋孝宗的生父，这个时候孝宗还是被宋高宗收养的皇子。这里算是黄金地带了。

许宣在后堂见到白娘子，白娘子先让小青奉茶，又摆上了酒，许宣感觉有点不自在，吃喝完了，要伞想走。

白娘子这时候才说："官人的伞，我家亲戚昨夜转借去了，麻烦您明日来取吧。"

多可恨，借来的东西，怎么随便就转借他人？明明东西不在，还拖了人家半天。

要对方是个老头子，只怕许宣早就骂上了。但白娘子是个娇滴滴的女子，他喜欢她，他想拂袖而去都不可能。

故事，就这样开始了。

## 获罪

第二天许宣又来，白娘子还是跟他喝酒，而且趁机提出了一个建议："烦小乙官人寻一个媒证。"幸福来得太突然，白娘子提出要和许仙结婚。

媒证是代表世人见证婚姻的人，最好是认识两家人的人来做，也确保两边都是正经人，以便婚姻和谐。

白娘子说自己的哥哥是殿直，找个媒证其实非常简单，她自己不去找，让许宣去找，这就比较可疑。今天我们相亲也是如此，如果对方的亲戚一直没有出现，那这个人的身份、年龄可能都有问题。

许宣没想这么多，他烦恼的是钱的问题，他没有攒下很多钱。娶媳妇，至少得租房、置办家具，这开销可不是一个小数。

白娘子让小青去楼上拿下来一个布包，里面是五十两雪花银子。

五十两银子在任何一个时代都是一笔巨款。宋代用铜钱和钞更多，白银是在明朝从日本和南美大规模流入的。许宣在药铺工作，没有人会用五十两银子来抓药，如果他见大银子见得多一点，就会怀疑这钱的来历。

大银子只有巨商和官府才用，往往用于大宗货物或者奢侈品的结算，白娘子出手这么阔绰，那十有八九有问题。

许宣却想不到这么多。他回家，拿了零钱，买了烧鹅、鲜鱼、精肉、嫩鸡、果品之类，请姐夫和姐姐吃酒。

李募事见许宣请他，吃了一惊："他长期吃我的，怎么今天要请客？"

许宣寄人篱下，没什么钱，突然请客，姐夫就要嘀咕。

酒至数杯，许宣说："现在有一门亲事，希望姐姐、姐夫帮我做主。"

这话遮遮掩掩的，其实许宣不如说最近认识了一个寡妇，想要入赘。姐夫一问，对方是白殿直的妹妹，他可以去打听一下有没有这个人，不难发现真相。

许宣不明说，估计是因为对方是寡妇，又是私自认识，觉得不好意思。

姐夫、姐姐肚内暗自寻思："许宣日常一毛不拔，今日坏得些钱钞，便要我替他讨老小？"这夫妻二人怕花钱。

许宣看懂了，开箱取出白娘子的银子来给姐姐："请姐夫做主。"

姐姐道："我弟弟出息了，在表叔家当主管，攒了这么多钱！"

她拿着钱进去找男人商量了。

李募事把银子拿在手里，看了上面凿的字号，大叫一声："不好了，要害死我们全家！"

姐姐吃了一惊，李募事说："几天前邵太尉库内，门锁、封条纹丝未动，却平白不见了五十锭大银……"

邵太尉是姐夫的领导，他们管的库房里丢了钱，全城都在查找，知情不报，要全家充军。现在这银子出现在家里，姐夫怎么能不慌。

姐夫想了想，也没问许宣，赶紧去临安府报官。临安府尹火速差缉捕使臣何立抓人，何立把许宣用绳子绑了，解到临安府来。

许宣在公堂上，老实说了借伞还伞的事，还讲了白娘子的住址。何立就带人去抓白娘子。

宅子门前萧条破败。何立一声喊，让手下先拘了邻居们，有个孙老头被吓得小肠疝气发作，倒在地上。

戏曲、电影里的白娘子后来会成为敢爱敢恨、追求爱情的奇女子，但是原著故事里，她的身份、行为都非常可疑，还连累了许多无辜的人。

"并没有什么白娘子，五六年前有个毛巡检在这里住，后来全家病死了，这里一直都在闹鬼。"邻居们说。

许宣被定了一个轻罪，判了杖刑。

太尉因为李募事举报有功，给了他五十两银子作赏钱。李募事举报了许宣心里不安，就用这五十两银子做许宣的盘缠。

许宣被发配到苏州牢城营。表叔李将仕写了两封信，一封给牢城营的押司，一封给吉利桥下开客店的王主人，托这两个人照顾许宣。亲人其实都挺疼许宣。

上下一用钱，牢城营就给许宣取保了。许宣就到了王主人的店里住下。


## 结婚


许宣住了半年，白娘子突然出现，来到了王主人的店中找他。

见到白娘子，许宣连声叫道："死冤家！你盗官库银子，害我吃了多少苦，受了多少冤枉，你又赶来做什么？"

清清白白一个小伙子，莫名其妙成了劳改犯，有这种反应是对的。

那白娘子道："小乙官人不要怪我，我特来解释这件事。"

白娘子叫青青取了包裹下轿，这就是要进门的样子。许宣道："你是鬼怪，不许进来。"挡住了门，不放她们入内。

凡人斗不过鬼怪，朴实的小伙子也斗不过心机叵测的女人。

白娘子却不理许宣，和王主人说："我一个寡妇，受这种欺负。你看我好好一个人，怎么会是鬼怪。那些事都是先夫做的。许官人怨我，但是我要说清楚，才能安心。"

王主人看面前是个娇滴滴的小娘子，说的话又合情合理，就让她进来了。不正面冲突，想办法迂回，这就是解决问题的技巧。

见王主人是容易说服的对象，白娘子就在王主人老两口身上下足工夫，诉说委屈，让两个老人成全她和许宣。

王妈妈就劝许宣和白娘子结婚。许宣对白娘子的态度，一直是又爱又怕。遇到意外和危险，他就害怕，可一看到白娘子，他又十分迷恋。这就是个没有决心和勇气、容易掉进女色漩涡的懦弱男人。他看到白娘子楚楚可怜，王妈妈又说得入情入理，早就把之前受过的罪、吃过的苦抛到脑后，糊里糊涂地答应了。

婚期定在了十一月十一日，婚后有几个月，还是慵懒而幸福的。第二年二月十五，许宣家里又出了事。

每年二月十五日，苏州人都去卧佛寺看卧佛。

王主人也邀请许宣去。白娘子不同意，她嘲笑许宣，家里有个如花似玉的娘子不看，去看什么卧佛。

但是男人的想法不同，爱情并不能替代其他的热闹。

在卧佛寺，忽然有个终南山来的道士过来和许宣说话："这位官人身上有妖气，被妖怪缠了，我给你二道灵符，救你性命。一道符三更烧，一道符放在你的头发里。"

许宣半信半疑，拿了灵符回家。

半夜听得白娘子一声叹息："小乙哥，咱们夫妻这么久，你却信别人的话，烧符来压镇我！你把符烧烧看！"

没等许宣说话，她夺过符来烧了。黑夜里，那符缓慢地燃烧，我们可以想象一下这时许宣的心情。

这场面诡异吗？恐怖吗？动动脑子就知道白娘子不寻常，她怎么知道有符？她怎么知道符是镇自己的？

符烧完了，并没有发生什么。白娘子开始嘲讽许宣："怎么样？还说我是妖怪吗？"

许宣道："不干我事，卧佛寺前，一个云游道士说你是妖怪。

白娘子带着许宣去找那个道士，把他修理了一番。这个时候，白娘子是妖，还是道人是妖，许宣已经分辨不清了。

很快又出了事。许宣穿着白娘子给他准备的衣服出门，结果被当地典当行老板发现是赃物。

许宣又被抓到衙门，他反复辩解，说衣服是妻子给他准备的。公人们去王主人家中找白娘子，却找不到人。

许宣又吃了一次官司，这一次，他被发配到了镇江牢城营。

许宣的姐夫安排他到结拜叔叔李克用家的药铺去当主管。不久，白娘子带着青青追到了镇江。她花言巧语，又哄过了许宣，说给许宣穿的是前夫的衣服。许宣昏头昏脑，居然又信了。为保证安全，不便发现真相，白娘子拿出了钱，让许宣离开李克用家，自己开了一家药铺。

## 法海

许宣的生意不错，终于过上太平日子了。

七月初七那天，有人拉许宣到金山寺进香。白娘子不让去。许宣坚持要去，

白娘子就约法三章，第一，不要到方丈里面去；第二，不要与和尚说话；第三，去了就回。

方丈，指的是寺庙中住持住的房间，因为四方各为一丈，所以名为方丈。后来人们也用这个词来指代住持和尚。

今天的小说、电视剧里，容易嫉妒的女人查丈夫的岗，防备的是别的女人。白娘子也查许宣的岗，查的却是和尚。

许宣走到金山寺，转来转去，鬼使神差，就走到方丈门前。他想起妻子的嘱咐，停住了脚，不敢进去。

方丈内的住持和尚，正是法海。小说这样写："方丈当中座上，坐着一个有德行的和尚，眉清目秀，圆顶方袍，看了模样，确是真僧。"原著故事里法海的形象，不是台湾电视剧《新白娘子传奇》中的老僧模样，更接近徐克电影《青蛇》里赵文卓饰演的那个形象。

法海见许宣妖气缠身，追了出来。他出了金山寺，看到了许宣。这时江心里来了一只船，船上正是白娘子和青青。白娘子向许宣叫道："你如何不归？快来上船！"

她知道平稳日子从此到头，自己的一生之敌出现了。一直以来提防担心的情况，终于成了现实。

许宣正要上船，背后法海一声喝道："业畜在此做甚么！"白娘子和青青见了法海，翻身跳进江里跑了。

许宣看到了一切，这个懦弱、胆小的男人，此刻心中明白大半。他回身看着和尚便拜："求师父救弟子一条草命！"

法海听许宣说了经过，告诉他："这女人是妖怪，你赶紧回杭州去。如她再来纠缠，可到西湖南岸净慈寺里来寻我。"

南宋诗人杨万里的诗《晓出净慈寺送林子方》有这样的名句："接天莲叶无穷碧，映日荷花别样红。"说的就是净慈寺里的美景。

这一版的故事里，没有扣押许宣和水淹金山。

遇到了居心叵测的异性，最好的办法就是回到家里，和亲人在一起，得到最大的帮助和保护，这样才安全。许宣就是因为长期脱离最支持他的那些亲人，客居他乡，才被身份不明的女性乘虚而入。

法海留了余地，如果白娘子知道进退，不再纠缠许宣，他也就不再追究。这是可怜她的千年修行，也是因为她没有做大的恶事。

许宣赶紧回了杭州姐姐家中。李募事见了许宣，抱怨说："你也太不仁义，外面娶了媳妇，居然不跟姐夫说！"

许宣说："我不曾娶妻小。"

这话半真半假，确实有一场婚姻，但这媳妇不是人，能不能算妻子，却也很难说。

姐夫却说："你娘子已经等你两天了！说你七月初七日去金山寺烧香，不见回来，这才找回杭州来的。"

姐夫进去把人叫出来，果然又是白娘子和青青。许宣想要大喊大叫，又怕白娘子把姐姐、姐夫害了，只好一言不发，听了白娘子一通数落。

天晚了，李募事叫许宣夫妇到空房里去睡。许宣一进屋就给白娘子跪下："饶我的性命！"

白娘子道："这是什么道理？我和你这么长时间的夫妻，又不曾辜负你，怎么说这么可怜的话？"

电视剧《新白娘子传奇》里的白素贞要好得多，她会把自己的来历说清楚，让许宣选择。但是"三言"里的白娘子就没有这么客气了。

她揣着明白装糊涂。她享受着他恐惧她、被她控制的那种快感。

许宣道："和你相识之后，我吃了两场官司。我被发配到镇江府，你跑去找我。前日金山寺烧香，亲眼看到你们跳了江，以为你们死了，结果你们又到了这里……"

其实下一句就是"我们分开，你放过我吧。"

许宣害怕了，不想继续这种关系。但是事到如今，他连分开这个提议都不敢说了。

这时候的白娘子，不再是楚楚可怜的样子，露出了狰狞面目。原著里的白娘子是这样说的："我与你平生夫妇，共枕同衾，许多恩爱，如今却信别人闲言语，教我夫妻不睦。我如今实对你说，若听我言语，喜喜欢欢，万事皆休；若生外心，教你满城皆为血水，人人手攀洪浪，脚踏浑波，皆死于非命。"

小说作者极力夸大白娘子的凶狠，她以全城人的性命来威胁许宣，显得十分疯狂。听到这种话，换谁在许宣的位置上，都会瑟瑟发抖。

许宣战战兢兢，半晌无言可答。

青青劝道："官人，娘子爱你杭州人生得好，又喜你恩情深重。听我说，与娘子和睦了，休要疑虑。"

一个是白脸，一个是红脸。

这边吵闹起来，许宣姐姐以为他们拌嘴，就把许宣拖出去，一番劝说。

能劝什么呢，无非就是"弟弟啊，哪家没一本难念的经，不要斤斤计较，好好过日子……"

"姐姐啊，你根本不知道我经历了什么！"

许宣把之前的事情一一说给姐姐听，姐姐才明白他现在的处境有多危险。

正好姐夫回来，姐姐道："他两口子吵架了，如今不知弟妹睡了没有，你且去张一张了来。"

姐姐也很糊涂，让不知情的丈夫去冒险。人啊，永远不知道自己真实的处境。

姐夫走到房前看时，见屋里半亮不亮，觉得奇怪，就用舌头舔破了窗户纸往里看。

只见一条吊桶粗的白蟒蛇正伸头在天窗内乘凉，鳞甲内放出白光来，照得房内如同白天一样。

姐夫吃了一惊，回身便走。回房却跟妻子说："睡了，没有动静。"

第二天，李募事叫许宣到僻静处，问道："你这妻子哪里娶来的？老实对我说，不要瞒我！我昨夜亲眼看见她是一条大白蛇。"

姐夫能扛事儿，这么大的事情，他能闷一夜。

许宣说了以往经过。姐夫听了，去街上找了一个捉蛇的先生，给了一两银子，请他来家中捉蛇。

捉蛇的自然不是妖怪的对手，他来到家里，被白娘子轻松打败，吃了好多苦头。

白娘子又威胁许宣道："你好大胆子，又叫捉蛇的来！你若和我好好过日子，我对你佛眼相看；如果不想好，我让一城百姓受都死于非命！"

好一个沉迷爱情的恐怖主义者。

许宣想起了法海。他去了净慈寺，法海却不在寺中。许宣十分绝望，就想跳湖自杀。这时背后有人高呼法号，回头一看，正是法海。

鲁迅先生说法海"大约是怀着嫉妒吧"，说他要管别人家的闲事。但是在原著版本里，法海却是正义和智慧的化身。

法海从袖中取出一个钵盂，交给许宣："你若到家，悄悄地将此物往那妖怪头上一罩，不要手软，紧紧按住，不可心慌。"

法海让许宣自己动手。因为这个男人半生软弱，今番就要让他亲自动手，才能让他醒悟，帮他成长。

许宣回到家，看到白娘子正在喃喃地骂："不知道谁挑拨丈夫，打听出来，再和他理会！"

许宣趁她不注意，把钵盂望白娘子头上一罩，用尽平生气力按住。只听得钵盂内道："和你数载夫妻，好没一些儿人情！

略放一放！"

听着白娘子的哀求，许宣居然又有些动摇。这时候法海来了。

法海念了咒，轻轻揭起钵盂，白娘子缩成了七八寸长的一个小人。

法海喝道："你是何方的妖怪，可仔细说来！"

白娘子答道："禅师，我是一条大蟒蛇，因为风雨大作，来到西湖上安身，同青青一处。不想遇着许宣，春心荡漾，按捺不住，一时冒犯天条，却不曾杀生害命，望禅师慈悲！"

法海又问："青青是何怪？"

白娘子道："青青是西湖内第三桥下潭内千年成气的青鱼，一时遇着，就拉了她做伙伴。她不曾有一日欢娱，望禅师怜悯！"

这个版本没有青蛇，青青是个青鱼成精。青鱼是"青草鲢鳙"四大家鱼之首，往往能长到上百斤。

原版故事里，白娘子确实没做什么大恶，她盗过一些东西，捉弄了一个道士和一个捉蛇的人，并没有害人性命，更没有水淹金山。但是她的狠毒威胁，让法海不敢放她，有的人就是如此，话厉害，手段也厉害，你不知道下一件事她会做什么。

法海道："念你千年修炼，免你一死，可现本相！"白娘子不肯。

也是可怜，她应该还是眷恋人间吧。她应该还在意许宣的看法，不愿意自己的本相让许宣看见。

法海大怒，大喝道："揭谛（护法神将）何在？快与我擒青鱼怪来，和白蛇一起现形，听候发落！"

法海不懂白娘子担心的是什么。法海不懂爱。

只见庭前起一阵狂风，半空中坠下一条青鱼，有一丈多长。这青鱼连跳几跳，缩做尺余长一条鱼。白娘子也现出原形，变成三尺长一条白蛇。这条蛇兀自昂头看着许宣。

"我没害你，我的本相是条蛇，但现实中的我就是一个很渴望爱、很情绪化、很口无遮拦的女人啊。"

这应该是白娘子看着许宣的意思吧。

许宣剃度出家，他四处化缘，在镇压白蛇、青鱼的地方建成了一座七层宝塔，这就是雷峰塔。

这个许宣比后世电视剧戏曲里的许仙有担当。

"你找的妻子威胁了杭州城，你就要去弥补错误，去管住她。"许宣选错了妻子，就要用今生来弥补错误。


## 人生


原版小说是想教导人们不要被美色诱惑，但从男女恋爱的角度，我们也能看出不少内容。

这个故事里的白娘子，是一个渴望爱，追求爱，愿意付出，但是无法控制情绪，试图控制伴侣，缺乏安全感，却又希望享有和美家庭的人。

她富有魅力，又手段骇人，是温柔和狂乱的混合体。爱人是她的一切，她为了这个男人，可以践踏一切社会秩序。这样的大胆和疯狂，把她送上了一条不归路。

人们都渴望热烈、甜蜜的爱情，但是偏执、疯狂、不顾一切的异性，真的能把人害入狱、害破产、害投湖。

和疯魔之人相恋，恋时很甜，想要离开的时候，就会窒息、压抑，感觉走投无路。遇到这样的异性，我们应时时怀有警惕之心。

我时常会想，不知道人到中年的许宣在青灯古佛前，念着"空不异色，色不异空"的时候，抬头看到那座高耸的雷峰塔，会是什么样的心情。

那塔下有最痴心的爱人，也有让人畏惧的女子。

那塔下埋着他今生的欲望，也埋着他的怯懦和糊涂。

# 警惕那些情感勒索者——《王娇鸾百年长恨》

如何选择一个恋爱对象？有人说，可以看这个人的身份、家庭情况和学历。

有道理，但是远远不够，这几样，代表的是"他是谁"，恋爱中更需要考察的，是他的为人处世，要看"他是什么人"。

一个体面、有身份的人倘若尽是是欺骗、掠夺的手段，那就绝对不要选，否则的话，就要像下面这个故事里的女主角一样吃尽苦头。

《警世通言》里的《王娇鸾百年长恨》，说的就是一个单纯的少女遇到一个感情勒索者的故事。

## 陌生人

明英宗时，有个临安卫指挥名叫王忠。卫指挥，在明代是正三品官员，统领五六千人。

王忠有三个孩子，儿子王彪是一名军官，小女儿王娇凤从小养在外婆家，和表兄定了亲，大女儿王娇鸾，喜欢读书，有才有貌。王娇鸾负责父亲的来往书信，做一些秘书类的工作。她已经十八岁了，父亲却不舍得把她嫁出去。

这一年广西叛乱，朝廷调王忠的兵去剿，王忠误了集结日期，朝廷把他贬到了河南南阳当千户。

从杭州到南阳，从南方到北方，来到陌生的地方，王娇鸾有点郁郁寡欢。这一天，丫鬟明霞和继母的姐姐曹姨陪她在后园里荡秋千。

古代女性的户外活动，一种是放风筝，一种是荡秋千，这都是很美好的景致。

苏东坡有一首《蝶恋花》，说的就是路人在墙外听见佳人荡秋千时的感受：

> 花褪残红青杏小。燕子飞时，绿水人家绕。枝上柳绵吹又少。天涯何处无芳草。
>
> 墙里秋千墙外道。墙外行人，墙里佳人笑。笑渐不闻

声渐悄。多情却被无情恼。

王娇鸾荡着秋千，突然听见墙外缺口那里，有个少年在看着她喝彩。王娇鸾害羞，赶紧拉着曹姨和明霞进屋。

那少年直接翻墙进来，发现地上有一块罗帕，就把罗帕揣了起来。

侍女明霞出来找罗帕。少年开口对明霞说："小娘子，罗帕已经落在我手里了，你往哪里找？"

这口吻太无礼了，有很轻佻的味道。如果是一个规矩的小伙子，可以把帕子还给明霞，然后诉说自己对小姐的爱慕。这个少年拿了人家罗帕，却有戏弄、要挟的口气。这人的人品，在小说的开头就已经暴露无遗。

明霞便上前万福道："相公想已捡得，乞即见还，感德不尽！"

少年对明霞说："既然是小姐的东西，那就让小姐自己来拿。"这几乎是现在的校园小流氓的口气。

少年又自我介绍，自己是苏州人，名叫周廷章，父亲来这里做县学教谕，就住在隔壁。

明霞见周廷章是官宦人家子弟，就放心把小姐名字说了："小姐名娇鸾，主人之爱女。"

人们判断一个人，往往不看一个人做事的方式，而是更在乎这个人的身份。明霞觉得少年身份尊贵，不会胡来，不会是恶人。她要是直接说让大少爷去揍周秀才，就没有后来的悲剧了。

周廷章写了首诗，让明霞带给王娇鸾。明霞要罗帕，周廷章不给。他说："回信拿来给我，才能还回罗帕。"

周廷章精明利己，掌握了好多江湖手段，要骗单纯的小姐和憨憨的丫鬟，简直太够用了。

## 婚姻

王娇鸾回去，心里小鹿乱撞。她想："好个俊俏郎君！若嫁得此人，也不枉聪明一世。"

那个年代的恋爱，就是看容貌，看家世，王娇鸾动了这个心思之后，不管周廷章怎么做，都觉得他有道理。没法子，这就是初恋女子的心态。

明霞将桃花笺递与小姐。娇鸾拆开看，是一首七言绝句："帕出佳人分外香，天公教付有情郎。殷勤寄取相思句，拟作红丝入洞房。"

这首诗的水准，实在是不怎么样。粗鄙，还带着轻佻和油腻。

王娇鸾就回了一首："妾身一点玉无瑕，生自侯门将相家。静里有亲同对月，闲中无事独看花。碧梧只许来奇凤，翠竹那容入老鸦。寄语异乡孤另客，莫将心事乱如麻。"意思是，我是个良家女子，家世门第也不错。我规规矩矩一个女孩子，在自己家后院里玩耍，没想到被你打扰。你如果是平庸之辈，就不要来打我的主意了。这首诗的文采，就比周廷章的要好得多了。

王娇鸾读书虽然多，却没有生活经验，对恋爱的事更是一无所知，生生把一个坏人的无礼骚扰，变成了文友的来往酬答。

来回送了几次诗歌，明霞不愿意了，和周廷章一通抱怨："罗帕又不还，只管寄诗，我不寄了！"周廷章解决问题的方式简单粗暴，他从袖中出一根金簪，道："这微物奉小娘子，权表寸敬，多多致意小姐。"

贿赂，这不是读书人解决问题的方式，周廷章却用得这么娴熟。明霞贪了这金簪，又将诗回复娇鸾。

诗歌往来当中，王娇鸾经常鼓励周廷章，要他把精力放在读书上，提醒他，考上了功名，还怕不能在一起吗？她拿周廷章当体面人，可周廷章恰恰不是体面人。

端午节到了，王家摆酒欢宴，明霞没法送信，于是周廷章托了第二个人帮忙。这个人叫孙九，是个军户，同时又是木匠，经常在周家做活儿，周廷章给了他二百文钱吃酒，让他帮忙送信。

一位小姐和一个书生的美好姻缘，是当时的人们喜闻乐见的，所以孙九欣然应允。而且孙九和明霞一样，觉得周廷章是个秀才，他为自己的功名，为父亲的名声，肯定不会乱来。

孙九把信送给明霞，明霞把它放在了王娇鸾的书桌上。恰好曹姨过来了，看见了诗稿，吓了一跳，这么大的事情，王娇鸾居然瞒过了自己。

曹姨问娇鸾实情。娇鸾含羞答道："虽有吟咏往来，并没有发生别的事，不敢隐瞒姨娘。"

曹姨道："这个周生也算是个才子，两家的门户也相当，何不教他遣媒说合，成就百年姻缘。"

这是又一个被周廷章迷惑了的人。作为长辈，其实曹姨应该问问王娇鸾："交往这么久了，他有说过提亲的事情吗？"男方绝口不提实质问题，那么在感情上肯定不是真诚的。

王娇鸾得到了第一个长辈的关怀，心里舒服多了。她在回信里和周廷章提了这个要求。

青年男女的恋爱到了火热的阶段，必然有一方会提出现实的打算。正常情况下，另外一方应该有真诚而坦率的回应，让双方的关系更进一步。

但是周廷章没有，他去找了父亲的朋友赵学究，假托这是父亲的意思，请他去跟王千户提亲。周廷章想，万一王千户答应了这门亲事，就买通赵学究，让父亲以为是王家主动提亲。

偏偏王千户也有迟疑。"王千户亦重周生才貌。但娇鸾是爱女，况且精通文墨，自己年老，一应卫中文书笔札，都靠着女儿相帮，少她不得，不忍弃之于他乡，以此迟疑未许。"

一来是王千户需要女儿在家里帮他，二来是王千户担心女儿嫁得太远，所以拒绝了这门亲事。

## 兄妹

家里不同意，王娇鸾死心了，又写了首诗："痴念已从空里散，好诗惟向梦中吟。此生但作干兄妹，直待来生了寸心。"这首诗其实就是分手的意思，但周廷章又从"干兄妹"三个字得到了启发。

他想："当初张珙、申纯皆因兄妹得就私情，王夫人与我同姓，何不拜之为姑？便可通家往来，于中取事矣！"

张珙，就是《西厢记》里的张生，本来崔家说要把莺莺嫁给他，但老夫人悔婚，就逼着女儿认张生为哥哥。申纯是《娇红记》里的男主角，他本来就是女主角娇娘的表哥。人家的"兄妹"关系，要么出于无奈，要么是实在亲戚，都不是周廷章这样玩弄心机的故事。

周廷章开始了下一步计划，他和父亲说，西衙狭窄，而且喧闹，想到隔壁的卫署后园去读书。

他托父亲周司教跟王千户开口，借房子读书。周司教不知道儿子去提亲的事情，如果知道，一定不会去开口了。

王千户觉得拒绝了周司教的提亲，还有点不好意思，就要管周廷章饭："彼此通家，就在家下吃些现成茶饭。"

周廷章听父亲这么一说，又得寸进尺："我们和王家非亲非故，这样去打扰，实在是不好意思。孩儿欲备一份大礼，拜认王夫人为姑。姑侄一家，相处起来更加方便。"

周司教是糊涂的人，只要讨些小便宜，道："任从我儿行事。"

周廷章又选了吉日，备下彩缎书仪，写个表侄的名刺，上门认亲，极其谦逊，极其亲热。

周廷章把两个老头儿耍得团团转，用尽手段要离王娇鸾近一些。王家不乐意，你应该慢慢说服，慢慢争取，去骗人家，暗中做手脚，这就不对了。

王千户家中举行了认亲仪式，让老伴当了周廷章的表姑，曹姨成了周廷章的姨娘，王娇鸾自然就是周廷章的表妹了。


## 婚书


兄妹归兄妹，王家的门禁还是有的，周廷章在王家后园读书，王娇鸾在自己屋里，根本见不到面。

王娇鸾一着急，就病倒了。

周廷章对王千户说："表妹的病，是抑郁导致的。经常出来散散步，活动一下，也就好了。"

王家就一个花园，如果王娇鸾去了，就可能碰见周廷章。于是王家安排让曹姨陪着王娇鸾，这样就没有问题了。

二人可以相见，但是想要更进一步，恐怕要过曹姨这一关。

第二天，周廷章取吴绫二端、金钏一副，请明霞送给曹姨。你看，他对什么人都用贿赂的手段。

在一个夜晚，周廷章去闺房见了王娇鸾。王娇鸾却说："明霞，你去请曹姨来。"

周廷章大失所望，自陈苦情，责备王娇鸾变卦，一时急泪欲流。你看，明明是他躲躲闪闪，没有找父亲提亲，却要责备姑娘变卦，把责任都推给对方。

王娇鸾是这样说的："妾本贞姬，君非荡子。只因有才有貌，所以相爱相怜。妾既私君，终当守君之节；君若弃妾，岂不负妾之诚？必矢明神，誓同白首，若还苟合，有死不从。"

王娇鸾退了一步，这也是古代女孩子的最后一步了，她们最后只能靠神明来主持公道。

曹姨来了，她是个寡妇，知道孤独的滋味。她建议说："你俩可写下婚书，一式四份。一份焚于天地，以告鬼神；一份留在我的手里，以为媒证；你二人各执一份，为他日合卺之验。女若负男，天打雷劈；男若负女，乱箭亡身。负心那个，必会下十八层地狱。"

曹姨觉得他俩恋得太纠结，太辛苦，因此说了这样痛切的话。王娇鸾和周廷章就依曹姨所说，写成婚书，先告天地，再谢曹姨。

周司教的任期满了，升四川峨眉县县令。周廷章不愿意跟着父亲去四川，他恋着王娇鸾呢，于是借口说河南的教育质量好，同学都在这里，不想离开。他赖了一年左右，一直住在王家。

终于有一天，周廷章在邸报上看到了自己父亲生病、辞官回乡的消息。他想要回苏州老家探望父亲，又舍不得王娇鸾。王娇鸾知道了，劝他说："夫妻之间的爱，就像海一样深，但是父子之间的感情，就连天也比不上。你如果因为爱我而不去看父亲，你就失去了做儿子的道义，我这个做媳妇的，也有违妇道了呀。"

曹姨说得也好："你在这里贪欢，不是长久之计，不如回家去看望父母，顺便商量婚姻大事，赶紧回来迎娶娇鸾。"

周廷章犹豫不决。和温柔乡相比，亲爹其实也没那么重要。王娇鸾推了他一把，让曹姨跟父亲说了周廷章要回乡的事，王千户赶紧给周公子送行，还送了一份盘缠。周廷章只得收拾行李。

王家的人真好啊，老头子、姑娘、亲戚，都深明大义。临别时，王娇鸾问周廷章的老家住址。

周廷章道："问这个做什么？"王娇鸾道："怕你不能及时回来，方便通信。"

周廷章扭扭捏捏地给了地址，他显得非常警觉，好像怕王娇鸾讹他一样。

周廷章到了吴江县的家里，父母都很高兴，和他说："给你和魏同知家的女儿议了亲，正要接你回来完婚。"

如果当初周廷章跟父亲说过他和王娇鸾的事，也就不会有这么一次议亲了。现在是最后一次说清真相的机会，只要周廷章说自己喜欢王娇鸾，还可以挽救。

但周廷章是天底下第一个会算计的人，他去打听了魏家女儿的情况。

听说魏家的女儿十分美貌，魏同知家财巨富，周廷章马上就答应了。

## 负心

王娇鸾很想念周廷章，苦苦等了一年，杳无音信。她反复地想，他病了么？还是路上出事了？

这一天明霞告诉王娇鸾，说有个去临安办事，要路过吴江的客人，可以托他捎带书信。

王娇鸾马上给周廷章写了一封信。我们可以想象信的内容，信里反复诉说了自己的相思之苦，嘱咐周廷章早点回南阳，兑现自己的诺言。

送信人到了吴江，到处打听周家，正好在路上遇到了周廷章。周廷章听说有王娇鸾的信，怕把送信的人带回家暴露自己娶亲的事情，于是拉着送信人到了一家酒店，向店家借了纸笔写回信。

周廷章在信里说，父亲生病还没有痊愈，自己在父亲身边侍奉汤药，所以误了佳期，相信我们不久就能会面，你千万不要胡思乱想。

周廷章自己负了心，但是怕王娇鸾嚷叫起来，影响自己的家庭和功名，于是拖着她，最好是王娇鸾扛不住压力，听家里安排，另嫁他人，他就安全上岸了。

"拖"这个办法，在有的时候，确实能解决问题。

王娇鸾收到回信，又等了三四个月，还是没消息。娇鸾觉得自己被骗了。

曹姨自己安慰自己："誓书在此，周郎难道不怕死吗？"作为唯一一个知道这事的长辈，曹姨的心理压力也很大。

王千户也在给女儿安排婚事，但是王娇鸾不答应。她不愿意背誓，这样就又等到了第三年。

王娇鸾二十一岁了，在那个时代是老姑娘了。她仍然痴痴地守着那一纸只有神仙保护、没有父母祝福的婚书。

"有人说他跟别的姑娘结婚了，不知道是真是假。但三年不回来，肯定心也变了，不过我还是要得到一个准信儿，不然不死心。"

曹姨道："何不让孙九亲自往吴江一遭。如果周郎没有变心，就拉他一起回来。"

就像是在碎玻璃渣上起舞，不是不怕疼，只不过是一点妄念，想要把它踩得碎一些罢了。

王娇鸾托了孙九去送信。孙九的压力也很大，王娇鸾和周廷章的恋情，孙九也出了不少力，他是希望这俩人能在一起的。

孙九领书，夜宿晓行，到了吴江延陵桥下周家门口。他怕被人敷衍了，一定要把信亲手交给周廷章。

周廷章一见孙九，满脸通红，也不寒暄，直接收了信进去了。周廷章以为这事儿已经过去了，看见孙九，知道王娇鸾还没有放弃，就把狠劲拿出来了。他觉得自己没有明确拒绝是客气，是给了对方脸面，王娇鸾坚持要联系他，是"不懂事""不识抬举"的表现。

他派家童出来回复孙九："我家相公娶了魏同知家小姐，已经两年了。南阳路远，他不能再去了。回信不好写，请你口头转告她吧。这幅香罗帕是和鸾小姐的定情信物，这张婚书，也请你带给她，让她死心。本欲留你吃顿饭，但是老爹认识你，怕问起来会责怪。这是白银五钱，权充路费，下次不要来了。"

这段话歹毒、决绝、刻薄。这是个读书人吗？这是个体面人吗？这是个有良心的人吗？

孙九闻言大怒，把银子掷在地上，走出大门，骂道："你这种短行薄情之人，禽兽不如！可怜负了鸾小姐一片真心，皇天断然不佑你！"

孙九是个军户，做木匠活，身处社会下层，但是对善恶一节，比周廷章这个读书人要拎得清。孙九说罢，大哭而去。路人争问其故，孙九一五一十，逢人就说。自此周廷章的臭名声在吴江流传开来。

孙九知道王娇鸾小姐的性格，周廷章当然也知道，他现在就是想要激死王娇鸾，断绝后患。

## 惩罚

孙九回来，跟王娇鸾说了周廷章的负心，王娇鸾倒是很淡定。

她准备自杀，但是不能这么白白去死。她写了一首《长恨歌》，把整个经过写了下来。信写完了，还要派孙九去送，但孙九咬牙切齿，再也不肯见那个恶人了。

正好王千户病了，娇鸾替父亲处理文书。其中有一个文件，正好是准备发往苏州府吴江县县衙门的。

王娇鸾想了想，就把自己和周廷章的唱和诗词、婚书、绝命诗都装进了信封里。封筒上写"南阳卫掌印千户王投下直隶苏州府吴江县当堂开拆"，打发公差去送。

这事做完，王娇鸾也不肯活了。她哄明霞出去烹茶，自己关了房门，用白练挂在房梁上，把定情的罗帕连上白练，打上死结，踢开凳子……王娇鸾死的时候，才二十一岁。

这封公文，直接投到了吴江县。这是一个什么文件夹啊，有诗歌，还有控诉书。正好有位下来巡视的都察院樊大人，看到了这一叠东西。

樊公将诗歌及婚书仔细读过，爱惜王娇鸾的才气，又痛恨周廷章的薄幸。他赶紧派人去南阳卫，看看王娇鸾自杀没有。樊大人想要救她，这应该是一个有女儿的父亲。

同时，他把周廷章传来问话，身为秀才，怎么能做出这样丧尽天良的事情。

周廷章想抵赖，后来看见樊大人手里的婚书，不敢开口。

樊公喝教重责五十收监。不一日文书转来，说娇鸾已死。周廷章但凡有一点人性，都不应该让事情发展到这一步。

樊公把周廷章传到大堂上，骂道："调戏职官家子女，一罪也；停妻再娶，二罪也；因奸致死，三罪也。婚书上说：'男若负女，万箭亡身。'我今没有箭射你，用乱棒打杀你，以为薄幸男子之戒。"

喝教合堂皂快齐举竹批乱打。顷刻之间，化为肉酱。满城人无不称快。

周司教闻知，登时气死。魏女后来改嫁。

在"三言"的小说世界里，其实比周廷章坏的人很多，比如金玉奴棒打的薄情郎，是准备害死女方的，这个坏人最后都没有死，还和金玉奴继续做两口子。只有周廷章特别惹人厌恶，他要死，没人愿意救他，这是为什么？因为周廷章从一开始就没有准备负任何责任，他玩弄手段，戏弄别人的善意，欺负别人，而且专挑对他好的、懂道理的人来欺负。

周廷章见到一个人就要榨取人家的价值。王娇鸾爱慕他的容貌才气，就成了他的玩物，被他操控欺凌，最后抛弃。其他的人，明霞、曹姨、王千户夫妇、孙九甚至魏同知，要么替他跑腿、要么替他办事、要么让他占便宜。

周廷章这种情感上的勒索者、控制者，ＰＵＡ高手，别人在他眼里，都是目标，都是工具。

故事里的周廷章被樊大人打死，这是一个浪漫的结尾，现实中，大多数的王娇鸾都会忍气吞声，吃哑巴亏，而周廷章往往会继续光鲜下去，寻找下一个目标。书香门第、秀才、一表人才，还会有其他的人因为他的身份和条件而相信他，继续吃亏。

想要避免吃这种人的亏，那就只有一种办法：不仅要看他是谁，还要看他如何行事。爱破坏规则，拿别人当工具，爱控制别人，不太在乎父母，只想着自己的欲望而不在意社会良俗，如果相处的人有以上特征，那就赶紧离远一点吧。这就是周廷章这样的情感的控制者，这就是真正的坏人。

如果有个人让你觉得不舒服，那就需要好好琢磨，这个人是不是也是一个周廷章。躲开这种人，就能少很多损失。

# 情深之人最可爱——《闹樊楼多情周胜仙》

中国传统的情人节不是七夕，而是上元节，农历正月十五。北宋大词人欧阳修《生查子·元夕》这样写："去年元夜时，花市灯如昼，月上柳梢头，人约黄昏后。"说的就是上元节时青年男女的约会。

在唐朝和宋朝，上元节这一天，男女青年都可以挤在人堆里看灯，也是年轻人选择心上人的机会。

《闹樊楼多情周胜仙》是《醒世恒言》当中的一篇，故事就发生在这一年的上元日。这是一个有鬼的故事，其实是一个人和人的故事，一个爱情悲剧。

## 爱的种子

没有水和美景的城市没有灵魂。

古代的都城，都会有那么一两个著名的湖，比如唐代的长安有曲江池，北宋的汴梁有金明池，南宋的临安守着西湖，南京有玄武湖，北京有后海……

用今天的话说，这就是"地标"。

地标还有一个特点，这种地方长得标致的人特别多。

在春暖花开的时候，青年男女会在这里相遇、邂逅，没有对象的人，会在人海中悄悄打量每个适龄的异性，必要的时候，留下一个联系方式。

这个故事发生在北宋，这时候的姑娘和小伙子不能直接书信往来，他们要交往，只能通过父母，走"媒妁之言"。

徽宗时，金明池边有个大酒楼叫樊楼，由哥哥范大郎和范二郎合伙经营。二郎十九岁，还没有娶妻。在一个春天的尾巴上，他到金明池游玩。

在一个茶坊里，范二郎看见一个女孩儿，十七八岁的样子，花容月貌。

姑娘看见范二郎是个很精神的小伙子，也不愿意错过，两个人互相看了好几眼，都觉得对方很好。

但是宋朝开始，民风已经变得保守了。姑娘要直接问小伙子的姓名，要跟对方说话，那是不可能的。

姑娘想了想，就叫卖糖水的过来。

"卖水的，倾一盏甜蜜蜜的糖水来。"

糖水用铜盂儿盛着，喝完了，要把铜盂儿还给卖糖水的。

女孩儿喝了一口，就把这个盂儿往上一泼，："好好！卖糖水的，你竟敢暗算我！你说我是谁？"

这里的暗算，就是欺诈的意思。

范二竖起耳朵，听女嘉宾做自我介绍。

那女孩儿说："我是曹门里周大郎的女儿，小名叫作胜仙小娘子，年一十八岁，你居然还暗算我，我是不曾嫁的女孩儿。"

范二是聪明小伙子，一下子就明白了，这是在说给自己听。

金庸的《射雕英雄传》里有类似的桥段，陆冠英和程瑶迦两个人不能互相说话，陆冠英就对着灶王爷来表露心迹。

卖水的说："小娘子，小人怎么敢暗算你？"

女孩儿道："怎么没暗算？你看杯子里有根儿草！"

卖水的说："你看你也没什么损失……"

女孩儿说："这草要拉坏我的嗓子怎么办？我爹要在家，非和你打官司不可。"

茶博士一看吵起来了，赶紧让卖糖水的换一份好的。

范二郎一想，姑娘都把名字告诉我了，我得回应她。

范二郎也叫："卖水的，倾一盏甜蜜蜜糖水来。"

大老爷们一般不用叠词，这其实就是呼应周胜仙刚才的话，要她留神听。

卖水的也倒了一盏糖水给范二郎。二郎接着盏子，吃一口水，也把盏子望空中一丢，大叫起来道："好好！卖糖水的，你竟敢暗算我！你说我是谁？我哥哥是樊楼开酒店的，叫范大郎，我范二郎十九岁了，没被人暗算过。我射得好弩，打得好弹，而且我还没有娶妻！"

范二把自家的姓名、家庭、年龄、兴趣、特长都说了。

卖水的说："你疯啦，跟我说这些干啥，我又不做媒！谁暗算你了？"

范二郎道："还说你没有暗算？我的盂儿里，也有一根草叶。"

这话一说，周胜仙就听得清楚了。

小虎队唱得好：把你的心，我的心，串一串，串一株幸运草，串一个同心圆。

说是都有草，其实就是都有心。今天我们喜欢什么东西，就说"已经种了草"，也是这个意思，种的其实不是草，是爱的种子。

姑娘起身要走了，临走还对卖水的嚷一声："我走了，看你还敢跟来！"

范二郎明白了，这是让自己跟来。

他远远地跟着周胜仙，直到姑娘进了家门。

范二郎像疯了一样，在附近走来走去，直到晚上方才归家。

## 说亲

周胜仙有了心事，身体就出了问题，茶饭不思，眼看着就病了。

应该请大夫，但是周家是大户人家，门禁比较严，周员外出门办事去了，她妈不敢随便请个男医生进来，小丫鬟迎儿出了一个主意，让隔壁王婆过来看看姑娘。

王婆就是民间那种热心肠大妈，她"唤作王百会，与人收生，做针线，做媒人，又会与人看脉，知人病轻重"。

害相思病，就请一个媒人来看看，多合适。

王婆给周胜仙看了脉，知道她没啥大问题，这就是有心事了。

王婆把迎儿和奶妈打发走，自己问周胜仙。

"是不是喜欢了什么人了？"王婆问姑娘。

"没。"姑娘不好意思。

"你要跟我说实话，我有办法帮你。"王婆说。

王婆没有那么多的规矩和约束，她的目的就是蹭吃蹭喝，挣点儿钱，这样的人反而可能帮姑娘实现愿望。

姑娘听她言语诚恳，说："他叫范二郎。"

"是樊楼开酒店的范二郎吗？"

"是他。"

"行了，这家我认识，他哥哥嫂子都是好人，这孩子聪明伶俐，他哥哥正托我说亲呢。我能让你嫁给范二郎，你愿不愿意？"

王婆这话不简单，媒人是江湖人，嘴巴最臭，王婆居然这么认真地说范大郎是个好人，那只怕就是真的好人了。

顺便说一句，樊楼就在京城的御街上，宋徽宗和李师师长期在这里有一个雅座。在这篇小说里，范家不仅有钱，而且有一定的社会地位，这样的一家人还是"好人"，非常难得。

"我当然高兴了，只怕我妈妈不肯。"

"我自有办法。"

王婆出来，就跟周妈妈要三杯酒。哪有医生要酒菜吃的，这是媒人的做派。

周妈妈一头请她吃酒，一头问："我女儿害的是什么病？"王婆把姑娘说的话一一说了。

王婆建议周妈妈直接派人去跟范二郎家里谈亲事，周妈妈有点犹豫——男人没回来，自己做主把女儿许配给人，说不过去。

但是王婆会说话："这样，我先去跟范大郎说亲，我们先下了定，等到周员外回来再办喜酒，也就是了。"

周妈妈晕晕乎乎地答应了，这就种下了祸根。

怕女儿病重，可以告诉她，等你父亲回来就跟他提，私下定亲是不妥的。

王婆到了范家，范大郎正在发愁，弟弟一回来就病倒了。

王婆乐了，这肯定也是相思病，进去一问，这病症和周胜仙的一模一样。

王婆笑了起来。

王婆道："我不笑别的，我得知你的病了。不害别病，你害曹门里周大郎女儿，是也不是？"

二郎被王婆说中心事，跳起来道："你如何得知？"王婆道："他家教我来说亲事。"

范二郎感觉到了幸福的晕眩，要什么就有什么，欢喜谁就是谁，这也太顺利了吧！

两家换了礼物，范二郎欢天喜地，不再出门，每天和哥哥照管酒店。周胜仙过去也是贪玩的女孩，自从下了定，也愿意做一些针线活了。

两个心安意乐，只等周员外回来正式成亲。

但是，世界怎么可能按照两个十八九岁的年轻人的意愿来运行呢？

### 周大郎

两人是三月下定，到了十一月，周胜仙的父亲周大郎从外地回来了。

周妈妈把女儿的事情说给了丈夫。

"定了未？"周大郎问妻子。

不妙，这个话头不对，话越少，人就越憋着要挑事儿。要是周大郎絮絮叨叨数落老婆，发一遍牢骚，这事儿也就过去了。

"定了也。"

周妈妈怕丈夫，但是这一刻她还是鼓起了勇气，她心疼女儿。

周大郎听说，双眼圆睁，看着周妈妈骂道："打脊老贱人！得谁言语，擅便说亲！他高杀也只是个开酒店的。我女儿怕没大户人家对亲，却许着他！你倒了志气，干出这等事，也不怕人笑话。"

打脊，就是用棍子打后背，这是古代的刑罚，周瑜打黄盖，就是打脊。周大郎说周妈妈是打脊老贱人，就跟"杀千刀"的意思差不多。

周大郎是一个控制欲很强的人，和女儿的幸福相比，他更在乎的是自己的体面。

他希望女儿找一个大户人家，瞧不上开酒楼的。今天我们觉得开一座酒楼是个大买卖，但是在宋朝，商人的社会地位很低。所以尽管大宋皇帝也是樊楼的客人，范家毕竟也就是一个开酒楼的，社会地位并不高。

周员外没有真正考虑妻子的提议，也没有去考察范二郎的情况，他信口侮辱妻子，说那么难听的话，说明他从来就是希望控制家人，而不是真正在乎自己的女儿。

这边周员外骂人，那边屏风后面咕咚一声，好像有人摔倒了。

屏风后面不是别人，正是女儿周胜仙。姑娘听见父亲骂人，知道情况要坏，急火攻心，昏了过去。

迎儿慌张张跑来，让夫人快去救小姐。

周员外骂道："打脊贱娘！辱门败户的小贱人，死便教他死，救他做甚？"

迎儿要自己去救护小姐，也被周员外"一个漏风掌"，打倒在地。

好霸道的老头子啊！他感受到了一点点冒犯，都会十倍在女儿身上找齐，看到女儿晕倒，他觉得这是女儿在耍心眼。他不相信任何人。

周妈妈气得晕了过去，醒来后放声大哭。早有附近的几家嫂子听见动静，过来劝周妈妈。周妈妈性格好，大家都喜欢，周大郎的脾气坏，大家都不喜欢。

但是周员外把眼睛一瞪："家间私事，不必相劝！"

老头子脾气是真坏，难怪周胜仙在卖糖水的那里都用"我是周大郎的女儿"去吓唬他。

周大郎这嘴脸一出来，大家不好问，也不好劝，都回家去了。

周妈妈缓过这口气，爬起来去看女儿——女儿四肢冰冷，已经死了。

又漂亮，又冰雪聪明的一个女孩子，就这么没了。往常周妈妈不敢违逆丈夫，但是现在，二十年的恩怨总爆发："你太狠毒了，想来是你舍不得三五千贯的嫁妆，害了我的女儿！"

这是气坏了，口不择言，但是也没有冤枉周大郎，嫌贫爱富确实是他的风格。

周大郎听得，大怒道："你竟说我是为了省三五千贯，这等奚落我！"

周大郎没有悔恨、反思，而是立刻觉得自己委屈，把敌意转向妻子，这样的人，我们在生活里一定要小心。

周大郎出去买了棺木，妻子见棺材进门，痛哭了起来。周大郎发狠："你说我割舍不下三五千贯的嫁妆，这就把你女儿房里的金银细软都搬在棺材里！"

其实这种事，最应该请王婆来张罗一下，但是女儿的死跟王婆有关，周大郎肯定不会请她过来了。

否则，神通广大的王婆可能一针把濒死的周胜仙救活过来，也可能拦着周大郎。多停周胜仙几天，也就不会有后面的故事了。

周大郎叫仵作把女儿入殓，又吩咐管坟园的张一郎、张二郎兄弟："你两个便与我砌坑子。"

周大郎准备厚葬女儿，又决定第二天就下葬，这完全就是赌气。

第二天，周大郎就把女儿埋在了那个浅坑里，回来继续跟老伴儿怄气。

## 盗墓贼

有个干暗行、捞偏门的人叫朱真，三十多岁了，还是个光棍，跟老娘一起生活，这人平时的工作，是给仵作做副手。

这次埋葬周姑娘，他也在帮忙。回来之后，他跟母亲说："我来日就富贵了。"

母亲问他缘故，朱真说："周大郎女儿死了，大概有三五千贯房奁，都放进了棺材里。有这样的富贵，如何不去取了它？"

看朱真这个说话轻佻的样子，就不是一个善类。

朱真妈妈吓坏了："这不是闹着玩的。又不是八棒十三的罪过，你爹当年就是做这事，没落下好结果。"

八棒十三的罪过，指的是最轻的罪，最轻的笞刑八下，最轻的杖刑打十三下。但盗墓可是死罪，

朱真她娘告诫儿子说，他爹就是盗墓丢了性命。

"二十年前时，你爷去掘一家坟园，揭开棺材盖，尸首觑着你爷笑起来。你爷吃了那一惊，归来过得四五日，你爷便死

了。孩儿，切不可去，不是耍的事！"

朱真不理娘，把床底下他爹当年用的斧头、撬棍之类的工具拿了出来。

他娘继续劝："别拿出去吧！你爹当年拿着这个袋子出去，用了一回就死了！"

朱真道："各人命运不同。我今年算了几次命，都说我该发财，你不要阻挡我。"

正是农历十一月的时候，东京城外下了雪。

贼有讲究，叫作偷雨不偷雪，因为雪天会留下脚印，雨天会冲走作案痕迹。但是盗墓贼比小偷高明，人家有专业工具。

二更天，朱真穿着蓑衣出发了，他的蓑衣后面挂着竹皮子，能扫掉雪地里的脚印。

他用带毒药的油糕毒死了张家兄弟的狗，然后开始动手。

小说这样写，朱真"下刀挑开石板下去，到侧边端正了，除下头上斗笠，脱了蓑衣在一壁厢，去皮袋里取两个长针，插在砖缝里，放上一个皮灯盏，竹筒里取出火种吹着了，油罐儿取油，点起那灯，把刀挑开命钉，把那盖天板丢在一壁"。

这个棺材是他埋的，他知道弱点在哪儿。

看到周胜仙的尸体，朱真说："小娘子莫怪，暂借你些个富贵，却与你作功德。"道罢，去女孩儿头上便除头面。有许多金珠首饰，尽皆取下了。

盗墓小说里，盗墓贼有分金认穴的诀窍，偷东西要给死人留一件，灯灭了、鸡叫了要立刻退出墓穴，这些其实都是虚构。

大多数的盗墓贼就是朱真这样，贪婪，干脆，顶多对死者说几句漂亮话，然后拿走所有的财物。

正在动手，朱真突然被女孩子一把抱住了，这下把他吓得不轻。

那女孩儿叫声："哥哥，你是谁？"

从今天的医学角度来看，周胜仙就是深度昏迷，进入假死状态，被活埋在坟里，朱真盗墓，结果她醒了过来。

朱真那厮好急智，便道："姐姐，我特来救你。"

周胜仙看看四周的情况：自己在墓坑里，棺材盖开着，面前是一个陌生男人，这个男人身边有刀和斧子。

这个男人能是好人吗？这个时候，千万别嚷，不然肯定要被对方杀害。

周胜仙道："哥哥，你救我去见樊楼酒店范二郎，重重相谢你。"

她不要回家，要去找恋人——父亲已经埋葬过她一次了，她希望这捡回来的余生和情郎在一起。

周胜仙不是求饶，而是求朱真送自己去范二郎那里。你先提出一个比较高的要求，对方拒绝了，这时再提出一个比较容易实现的要求，对方就不大容易拒绝，这是人际关系上的一个小技巧。

　　如果直接求朱真不杀自己，这厮拒绝了，自己就会有生命危险。

　　此外，周胜仙假装是个痴心人，可以让朱真对她放下警惕。朱真果然舍不得杀人灭口了。娶媳妇不是还得花钱么？不如把这个姑娘带回家做老婆。

　　"当下朱真把些衣服与女孩儿着了，收拾了金银珠翠物事衣服包了，把灯吹灭，倾那油入那油罐儿里，收了行头，揭起斗笠，送那女子上来。朱真也爬上来，把石头来盖得没缝，又捧些雪铺上。"

　　盗墓的事情不能被看坟的人发现。

　　他背着姑娘，一路回家，把他娘吓了一跳："儿啊，你盗墓怎么还把尸体背回来了？"

　　朱真让他娘低声，他把女孩子堵在屋子里，拿着刀威胁。

　　"你若依我，我带你去见范二郎。你若不依我，看见这刀没有？把你砍成两段！"

　　女孩儿慌道："哥哥饶命，您说什么事？"

　　朱真道："第一不要出声，第二不要出房门。要是依我，两三日内我带你去找范二郎。若不依我，就杀了你！"女孩儿赶紧答应。

　　朱真有一个如意算盘，周家这个女儿已经死了，埋了，谁也不会来找这个女孩儿了。如果这个女孩儿不跑，那就好办了，把她关起来洗洗脑，过一段再生个一儿半女，就拴住了。

买被拐卖的女孩子做老婆的家庭都是这么想的。

周胜仙聪明，一直都在问朱真什么时候带她去找范二郎。朱真就一直骗她，说范二郎正在害病，要等几个月才能来接她。

## 逃脱

自十一月二十日姑娘来到朱家，一直到第二年的正月十五，朱真死死守着这姑娘，不让她逃跑。

正月十五，朱真决定去看看鳌山灯，这是上元灯节的一个打卡点，花灯扎成鳌鱼山的形状，非常壮观。朱真从周胜仙那里偷到了钱，就准备出去吃喝玩乐一番。

大约一更更尽，也就是晚上八点来钟光景，朱真的老娘听见外面有人喊"有火"！开门看时，见隔四五家有一家酒店里火起，朱真娘赶紧回家收拾。

搁以前，家里穷，朱真的老娘可能抬脚就跑了，现在有了周姑娘那些珠宝首饰，朱真他娘自然要收拾收拾。

女孩儿抓住了机会开门就走，逃到了热闹地方。老太太忙着收拾东西，也顾不上她。

周胜仙一路打听曹门怎么走，打听樊楼酒店怎么走。

好可怜！家在曹门，不是不想父母，她要第一时间把自己交到范二郎手里，睡一个复活以来的安稳觉。

她会说什么呢？

"我有好多好多话要对你说，我对生存、对死亡有了全新的认识。"

"我忍不住看见你惊喜的样子了。"

女孩儿走到樊楼酒店，见酒博士在门前招呼客人。女孩儿深深地道个万福。

从魔窟里逃生出来，还是这样讲礼貌，这姑娘真好。

女孩儿道："范二郎在吗？"酒博士说："就在酒店里。"

酒店还在营业，卖酒给那些过节的、快乐的人。

女孩儿一直走到柜边，才叫道："二郎万福！"

范二郎一眼看见周姑娘，吓坏了。

姑娘的死虽然和他无关，但这事毕竟因他而起，情人节了，死去的人突然出现在眼前……

范二郎吃了一惊，连声叫："灭，灭！"

女孩儿说："二哥，我是人，你觉得我是鬼吗？"范二郎根本不肯信，一头叫"灭"，一只手却扶着凳子。

凳子上有许多汤桶儿，范二郎用手提起一只汤桶儿来，扔向周胜仙。可怜这女孩儿太阳穴上被打了个正着，当场倒地。

周胜仙这次真的死了。范大郎赶紧跑过来，只见姑娘倒在地上，血流了一地。

"我以为是鬼，她是周大郎的女儿，十一月已经死了，没想到……"范二郎说。

地保带着人，把范二郎锁起来带走了，范大郎赶紧找人去请周大郎认尸。

周大郎觉得是拿他取笑，后来听说范二郎真的被关进了开封府，赶紧去认了尸体。躺在地上的真的是女儿，女儿死了两次。

开封府尹包老爷升了大堂，问这个案子。先去调查周胜仙的坟墓，开棺发现没有尸体，陪葬品也都被偷空了，但是不知道盗墓的人是谁。审范二郎，范二郎什么都不知道。

这里要解释一句，这个故事是徽宗年间的事，包拯早在徽宗当皇帝之前三十多年就去世了，所以这里的包大人不会是他。

案子僵持在这里，范二郎被关在监狱里，辗转反侧。他一方面纠结周胜仙的生死："若说是人，她已死过了，见有入殓的仵作及坟墓在彼可证；若说是鬼，打时有血，死后有尸，棺材又是空的。"一方面又可惜周胜仙的容颜："可惜好个花枝般的女儿！若是鬼，倒也罢了；若不是鬼，可不枉害了她性命！"

他回忆起茶坊里初会时的光景，想道："我那日好不着迷哩！四目相视，急切不能上手。不论是鬼不是鬼，我且慢慢里商量，直恁性急，坏了她性命，好不罪过！如今陷于缧绁，这事又不得明白，如何是了？悔之无及！"

说真的，之前只为周胜仙惋惜，心疼这个姑娘，看到范二郎这番话，就替周胜仙觉得不值。

她把范二郎当作活着的动力、幸福的彼岸，只想见他，见到他，一切苦厄就结束了。但是在范二郎心中，周胜仙不是未婚妻，也不是恋人，似乎只是一个钟情的对象。

他的怜爱很少，他的惋惜太多，而且因为进了监狱，觉得怕了，才开始后悔和反思。其实别管是鬼是妖，只要她是心上人、屋里人、枕边人，你就不能下狠手，要留有余地。

范二郎睡着了，梦见周胜仙浓妆而来。

"原来……你没死。"

周胜仙道："打偏了，只是晕了过去，我两遍死去，都为官人。今天知道官人在此，特地来找你。"

一连三日都是如此。第三天，周胜仙要告辞了："我如今被五道将军收用。一心只忆着官人，五道将军可怜我，给假三日。如今限期满了。我们自此永别。我已经为官人求了五道将军，请耐心等待，一月之后，必然无事。"

收用，就是纳偏房。五道将军，是道教的神灵，在地府中掌管诸地狱，主管人间祸福，这是一个厉害角色。《水浒传》里，王婆对西门庆说潘金莲的时候，就说："她是阎罗大王的妹子、五道将军的女儿。"

周胜仙和五道将军达成了一个协议：将军答应救范二郎，但周胜仙和范二郎以后再也不能相见。周胜仙把一切都安排得好好的。

没过多久，这个案子破了。

一个小商贩叫董贵，沿街收旧货，遇到一个老婆子在卖珠花。老婆子似乎不了解珠花的价值，两贯钱就把珠花卖给了董贵。

董贵是开封府的线人，觉得事情有些异样，就去禀告了观察房。公差们叫来周妈妈认珠花，发现正是周胜仙带入棺材的一朵，当下几个衙役拿了老婆子来。这个老婆子，正是朱真的娘。

开封府的薛孔目判朱真死罪，范二郎免死，但是要刺配牢城营。范二郎误伤人命，刺配是正常操作。

结果薛孔目半夜就梦见了五道将军，五道将军怒斥："范二郎有何罪过，拟他刺配！快与他出脱了。"五道将军也是个江湖人，不讲道理，不讲法律，纯粹是吓唬人。这下薛孔目吓坏了，赶紧改了案卷。

范二郎回了家，后来也娶了妻子，每年都去五道将军的庙里烧香烧纸，感谢神仙的护佑。其实范二郎需要好好谢谢的，是那个对他恋慕、信赖，虽然死在他的手里，又对他选择原谅，最后伸手救他的周胜仙。

如果让我删改这个故事的话，我真希望周姑娘不复活。

范二郎这样的草包，真的配不上这么好、这么强、这么仙一个姑娘。

我们大胆设想一下范二郎死后的场景吧。

一灵直奔阴曹，范二郎心里七上八下，觉得自己要吃苦了，但沿途见到的鬼卒对他都特别客气，他不由得十分纳闷。他在大殿上跪倒，对阴曹的王者下拜。

一只漂亮的手把他搀扶起来，她的声音竟如此熟悉。

阎罗女王不是别人，就是周胜仙，她看着范二郎，有许多许多话要说，最后千言万语汇成一句："卖水的，倾一盏甜蜜蜜的糖水来。"

情深之人会不寿吗？也许吧。但是情深之人可爱吗？一定的。

天地人三界，有见识者，都会偏爱周胜仙这样有爱有义、有胆有识的至情之人。

# 乱成一团的婚姻——《乔太守乱点鸳鸯谱》

在传统社会，年轻人的婚姻不能自己做主，所以婚姻大事也是两个家庭间的博弈和妥协。

亲家之间，遇到了一点麻烦，就各怀心事，彼此算计，最后发现白忙活一场，终究还是坐在一起，成了一家人，《乔太守乱点鸳鸯谱》就是这样的一个喜剧。

年轻人磕磕绊绊，利用长辈们的私心，成就了一段美好姻缘。

## 刘家的计划

北宋时候，杭州有个叫刘秉义的老头儿，是个医生。

刘秉义想让儿子刘璞跟着自己当郎中，这位小公子不乐意。在古代，医生的社会地位不高，做医生的大多是落第的秀才，刘璞看不上医生这个行当。

刘秉义给儿子聘了个媳妇，是孙寡妇家的女儿珠姨。孙家是"旧家子弟"，别看珠姨早早没了父亲，但是她的父亲、祖父是读书人，这就在门第上比刘家高得多。

刘医生还有个女儿慧娘，他把女儿许给了他最大的生意伙伴老裴家。老裴家开的是生药铺，生药铺在医疗行业的上游，老裴家要比老刘家有钱。

刘医生的儿子找了门第，女儿找了实惠，如意算盘打得啪啪响，但就在儿子刘璞将要成亲这个时候，刘璞却病倒了。

自家是医生，于是父亲亲自给儿子治疗，可治了半天，这孩子就剩一口气了。

眼看儿子治不好了，刘老爹想把儿子的婚期推迟，老伴坚决不干。如果要考虑亲家的感受，推迟就是一个合理的选择，如果你只考虑自家的利益，那就坚决不能推迟。

"推迟什么？冲一冲吧！"老伴儿劝刘秉义说。

过去所谓的"冲一冲"，有两种方式，都是封建迷信。一种是赶紧预备棺材、寿衣，意思是我们家已经做好了死亡的准备，死神感受到这种敬意，就会放过这个孩子。还有一种是赶紧让孩子结婚，用喜气去冲散孩子将死的阴霾，这就是所谓的"冲喜"。"冲喜"是一种非常不人道的做法，这种见识不知道毁掉了多少青年女子的人生。

刘秉义虽然是医生，也是读书识字的人，他听说要"冲喜"，心里也有点嘀咕，如果真的让孙寡妇家里的女儿珠姨成为望门寡，他没法跟孙家交代。

不过刘老太太的一番话，让他觉得似乎也没啥。

"万一儿子真有什么不好，我们把她的嫁妆补足，再加钱给她，把她转嫁出去，不就好了吗！"

你如果从进货、出货的角度来看，这么干没有问题，但是珠姨毕竟是一个人，也是孙寡妇家里的掌上明珠，她倘若做了寡妇，在婚姻市场上的价值是要折损的。可是刘秉义听了老伴儿这么一说，竟然就狠下了心，优先考虑自己的儿子了。

不过这两位阴谋家嘴不太严，每次商量时都有人旁听。

小说这样写："自古道，若要不知，除非莫为。刘公便瞒着孙家，哪知他紧间壁的邻家姓李，名荣，曾在人家管过解库，人都叫作李都管。为人极是刁钻，专一要打听人家的细事，喜谈乐道。"

李都管和刘医生有点旧日恩怨，于是就赶紧把刘家的如意算盘传播出去，最后整条街都知道了。

孙寡妇也听说了，大吃一惊。寡妇养儿女不容易，辛辛苦苦把女儿珠姨拉扯大，当然不愿让她去踩这个雷。

但是孙寡妇也不能就此退亲，她在犹豫："欲待允了，恐怕女婿真个病重，变出些不好来，害了女儿。将欲不允，又恐女婿果是小病已愈，误了吉期。"

珠姨能找到刘秉义家的儿子刘璞，已经是最优选择了，如果女婿真的好了，聘了别家的闺女，她难免就要后悔不迭。

## 孙家的应对

巧的是，孙家和刘家一样，也有一儿一女。

孙寡妇的儿子叫孙玉郎，十五六岁，跟姐姐珠姨的相貌很像。孙妈妈一辈子最大的成就，就是养了这么一对可爱的孩子。

孙玉郎心疼妈妈，这孩子想替家里分担烦恼，也担心姐姐的嫁妆被吞掉，但是出的这个招数，未免就有点不靠谱："我们先把姐姐嫁过去，但是不带嫁妆，到第三天回门的时候，我们就让姐姐回来，等姐夫好了再和嫁妆一起过去！"

孙寡妇很生气："你真是孩子气，三天过后他家不放你姐回来咋办？人在人家手上，早晚不得把嫁妆送过去？"

然后孙寡妇看着儿子，出了一个更孩子气的笨招："儿啊，你学校放假了是吧？"

"对呀。"

"你替你姐姐嫁过去。"

"这怎么行？"

"你不是一直都喜欢扮女孩子嘛。"

今天的小孩子有了性别意识之后，对有些违背性别观念的事很在意。

我至今记得，小时候妈妈不知为啥给我搞过一双带花的塑料凉鞋，自己穿着出门，已经觉得很不自在，被别的小朋友嘲笑，更是难受到浑身颤抖。

但是在古代，把儿子打扮成女儿，是一种民间风俗，好多家庭都会给男孩子扎耳朵眼，甚至穿女装，因为担心儿子会被鬼神嫉妒，养不大，如果欺骗这些神怪，说这是个女孩儿，孩子就能顺利长大。

孙玉郎已经到了青春期了，肯定不乐意。他大声抗议："后来被人晓得，教孩儿怎生做人？"

孙妈妈的回应轻描淡写："纵别人晓得，不过是耍笑之事，有甚大害！"

你看，在大人眼里，孩子的感受，都不叫事。

孙玉郎是个很孝顺的孩子，用今天的话说，就是"妈宝男"一个。孙妈妈也很会利用这一点。她一发火，儿子就忍气吞声，乖乖听话，接受了成为一个女装大佬的事实。

涂脂抹粉、满头珠翠、凤冠霞帔自然少不了；女人的姿势动作、规矩礼仪也得临时抱佛脚抓紧学；更不用说还要想办法掩饰自己脚太大和不戴耳环的漏洞……

家里有个从小把俩孩子带大的养娘，孙妈妈让养娘跟着，以保证万无一失。

## 男新娘和女新郎

一群人吹吹打打，把一个男新娘送到了刘家。刘家少爷烧昏迷了，根本下不来床。

刘秉义发愁死了，结果又是老伴儿显神威，刘妈妈让闺女刘慧娘女扮男装，替哥哥拜堂。

刘慧娘倒是无所谓，她小女孩儿心性，对于顶替哥哥当新郎这件事，倒是觉得很好玩。

刘秉义夫妇还担心儿媳妇会发现问题，发作起来，哪知道这个儿媳妇却是假的。老刘夫妇心里有鬼，自然不会注意到对方也有问题。

孙玉郎和刘慧娘第一次见到了对方的模样。

孙玉郎觉得刘慧娘很好："好个女子，我孙润可惜已定了妻子。若早知此女恁般出色，一定要求他为妇。"

刘慧娘也觉得"嫂子"很漂亮："若我丈夫像得她这样美貌，便称我的生平了。"

接下来是入洞房——互相倾慕的这对男女，很快有了共处一室的机会。

刘妈妈给安排上了："媳妇初到，如何教她独宿？可教女儿去陪伴。"

表面上看，这个刘妈妈似乎是一个体贴儿媳的好婆婆，但其实她是心虚。

之前就骗孙家说"儿子啥事没有",结果今天婚礼连拜堂都出不来,现在还昏迷不醒。新媳妇要是吓坏了,绝望了,一根绳子吊死了,事情就闹大了。再不然,过三天回门的时候,跟爹妈哭诉说,自己新婚夜独守空房,那边孙寡妇难免也要找刘妈妈讲理。

孙玉郎当然要拒绝,男扮女装这件事瞒不了人,但刘妈妈一个劲儿撺掇,孙玉郎就忽然想通了,一副"你要舍得死,我就舍得埋"的样子。

十几岁的青少年,情绪还很不稳定,一冲动,啥事都可能做得出来。

养娘还赶紧做一个风险提示:"少爷您别这样,万一做出事来,您会连累我。"

养娘在屋里地铺睡下,就算盯着少爷了。


## 痴心人

孙玉郎的立场变了。

之前妈妈跟他说,三天后就回家,现在,他可舍不得,恨不得天天跟慧娘在一起。

脑子里就是一个念头:"好姐夫,您再多躺几天吧!"

遗憾的是,姐夫刘璞却逐渐好转了。

刘璞醒了，第一件事就是挣扎着起来看新媳妇。

"嗯，好看得很。"刘璞对新媳妇很满意，他不知道这可是小舅子。

这个时候，孙寡妇按照计划，托媒人去刘家要"女儿"回门，毫无悬念地失败了。

按照孙寡妇的计划，这时候，儿子要像一个超级英雄一样，穿上箱底的一套男式道袍，一路冲回家。

确实是可以冲回来，把姐姐换回去。可孙寡妇万万没想到，孙玉郎已经和姐姐的小姑子好了。

孙玉郎和刘慧娘都有婚约，现在正在头疼。玉郎说："你已许人，我已聘妇，没甚计策挽回，如之奈何？"

这个男生没有担当，其实这个时候往刘家老两口面前一跪，说实话，让老人们想办法去退亲，其实是可以的。

慧娘的立场坚决得多："君若无计娶我，誓以魂魄相随，决然无颜更事他人！"

慧娘准备好了一死。

刘妈妈发现"媳妇"和女儿抱头痛哭，就把女儿慧娘拽走审问，大棒伺候。

孙玉郎"心如刀割，眼中落下泪来，没了主意"。他真的穿上道袍跑路了，逃回去找母亲。

慧娘告诉父母，她就一个要求：要嫁给玉郎。如果做不到，慧娘就要去死。

刘家老两口开始互相甩锅出气：刘秉义抱怨这些馊主意都是老婆出的；刘妈妈一时说不过，直接用脑袋撞上了老头子的胸口。

两个成年人都不愿意承认自己的错误，这就是聪明反被聪明误。

## 亲家的官司

有人可能会说，给刘慧娘退亲，让慧娘和玉郎成亲，那不就行了吗？

遗憾的是，在古代，退亲这件事，必须要对方的家长同意。比如刘秉义如果想要慧娘退亲，那亲家就要问，到底是什么原因，你要有一个合适的理由。

撒谎，可能过不了亲家那一关；如果不撒谎，一来是丢面子，二来，慧娘的夫家很可能会把刘秉义告上公堂。

所以刘秉义必须要找个好借口，偏偏又有个邻居听闻，赶紧去向与刘慧娘订婚的裴家进谗言。

"知道吗？您家的儿媳妇跟别人家的儿子好上了，您看您这个凄凉劲头，刘家也太不把您当人了。"

裴家老头儿哪里受得了这种侮辱，跑到李家来冲着刘秉义一顿打骂，要求退婚，还要去官府告刘家。

刘秉义吓坏了，他先下手为强，也写个诉状，去告孙寡妇家。刘秉义真是气糊涂了。

一上了公堂就没了体面，三家的老人跪了一地。

断案的杭州知府乔太守是关西人，但是他没有西北人的那种刚硬，做事相当周全。乔太守听完刘老爹说的经过，先批评他："自起衅端，连累女儿。"

刘老爹要甩锅给老伴："都是我的老婆子……"

乔太守直接给撅了回去："胡说！你是一家之主，却听妇人言语。"

这句话真心解气，除了乔太守，这个故事里再没有第二个有担当的男人。

刘老爹鸡贼愚蠢、医术平庸；孙玉郎性格懦弱、跑路神速；裴老头儿头脑简单、任人挑拨；挑事的邻居更是居心叵测。

如果遇上一个混蛋一点的父母官，先打刘秉义二十板子，再给孙寡妇上拶子，最后罚金了事。

但是乔太守不是，他还是希望看看这些年轻人的想法。

乔太守先把孙玉郎叫过来训话，他原有婚约，为什么还要如此。

孙玉郎又吓得"不敢答应"。

"糊涂！"太守虽然鄙视这孩子没担当，但是看见他生得俊美，还是想开脱他。

再传慧娘，问她什么打算，慧娘仍然是那个最有勇气的人：

"若爷爷必欲判离，贱妾即当自尽。决无颜苟活，贻笑他人。"

这两句话是旧式伦理，不过你也可以把它看作是爱的宣言。只有"三言"世界里市民阶层的姑娘，才可以爱得这么勇敢，这么坦荡。

### 乔太守的鸳鸯谱

冯梦龙曾经说过通俗小说的伟大意义："使怯者勇、淫者贞、薄者敦、顽钝者汗下。"

这位老先生，在各种小说里都讲了为人处世之道。

这几家丢的，其实都是面子。大家怕舆论。只有一种力量，能对抗舆论，对抗碎语闲言，那就是官方的态度。

如果乔太守没有担当，只是去惩罚刘秉义和孙寡妇，那几个孩子只怕就都活不成了。慧娘死了，玉郎就算不死，也要出家。这俩人如果死了，那刘璞和珠姨又怎么能幸福生活呢？

万幸乔太守是个明白人，他宁愿被人笑话"荒唐"，也要周全这两对男女。

老百姓是明白人啊，日后的人尊乔太守一声"青天"，就是因为他明白在绝对的"对错"之上，还有一种更高的东西，叫作天理人心。

就这么办！

乔太守判刘璞和孙珠姨的婚姻有效，判刘慧娘和孙玉郎结婚。裴家没了儿媳妇，就把原来跟孙玉郎订婚的徐姑娘许给了裴家。

为了避免别人笑话他们，乔太守现场主持婚礼。父母官给你们几家来主婚，那就没人敢随便笑话你们了。

乔太守也收获很大：

一、这个陕西人在杭州收获了刘家和裴家的感激之情，虽然两家不是什么大族，但代表的是本地的市民和商人阶层，有这个阶层的赞许和支持，很多政令就能得到顺利实施。

二、他推荐了玉郎和刘璞进学当了秀才，两个小伙子都中了举人，而且帮助裴家少爷也得了官职。刘璞最后当上了龙图阁大学士，照今天的话说，就是享受正部级待遇。

三、乔太守还收获了大多数庸常官员一辈子都不会有的东西：一个被人议论纷纷的传奇。

乔太守对吗？从礼教上来说，他的判决很不正确。乔老爷好吗？从天理人心的角度来看，他玉成了三对男女，功德无量。乔太守就是民间智慧的象征，人要圆通、要温润，不要钻牛角尖，要成全他人。

顺便说一句，《乔太守乱点鸳鸯谱》里的故事，其实是"孙刘联姻"，又有姓乔的从中说和。这是冯梦龙老先生在恶搞《三国演义》，《三国演义》中孙权的妹妹和刘备成亲，乔玄在其中担任媒人。

清朝学者褚人获（《隋唐演义》的作者）有一本《坚瓠

集》，里面收录了一个名为《姑嫂成婚》的古代民间小故事，剧情走向、人物设定乃至人名都和《乔太守乱点鸳鸯谱》大致相同，这可能也是乔太守故事的素材来源。

冯梦龙老师的改写编辑，其实体现了明朝市井的婚姻观：人们固然在乎礼教，但是更在乎的，是自己儿女的幸福。做父母的处心积虑，希望儿子、女儿能够在婚姻里处于更有利的位置。

《乔太守乱点鸳鸯谱》被今人改编成很多戏剧和影视作品，很多编剧在改编的时候，愿意加上一个年轻人庙中偶遇、私订终身、错交信物的前缀桥段，这其实就没有必要了。

年轻人犯错误，可以理解，而成年人善待他们、帮助他们摆脱困境，用智慧去解决问题，这就是成年人的担当。这正是这个故事的动人之处。

人——之——道

# 那个做了贼的男子——《范鳅儿双镜重圆》

一个好人被卷进坏人堆里，还有希望变好吗？

当然有，但是有一个前提，那就是这个人必须谨慎地把握住自己，做事留有余地，这样的人，就算被坏人胁迫，也有人愿意帮他、救他、周全他。

今天的故事里，男主角当了贼，但他始终活得谨慎克制，最终不仅保全了性命，还和自己失散的妻子重逢。

这个故事是《警世通言》里的《范鳅儿双镜重圆》。

### 盲鳅

南宋高宗的时候，建州（今福建建瓯）有个私盐贩子范汝为起兵造反，做了"草头天子"，到处打劫。

历朝历代的情况其实都差不多，对付这种作乱的盗匪，就是"剿"和"抚"。先派兵去镇压，如果无法镇压，就给他们官职，让他们成为朝廷的人。《水浒传》里，朝廷剿灭不了梁山好汉，最后的办法就是招安。

当然了，失败的造反者下场非常凄惨。比如历史上的宋江，最后被张叔夜生擒；洞庭湖的杨幺声势极大，最后被岳家军打平了水寨；方腊也死于朝廷的围剿。造反这件事，一旦失败，就是灭族的大祸。所以一旦一个人造反，全家都没了退路，都会被裹挟进来，一门心思和朝廷对抗到底。

范汝为造反之后，给家里的亲戚都封了官，让他们都跟着他造反。范汝为有个侄子，以前是个念书人，名字叫作范希周。

范希周二十三岁，水性特别好，外号叫"范鳅儿"。

古龙说得好，一个人的名字可以取错，外号是不会取错的。

金庸小说《鹿鼎记》里，茅十八在北京城里抬举韦小宝，说他的外号是小白龙，能在水底闭气，生吃鱼虾，这是吹牛。但是在福建，大家公认一个人水性好，那就真的是水性好——因为福建江河纵横，水特别多。

范希周被叔叔胁迫着当了反贼，但是他不愿意杀人，就总在队伍里做一些给人留余地的事。

坏人看善良的人，不会觉得他是长者，只会觉得他软弱。所以贼众都蔑称范希周为"盲鳅"，就是说他是废物点心，没用的家伙。

不过范希周毕竟是首领的侄子，大家得给老大面子，所以范希周说话，多少还管一点事。

## 顺哥

有个福州税监吕忠翊，是个北方人，他带着家人去福州上任，路过建州的时候，被范家的贼兵袭击，车队被冲散，女儿顺哥被抓了。

顺哥十六岁，人长得美，被贼兵抓进建州城时，一路哭哭啼啼。范希周看到了，就起了同情之心。

男人出手帮一个美貌的女人，是正义之气，还是图她的容颜呢？可能都有，但是这件事不能苛责，不然的话，天底下恐怕就没有好人了。

落在贼兵手里，可不是嫁给一个贼那么简单，等待顺哥的可能是可怕的侮辱和折磨，她可能会被卖为奴婢，甚至在军粮匮乏的时候被当作食物——战争残酷的时候，乱军都这么干。

范希周决定救顺哥。当然，他不可能跳出来拦住那些贼兵，怒喝一声："光天化日，强抢民女，还有没有王法了！"因为他们本来就是贼，讲道理是不行的。只有一个办法，范希周要顺哥和自己结婚。

他告诉顺哥，自己是个读书人，虽然当了反贼，但没做过坏事，如果她愿意跟自己结婚，他就能把她救下来。

这算趁火打劫吗？有点像，但这给了顺哥一条生路。

几十年后，南宋大儒朱熹强调的"饿死事小，失节事大"，成为官方的意识形态，但无论何时，民间的普通百姓，当然还是想活的居多。

顺哥想了想，就答应了范希周。


## 宝镜


范希周这种要和顺哥结婚的打算，会被贼兵们笑话。他们会问他，做反贼，有今天没明天，为什么要成亲？

但范希周很认真，他认真安排，努力显出自己的诚意和尊重来。

范希周先把顺哥送到了馆驿里，然后去禀报了叔叔，征求了他的许可。接下来范希周找了媒人，明媒正娶，范希周甚至给了顺哥聘礼：一对祖传的鸳鸯宝镜。

反贼们看范希周，觉得他是个傻子，他的每一个行为，都不像是乱世的做派，有种迂腐气息。

但我要明明白白告诉大家：这种迂阔老派的人，当朋友才最可交。他是真正把这个姑娘捧在掌心里的。

被反贼掳掠的，有许多女子，他没有能力改变这些女子的命运。但是对这条即将干涸的水坑里的小鱼，这一碗水非常重要。

鸳鸯宝镜送给顺哥，是很郑重的表示。《西游记》里，金毛犼大王抢了朱紫国王后当夫人，为了表示诚意，就把宝贝紫金铃交给了王后。交给对方最宝贝的东西，那就是对这个女人的全面信任，展现了完全的善意。

顺哥也觉得惊讶——这个男人是认真的！范希周当然是认真的，其他的东西，可能是赃物，作为礼物不合适。这一对铜镜，是家里传了几代的东西，清清白白地拿给妻子，就是给了她生命之光。

顺哥是聪明姑娘，看到这里，她能不死心塌地跟着范希周过吗？男人讨女人的欢心其实很简单，只要把对方当作平等的人去尊重、去爱就可以了。


## 誓约


范汝为的造反之路终于到了尽头。

南宋迎来了军力最强的时代——张浚、岳飞、张俊、张荣、韩世忠、吴玠、吴璘等名将屡败金兵，逐渐稳定了动荡的局面。

终于可以腾出手来剿灭南方的反贼了，宋高宗派出了韩世忠的军队征讨范汝为。韩世忠这个人，在"三言"的小说世界当中，脾气暴躁，性子又刚又急。这种猛人带兵，范汝为没有胜算。

眼看建州城要陷落了，顺哥就准备自杀。

范希周把她拦住了，他对顺哥说："我不幸当了贼，没法洗白自己，只能听天由命，你是个好人家的女儿，为什么要死？"

爱你的时候，我是读书人，你是我的妻子；逃命的时候，我是贼，你是好人家的女儿。

下面这两句，说得简直要人掉眼泪："韩元帅部下将士，都是北人，你也是北人，言语相合，岂无乡曲之情？"

遇到这种情况，贼寇也好，军阀也好，往往希望妻子自尽，怕妻子被别人侵犯，自己受到侮辱。但范希周宁愿给妻子讲一个美丽的童话——你看，你遇见老乡了呢。范希周把希望寄托在陌生人的善意上。这个温柔善良的人，他不愿意妻子去死。

范希周甚至说："或有亲旧相逢，宛转闻之于令尊，骨肉团圆，尚不绝望。人命至重，岂可无益而就死地乎？"

如果遇到亲朋故旧，说不定能传递消息给你的父亲，可能就能父女重逢，不用死了。这句话真好啊。不要胡思乱想，别来那些有的没的，你要好好活着。这是一个负责任的男人对心爱之人的期待。

顺哥听了，认真地给了他一个保证："如果能活下来，我一定不会再嫁，但是倘若遇到军校想要侮辱我，我就以死明志。"

范希周说："我也一样。"

两个人定了策略，争取都活着出去，但是忠于彼此，不再婚娶。他们把鸳鸯宝镜各分了一面，哪怕是尘满面，鬓如霜，面目全非，也可以彼此相认。

别觉得多余，那是没有照片的时代。宋高宗时，有一位柔福公主，从金国逃回来，一直被皇室照顾，宋高宗给了她很多赏赐。后来等到徽宗的妃子被金人送回来，才知道公主是个假货。分别太久，不仅赵构认不出妹妹，那些旧日的宫女、乳母，也不记得公主长什么样子了。

古时候，分别太久的夫妻、恋人，都需要暗语、信物，来印证彼此的身份。


## 吕公


城破那天，范希周在乱军中失踪了。

韩元帅下令，所有人都可以投降，但是姓范的有一个杀一个。

顺哥觉得丈夫死定了，就找了一间破屋子上吊自杀，正好被人路过救下。救她的这个人，竟然是她的父亲。果然被范希周猜中，吕老爷被韩元帅请到军队里中做了军中都提辖。

顺哥醒来后，跟父亲讲了自己嫁给范希周的往事。

吕公默然无语。他心疼女儿，但也没法发表对这段姻缘的意见。

顺哥回到娘家，父亲母亲一起希望她再嫁。顺哥说了与丈夫的誓言，坚决不肯。

吕公骂道："好人家儿女，嫁了反贼，一时无奈。天幸死了，出脱了你，你还想他怎么？"

不要怪吕公，他是朝廷官员，对反贼有天生的警惕，他对人的判断，是非黑即白。就像今天的好多人一样，他们不知道人性是复杂的，不知道别人有苦衷。

顺哥含泪说道："范家郎君，本是读书君子，为族人所逼，实非得已。他虽在贼中，每行方便，不做伤天理的事。倘若天公有眼，此人必脱虎口。'大海浮萍，或有相逢之日。'孩儿如今情愿奉道在家，侍养二亲，便终身守寡，死而不怨。若必欲孩儿改嫁，不如容孩儿自尽，不失为完节之妇。"

吕公见她说出这番道理，也不去逼她了。

好顺哥，好吕公。

顺哥为什么好？她敢于为丈夫辩白，她曾经失陷在贼营，按说回来就应该低眉顺眼做一个乖女儿，但她没有，父亲说丈夫"天幸死了"，把范希周当麻烦，她希望的是"倘若天公有眼，此人必脱虎口"，把范希周当夫君。

讲道理的能力，顺哥一流。从善如流的能力，吕公魁首。

## 故人

十年之后，吕公当上了都统制，在封州（广东新会）做镇守。这是梁启超的老家，各种小青柑都是那里产的。

有一天，广州守将派一名指使来办事，吕公就和他聊了半天。

顺哥在后堂听见这个人说话，等父亲回来，就跟父亲说，这个人不是广东人，好像是个福建人。

"他像我那建州的范郎。"

这话一说出来，父亲就嘲笑了起来："当年韩元帅逢范不赦，这位广州来的官员姓贺，又是朝廷命官……"

他在挖苦女儿，其实是对女儿不满，女儿对反贼男人念念不忘，他觉得尴尬。

一般人听到老爹这么说话，应该也就死心了，但是顺哥想起那面鸳鸯镜了，对这个人念念不忘。半年后，这位姓贺的官员又一次来办事。

这次顺哥有主意："父亲你把他叫到后堂，给他酒食，你用小名范鳅儿叫他，再给他这面镜子……"

有这么福尔摩斯的女儿，真是太幸福了。吕公将信将疑，也就干脆试试。

一声"范鳅儿"叫出，贺承信当场就跪下了，他跟吕公交代了自己的来历。

他不是别人，正是隐姓埋名的范希周。

范希周当年救人很多，人缘很好，大家就都帮他作证，说他叫作贺承信。他接受了朝廷的招安，当了一个小兵，后来在岳家军效力。

岳家军攻打洞庭湖杨幺的时候，范鳅儿靠着好水性大显神威，立下了军功，当上了指使。

吕公没有马上认女婿，他还要问他一件事呢："你有妻子没有？"

"当年娶过一个，后来失散了，我们相约过，互相都不再婚娶，我现在和老娘一起生活，没有娶妻。"

范希周聪明，他猜到吕将军是谁了。

吕公把鸳鸯镜拿了出来，范希周也把另一面鸳鸯镜从肚兜里拿了出来。

范希周永远带着这面铜镜，这样好觉得爱人仍在身边。真是一个温柔的男子。

吕公就算是铁石心肠，这会儿也被打动了。对咱姑娘好就是了，再说人家现在也是朝廷命官，管他以前是不是贼呢！吕公把女儿叫出来和女婿相认，当晚就把女婿留在家里了。

第二天，吕大人让女婿带着女儿回广州，又把价值千金的妆奁送去给女儿女婿。后来，范希周恢复了本姓，从贺承信变成了范承信。

大圆满的故事，一定会有前面的铺垫。

范希周能有好结局，除了有一些运气之外，他了不起的一点，就是明明知道自己哪怕行善也未必能有好结果，却仍然做好人，行好事。克制、勇敢、善良、温柔、守信，就是这样的好男子，才当得起这样让人热泪盈眶的结局。

他目光远大，热爱生活，在泥沼中也不曾苟且，从来不会因为明天就到世界末日，就放纵自己，什么都做。

这样的人才能得到生活的报偿。

# 被嫌弃的老学生——《老门生三世报恩》

老年人在中国社会里一直都被当作宝藏，这不只是因为我们讲求孝道，也是因为我们真实地认识到，阅历这件事，对社会的正常运行有多么重要。

《警世通言》里就有一个老年人大展宏图的故事，这个故事叫《老门生三世报恩》。

"三言"中的大多数故事，是冯梦龙整理改编的，这篇故事里有不少议论，可能就是他的内心感受。

### 老神童

明朝有一首诗，是无名氏的作品，最后两句是这样的："世间万物俱增价，老去文章不值钱。"

文章其实不分老少，但是科举的时候，考官选人要看年纪。

考官都愿意选二十多岁的年轻人，他们觉得这样的年轻人未来仕途无量，自己作为"座师"，退休后，也可以让弟子为自己办事，弟子还可以栽培自己的子孙。

看见六十多岁还在考秀才的，考官就会生了厌弃之心，骂一声老棺材瓢子。

今天其实也有这样的情况，领导愿意对那些985院校，22岁的本科毕业生和25岁的硕士毕业生倾注注意力，对同等学力、年龄大的杂牌硕士，就有点爱答不理。

明朝正统年间，在广西桂林兴安县有一个秀才叫鲜于同，字大通。他八岁被举荐为神童，十一岁就中了秀才。

我们看戏曲小说，总觉得好像秀才就是在家里苦读，其实不是。有明一代，各府、州、县普遍设学校，政府提供补贴，让秀才们有交流、学习的场所。学校的负责人由地方官担任，不仅组织生员的学习，也会定期考试。明代有岁考制度，也就是一年一次的考试，考得不好的秀才会被责罚，甚至劝退。

虽然被看作是神童，但鲜于同考到三十岁，都没能中举人。

明清的科举，秀才到了一定的年纪、资历没有中举人，可以"出贡"，就是总也考不上的老秀才，可以去做杂职小官。

这种机会也有人打破头去争！屡考不中的秀才都觉得去做

杂职小官吏也是一个好机会。

鲜于同不想去，他觉得贡途没啥意思，还是想要考举人、考进士——于是排在他后面的人，就送他银子，请他让出名额，他从三十岁开始让贡，一下子就让到了四十六岁，让了别人八次。

年纪大，不一定会成为同学中的领袖，还可能会成为同学中的笑话。老留级生鲜于同就是笑话。

有的人为他考虑，就劝他干脆就去走贡途好了。没想到老秀才说出一堆理由来："如今是个认科举的世界，你看好多小孩子，背了几篇文章，遇到一个不公正的评委老师，考试一下子就中了。"

"这样的人当了进士，没有什么才学，一样有人叫他老师，给他当门生，他已经不读书了，谁还再给进士搞一个复试吗？"

"进士做了官，怎么折腾都没事，就算贪污了，别人都觉得你人才难得，调到别处，也就罢了。"

"你们做科贡的官，如果有一点错，那就要被当作十分错，你的领导是进士，他没有错，他哪里会错？任凭你再清廉，也要替他们这帮进士背黑锅。"

"我已经决定了，不中进士，就不做官，宁愿做一辈子老儒，死了去跟阎王爷高声叫屈，下辈子投胎在一个好人家，也不愿意去到官场上去，吃那些鸟气！"

这位鲜于老爷子，从正统年间考到了天顺年间。

明英宗都从蒙古回来重新当了皇帝，鲜于老先生还没有考中举人。

## 蒯知县

明清时期，文化最发达的是江浙，那里商业繁荣，学校教育好，识字率高，所以进士最多。

兴安县知县蒯遇时，就是浙江台州人，他"少年科甲、声价甚高"。

学霸可能会对另一个学霸爱恨交加，但一定会嫌弃学渣。蒯老爷"爱少贱老，不肯一视同仁"。

并不只是心里想想就算了，蒯老爷直接付诸行动："见了后生英俊，加意奖借，若是年长老成的，视为朽物，口呼'先辈'"。

不过，文章会说话。乡试之前，县里有个初选，所有的秀才先考一次。

这一年的卷子，就托付给了蒯知县来判，于是蒯知县"从公品第，黑暗里拔了一个第一"。

他很得意，对秀才们说："本县拔得个首卷，其文大有吴越中气脉，必然连捷，通县秀才，皆莫能及。"

这话说得挺傲慢的，蒯知县说兴安县秀才的水平接近吴越，虽然是实情，但也挺不客气，就好像一个代课老师跑来对县里的孩子说："你们班成绩挺好的，快赶上省重点中学了。"

## 老前辈

蒯知县把这个考第一名的叫上来。这人又矮又胖，花白胡子，穿着补丁衣服，正是鲜于同。

鲜于老前辈这几年越混越差，平时考试经常不及格，考不好就去哀求老师，特别惹人嫌弃。蒯知县一看自己给了鲜于同一个第一名，心里很懊恼，回家后闷闷不乐。

鲜于同倒是心态极好，跟着一伙小同学一起从兴安县去省城考试。

明朝的广西布政使司，省城在桂林府，不是今天的南宁。到了省城，同学们纷纷温习功课，老前辈就到处转转，好多人看了，都觉得他是学生家长。听说他还是秀才，都笑话他。

老前辈心态很好，因为鲜于同发现，《礼记》一科的考官不是别人，正是蒯大人。

明朝的考官必须都是进士，进士出身的蒯大人被调来判卷了。"天呐，蒯大人这么爱我的文字，这次稳了！"鲜于同高兴极了。

蒯大人已经恨死鲜于同了，于是他决定这次把屁股坐歪一点，不选那种看上去老成的文字。

"找那种青涩的、有少年感的文章选一下。"

巧了。鲜于同听说蒯大人判卷，觉得自己能中，就高兴地去喝酒，不慎吃坏了肚子，在考场上一边写字，一边拉稀，草草完篇，一篇文章写得青涩极了。

这篇文章正好被蒯大人选中。阅卷组有组长，一看蒯大人不开心，赶紧问他怎么回事。

蒯大人说："这个人年纪太大了，要不要换一个？"

这是疯话，科场上哪有选中了再改的道理。

组长指着头上匾额："这个堂叫至公堂，难道能仅凭年纪来决定爱憎吗？再说自古以来，老成人能办大事，录一个老秀才，正好也有鼓舞天下读书人志气的意思。"

于是拍板，给鲜于同定了第五名正魁。

这里解释一下，明代的乡试考五科，《易经》《尚书》《诗经》《春秋》和《礼记》，乡试的前五名，就是这五科考试的第一名，就是"经魁"，也叫"五魁"。喝酒划拳的时候有"五魁首"，打麻将的时候有"捉五魁"，说的就是这五位。

兴安县就中了鲜于同这么一个举人。

大家一庆祝，一喝酒，平时大家都要序年齿："谁是这一科的老大哥？"这次大家不用报年龄，一看鲜于同的白胡子都服气。老爷子五十七岁了，是当仁不让的老学长。

鲜于同感激涕零，感激蒯知县的两番知遇之恩！

## 恩师

三年一会试。

鲜于同六十一岁那年，进京赶考去了。

考试之前，他在寓所里做了一个梦：自己考中了进士，但是做的是《诗经》的卷子。

古代人都迷信，鲜于同想了想，就改了自己报考的科目。巧的是，蒯大人因为政绩出色，回京做了礼部给事中，这次又来判卷。

他就一个念头："再也不要遇到老前辈了！"

于是蒯大人对上级申请："这回，我改看《诗经》房的卷子吧。"

他还是那个样子，怕取到老头子，于是就挑选那种看上去经义没那么熟的卷子来取。

鲜于同正好是刚改的科目，所以真的没有那么熟。结果又中了，第十名，二甲进士！

"气得蒯遇时目睁口呆，如槁木死灰模样！"

这次瓷实了，蒯大人成了鲜于同正经的恩师。

鲜于同来拜老师，蒯大人就问他为何改科目，他说："做梦梦见改考《诗经》考中了，于是就改了。"

这算啥？天意吧！

## 报恩

鲜于同被授了刑部主事，工作职责是处理陈年积案。这样的岗位那些少年进士是看不上的，都想去翰林院，练书法、写材料，做两年出去做地方官。

鲜于同不在乎，开开心心去了。

他从十一岁考到六十一岁，考了五十年，受了五十年的欺负。

现在他在部委里，是个真正的老爷，没人随便给他气受，也不缺钱了，还有啥不满意的吗？

反倒是蒯遇时在礼部，因为直言不讳，得罪了大学士刘吉。

明朝的大学士就相当于宰相，刘吉这个人与万安、刘珝被称为成化年间的"纸糊三阁老"，这是说他们不办事儿、不作为，可要是整人的时候，他们可不是纸糊的。

蒯遇时被关在了监狱里，刑部官员想要巴结刘吉，就要折磨死蒯大人。

这个时候，鲜于同挺身而出了。有句话叫作县官不如现管，大学士想害一个人，最后得基层动手。鲜于同老前辈虽然不是大员，但是说话有一定分量：首先，他虽然中进士晚，但那么多白头发，大家多少都要买他点账。其次，上了年纪的人，说话做事老成，更善于和基层的人打交道。

"你折磨蒯大人，有什么好处呢？"

"侍郎大人的管家跟我说……"

"你别听他的，领导说让你欺负人，他不给你书面命令，人真死了，责任谁负，想想看吧……"

"这个……"

"朝里斗争很难说的，过半年要是形势变了，你不就麻烦了吗？"

"对呀！"

鲜于同是各级同学的老大哥，集合同年的进士一起求情，这个真的管用。

蒯遇时最终被从轻处理，发到云南做官去了。他感叹一声，幸好取了这个老门生，不然的话，就连命都没了。

临走之前，他放下架子，到这个老门生家里去拜谢。两个人坐下来，在鲜于同的寓所里，好好喝了一次酒。啥也不说了，就是感激，记恩的人，可以结交。

## 官司

鲜于同在部里工作了六年，应该放知府了，他人缘很好，吏部本来想要成全他，给他一个好的地方，结果他选来选去，选了台州。这里正是蒯大人的老家。

蒯大人的儿子，最近惹了麻烦，和当地豪强查家争坟地发生了冲突。

查家说丢失了一个小厮，诬陷蒯公子打死了人，蒯公子害怕了，逃到了云南父亲的官署里，当地的官员就拘捕了几个家人。

听说鲜于同是蒯大人的学生，查大户就跑到了府衙去放刁，说一些官官相护、必有黑幕之类的话，就差上微博举报鲜于同了。

要是换一个年轻知府，一激动做了决定："你敢举报我老师，重打四十！"那就麻烦了。

豪强豪强，光豪不够，还得是强。你打了查大户，他家里可能在京城还有关系，蒯大人老家在台州仙居县，他还要回来，冤仇宜解不宜结。

鲜于同老成，他非常冷静，直接釜底抽薪：根本就不理这个刁棍，直接安排人手，去找那个失踪的小厮。

要藏一个人，哪里最合适？大城市。小县城、农村，来一个生面孔特别醒目，大城市里多一个人，没人知觉。鲜于同查了两个月，在杭州把那个"被害"的小厮抓回来了。

查家自觉理亏，赶紧要求和解，又把争夺的坟地边界让了一些。鲜于同安排了两家讲和，轻轻地罚了查家，大家都服气了。

## 八十翁

鲜于同的政绩很好，八十岁那年，居然当上了浙江巡抚。

这个时候的老师蒯遇时，不到六十岁，眼睛不好，只能在副省级的位置上退休了，听说门生做了巡抚，就带着小孙子来拜访。

蒯遇时家里只有一个孙子蒯悟读书有点出息，他希望这位老门生照顾孙子。

鲜于同说："如果老师放心，就把这孩子留在我家，和我家的孙辈一起读书，好不好？"

蒯遇时感激不尽。

三年之后，这孩子学有所成，鲜于同亲自送他回到仙居县参加考试。

这一老一少，让人忍不住想起张三丰和张无忌。

回到仙居县，发现蒯大人已经病逝了。

"老师临终有什么遗言吗？"鲜于同问老师的儿子。

蒯公子说："先父遗言，自己不幸少年登第，因而爱少贱老。偶尔暗中摸索，得了老公祖大人，后来许多年少的门生，贤愚不等，升沉不一，俱不得其气力。全亏了老公祖大人一人，始终看觑。我子孙世世不可怠慢老成之士！"

民间说"洞房花烛夜，金榜题名时"，少年登第，是最得意不过的事情了，但是蒯遇时把这个经历，说成是"不幸"。让一个少年得志的人否定他一生中最大的成就，大家可以想想有多难。

鲜于同哈哈大笑道："下官今日三报师恩，正要天下人晓得扶持了老成人也有用处，不可爱少而贱老也！"

说罢，作别回省，草上表章，告老致仕。

老头儿太帅了，七十年的怨气一下子就发泄出来了。

鲜于同也是神童，老师那些刻薄话，当年的那些轻视，他会看不懂吗？

但是岁月，会让我们变得更加粗粝耐磨，更加心如止水。

少年得志的人上嘴唇一碰下嘴唇的刻薄话，晚来发迹的老成之人，却要用尽后半生来反驳它。

鲜于通用了最健康的方式来证明自己，所以故事最后也是个好结局。

蒯老师的孙子和鲜于同的孙子，八年后都考上了进士，两个人同年登科，两家成了通家之好。

为什么是八年后？因为从考秀才到考到进士，最短的时间就是八年。

两个人都是少年得志，但是这两个人想来都是少年老成之人了吧。

## 鄙视链

今天的职场上，年龄仍然是一个重要的鄙视理由。

有的企业招聘的时候要卡年龄上限，下属看同层级领导，也会觉得年轻的领导更有前途，27岁的P7，肯定就比35岁的P7前途好。

其实，这个人未来前程如何、懂不懂得感恩，和年龄没有必然的联系。

鲜于同为人体贴、对老师有善意，是因为他见到过生活的艰难，遭到过岁月的毒打。有过这样经历的人，如果没有失去自己的进取心，往往会有成就。

而蒯老师第一次选中鲜于同的卷子的时候，他也没有去看这个人的年龄，而是"暗中摸索"，盲评出来了这份卷子。

不是刻意要少年，也不是刻意要老成，他给的，其实是公正。如果你有公正之心，未来就可能得到公正。

蒯老师的心其实也很正，不然也不会得罪权贵，他只是曾经年少轻狂，不明白年龄并不重要。老门生用自己的人生路，教会了蒯老师这个道理。

想想鲜于同第一次被评为第一名的那一夜，很有意思：蒯老师取完鲜于同，在家中后悔不迭；鲜于同被蒯老师肯定，突然之间就充满了勇气。"原来这世界上有公正啊，我要再努力一下。别让蒯老爷被人嘲笑说看走了眼。"

公正和善意，世间稀缺，所以宝贵，所以美。

就像那暗里的火种——小，但暖，还能点亮很多很多人。

# 有缺点的人最真实——《宋小官团圆破毡笠》

《警世通言》里的《宋小官团圆破毡笠》，我特别喜欢。

这个故事的妙处，就在于故事里的每个人都做了一些好事，但每个人所做的好事，好像都还有些私心、有些保留——他们和我们一样，都是凡人。

圣贤的悲悯、圣贤的仁爱，高高在上，不接地气；凡人的美、凡人的爱，深沉馥郁。而且最要紧的一点是，大圣大贤，我们都没有见过，而凡人，他们就在身边，他们，就是我们。

## 求子

正德年间的苏州昆山，有一个名叫宋敦的人，家里上一辈是做官的。

宋敦娶了妻子卢氏，两个人不工作，靠收祖田的租子生活。他们年过四十，依然没有孩子，每次谈起来，都会失落伤感，常常掉下眼泪。

卢氏安慰宋敦说："你家家门积德，你又是单传，老天爷不会坐视不管。有的人孩子就是来得晚。有的人家虽然孩子养得早，但是也有养到十几岁，遇见变故，孩子没了的，也是伤心。"

这是古代人的一种朴素信仰，认为行善积德就能有孩子，直到今天，这种朴素的观念，还在民间起着作用。

话说到这里，听见门外有人问："玉峰在家吗？"

这就是苏州风俗，每个人都有个外号，就跟今天企业里的花名差不多，宋敦的"花名"就叫玉峰。

来访的人叫刘有才，号顺泉，是宋敦的老朋友。他家是跑船的。船户地位不高，但是家境不错。

刘有才四十六岁了，也没有孩子。这天，他要去陈州娘娘庙祈祷求子，这个地方离枫桥不远。这个枫桥，就是唐诗《枫桥夜泊》里的那个枫桥。

烧香最重要的是仪式感，要用黄色的包袱和布袋装香烛、纸钱。刘家临时抱佛脚，就跑来宋敦这里借。

宋敦一想，有刘有才现成的船可以坐，不如一起去娘娘庙求子。

刘有才说:"不嫌怠慢时,吃些现成素饭,不消带米。"你借给我包袱和布包,省得我耽误事,那我就船上管饭。这就是朋友,有来有往,账算得很清。

宋敦打叠包裹,穿了一件新做的洁白湖绸道袍,出北门下船。求神是郑重的事情,所以要穿得好一点,正式一点。

当晚,大家就夜泊枫桥,睡在船里。

第二天天没亮,两个人就起来了,进香讲究去烧头一炷香,这是虔诚的意思。

老哥俩烧了香,布施了钱。刘有才再邀宋敦乘船,宋敦不肯。

船是朋友的,他还要做生意,不能老打扰人家。宋敦就决定自己找条船回去。

这个开头,几个人物都非常谨慎、谦虚,他们的生活,就是市井的味道和尘世的味道。

宋敦在去码头的路上,听到了呻吟之声。


## 老僧


一个病得快要死的老和尚,睡在庙墙外面的芦席棚里。

宋敦叫他,不答应,宋敦觉得不忍,凑近了去看。

旁边有个好事的说:"客人,你只管看他做什么?不如就索性做个好事吧。"

这个老和尚七十八岁，陕西人，三年前来苏州化缘建寺。明朝的陕西穷，苏州富，来江南化缘是对的，但最近有半个月没吃饭了。

周围的人觉得他太可怜，劝他不如"早点去吧"。

这是我们看病危之人的恻隐之心，从科学的角度来看，死亡是一个漫长的过程，很多人都要忍受生命尽头的折磨，自己想结束，哪有那么容易！

老人又是一个和尚，他的解释只能是"因缘未到"。

老百姓听了，就觉得是老和尚心愿未了，所以劝宋敦："客人，你要是同情他，给他买个薄皮棺材，烧化了他，这不就是做好事么？他说的因缘，应该就是落在你的身上了。"

宋敦一想，自己求子，正要行善积德。做一件好事，老天也知道。

这个人是自愿做好事，但还不是自觉做好事。他和大多数明朝苏州的小市民一样，和我们这些平凡之人一样。

小心翼翼，求神保佑，做点好事，希望神佛降福，这就是凡人的心思。


## 善行

好事的人引导宋敦来到了棺材铺，跟陈老板谈薄皮棺材的价格。陈老板要三两。

"好事哥"说:"这是买来给那芦席棚内老和尚做好事的,你也有一半功德,不要讨虚价。"

陈老板一听,赶紧让了价,只要了一两六钱的成本价。

宋敦出的不是远门,没有带那么多钱,身上大概有五六钱银子,还有一百铜钱,一半都不够。

宋敦就准备去船上找刘有才借钱。

"好事哥"不乐意了。"您开口说要做好事,现在怎么个意思?是想跑吗?"

这话说得有意思,"好事哥"这个人,热心肠,但是刻薄,他拉着别人献爱心,嘴巴上却不饶人。

宋敦并没有逃跑的意思,但是在陌生人眼中,他的一举一动都可能是借口,"好事哥"现在就怕他跑了,所以各种提防。

宋敦还要解释,这个时候街上有人跑来说,老和尚圆寂了。

"好事哥"更加来劲了:"那老和尚已死了,他在地府睁眼等你断送哩!"

这已经算是道德绑架了。但是宋敦没生气,他既然发心要做善事,就不会和刻薄人争一个高下。

宋敦一想,找刘有才借钱,如果刘有才不在船上,还是借不到。

他把身上的银子全都拿出来了,一称,有七钱多重,交给了陈老板。

又把新衣服脱下来押在这里，说好回头等他来赎衣服。宋敦想了想，又从发髻上拔下一根发簪，大概也有二钱银子，就请"好事哥"换一些零钱，用来殡殓杂用。

附近看热闹的人都被他感动了："我们本地人也要凑点钱帮忙！"

本来也是，老和尚死在了枫桥，枫桥人不凑点份子，却拉着一个香客出钱，这说不过去。

宋敦的境界上升了，他犹豫过，迟疑过，有功利心，有过私心，最后站出来了。他这一觉悟，带动的就是一帮人一起做好事。

宋敦来到芦席边，看老和尚果然圆寂了，他流下了眼泪。孟子说得好："惟送死者以当大事。"送走年迈的老者，迎来新生的婴儿，这就是生生不息。


## 得子

晚上回家，老婆一看宋员外，怎么？赌钱被人扒了？不对呀，你不是那样的人，衣服呢？

宋敦进了佛堂，在佛前磕了个头，喝了茶，才跟老伴儿说自己遇到的老和尚的事。老伴儿很支持："正该如此。"

半夜里，宋敦梦见老和尚对他说话："按说你没孩子，而且啊，你这命也该死了。但是你心肠好，上帝要你延寿半纪，你今天和我有一段因缘，我要到你宅上报答你。"

当晚，卢氏梦见一个金身罗汉走进屋里，这天之后，卢氏怀孕了，因为梦见了金身罗汉，这个孩子就叫宋金。

托梦，投胎转世，这是"三言"里常有的情节。

跑船的刘有才，不久也生了一个闺女，叫作宜春。有人就撺掇，你俩一起求来的孩子，直接做亲家吧。

刘有才心里愿意，宋敦不愿意，因为刘有才是船户，门第比较低。宋敦这么好、这么善良的一个人，也有他的偏见。

宋金六岁的时候，宋敦生病死了，没过几年，卢氏也死了，宋家在亲族和官府的侵吞下破了产，连房子都变卖了。

万幸宋金从小读书，十几岁年纪，能写会算，有人就给他介绍了一份工作，到知县范举人家里做书童。

## 江湖

宋金是大户人家出身，长得也精神，范举人非常喜欢这个孩子，总是带他一起吃饭，非常信任。

宋金不愿意和那些成年仆人一起厮混，这些人大多很油腻。他不跟人家来往，这些管家仆人就开始嫉妒使坏了。

"老爷你对他这么好，他始终是个外人，让他写一个卖身的文书，彻底变成咱们家人，我觉得才妥帖。"有人撺掇范举人。

范举人耳根子软，真的就逼着宋金卖身给自己了。

宋金不肯答应，被恶仆们直接扒去衣服，扔在船上，流落街头。

正是暮秋时节，下了一场大雨，穿着破衣服的宋金就混迹在关王庙里。下雨没人出门，叫花子也要不到饭，等到雨停了，宋金才终于挣扎着出来。

迎面走来一个救星，不是别人，正是父亲宋敦的老朋友刘有才。

不是每个父亲的老朋友都会照顾年轻人，大多数时候，这些叔叔结交的就是父亲，父亲不在了，交情也就不在了。

但刘有才不是这样的人，他从背后一把挽住宋金，叫道："你不是宋小官么？为何如此模样？"

宋金两眼流泪，叉手告道："小侄衣衫不齐，不敢为礼了，承老叔垂问。"于是将范知县无礼之事，说了一遍。

刘有才道："恻隐之心，人皆有之。你肯在我船上相帮，管教你饱暖过日。"

宋金便下跪道："若得老叔收留，便是重生父母。"

宋金跟着刘老头儿上船，刘老头儿先去禀明了老伴儿，刘老太点了头，刘老头才把宋小官人叫上船，脱下自己的旧衣服给宋金穿了，带他见老伴儿和女儿宜春。

接下来小说的描写，非常生活。

宋金走出船头，刘有才道："把饭与宋小官吃。"

刘老太道:"饭便有,只是冷的。"

宜春道:"有热茶在锅内。"

宜春便用瓦罐子舀了一罐滚热的茶。

刘老太便在厨柜内取了些腌菜,和那冷饭一起递给宋金,道:"宋小官,船上买卖,比不得家里,胡乱用些罢!"

宋金接在手里,这时细雨纷纷而下,刘有才叫女儿:"后艄有旧毡笠,取下来与宋小官戴。"

宜春取旧毡笠看时,一边已经绽开了。宜春手快,从盘髻上拔下针线将绽处缝了,丢在船篷之上,叫道:"拿毡笠去戴。"

宋金戴了破毡笠,吃了茶淘冷饭。

老两口子的安排,宜春的帮忙,这段描写,很见人间冷暖。

刘家老两口是会算计的人,对宋金出手相帮,是他们的慈悲,但是宋金是个有文化的劳动力,帮助宋金,其实也是因为他们的私心。


## 冰火


宋金能写会算的本事,刘老头儿刘老太十分喜欢。有那么一天,刘有才抱着试探的心情提到了女儿的终身:"上哪里找一个像宋小官这样有本事、人才好的孩子,给女儿托付终身呢？"

刘老太太说："直接找宋小官不好吗？"

刘有才心中得意，但是还故作姿态："他没钱啊，在我们家船上打工。"

"宋小官出身不错，再说又是老朋友的儿子，知根知底，也不辱没门面，他入赘我家，我们也老来有靠。"刘老太说。

刘有才怕老婆怕得厉害，一听老伴儿答应了，十分欢喜，就把宋金叫进来，商量定了这件事。

宋金和宜春结婚后，非常恩爱，一年之后，有了一个女儿，可惜这孩子得了天花，十二天就夭折了。宋金痛惜孩子的死，得了痨病，一年都没有好，没办法工作。

老头儿老太太互相埋怨起来了，最后达成了一致：想办法遗弃宋金，另外给女儿寻一个丈夫。

这一天，船行到安徽池州的时候，老头儿找了一个僻静的去处，让宋金上岸去打柴，趁着他上岸的时候，把船开走了。

宋金"到于泊舟之处，已不见了船，但见江烟沙岛，一望无际"。他"看看红日西沉，情知为丈人所弃。上天无路，入地无门，不觉痛切于心，放声大哭"。

这段写得扎心！被范知县家欺负，丢掉的无非是一份工作。被岳父岳母遗弃，那就是对生活的最后一点留恋，都宣告消失了。

宋小官哭了一阵，岸上忽然来了一个老和尚。老和尚把宋金邀请到自己的小破庙里，给他煮了点粥吃，听他说了这些过往经历。

老和尚问了一句："你恨你的岳父岳母吗？"

宋金说："我当年就是一个要饭的，他们收养我，又把女儿许配给我，今天看见我病重，遗弃了我，是我的命薄啊，我不能怪别人。"

多忠厚的话。天下有两种人，一种就是抓住别人一丁点的不对劲，狂攻猛打，要对方付出高得多的代价，这是狠人；还有一种，就算遭遇什么不快，也会考虑别人曾经对自己的善意，这就是好人。

老和尚教宋金念《金刚经》，宋金诵着诵着，就睡着了。

醒来的时候，没有老和尚，也没有小破庙。可能是一场梦吧，宋金觉得睡了这一觉，身体好些了。

## 宝藏

宋金顺着山林前行，发现了一个破土地庙，庙里有八个大箱子，都是珠宝。附近还散落着兵器，这显然是水贼的藏宝所在。

宋金自己搬不动这些东西，继续往前走，遇到了一艘正在岸边修舵的大船，于是他就和船上的人说了一个瞎话："我是陕西人钱金，跟着叔叔做生意。叔叔被水贼杀了，我侥幸跑出来，家中的钱都在庙里，各位如果帮我搬上来送到岸上，我愿意赠送一箱子财物。"

这个谎话高明，宋金如果要和商人们去分贼赃，大家一定不敢分钱，这钱八成就落在当地官府手里了。他说是自己的钱，商人们就开开心心地挣了一笔合法的酬劳。

商人把宋金送到了瓜洲，宋金另外叫了船。宋金这是有了防人之心了，他不能让这些船上的人知道他带着钱去哪儿。他找了一个酒店住下，找铁匠砸开了锁。箱子里全是金银珠宝！

他来到南京仪凤门内，买了一个大宅子，改造厅堂庭院，雇仆人，开典当铺，买地。

有点暴发户的意思，但是可以理解。

一个人穷了十年，各种被欺负、被背叛，不享受享受生活，是没有办法让胸中的怨气消下去的，只有怨念一点点平复，他才能够平静地去面对自己的过去。

## 重逢

宜春是个好姑娘，嫁给宋金之后，就成了一个好媳妇。

那天她煎好了汤药，才发现宋金不见了。听说丈夫被抛弃，宜春以死相逼，要老爹开船回去。

大家终于把船开回池州江面，宜春上岸寻找丈夫，可哪里找得到，只找到了打柴的柴捆。宜春痛苦不堪，几次寻死。

三个月没有找到，宜春开始祭奠丈夫，她穿了一身孝，一穿就是三年。三年期满，她不肯除孝，也不肯吃荤酒，这样又熬过去了一年多。

宋金在南京生活了一年零八个月，把家业置办得差不多了，他带了钱，雇了船，去昆山找岳父岳母。在江上，他找到了刘家的船。

宋金远远地看见了宜春，见宜春带着重孝，便知道她没有改嫁，还在思念着自己。像这样，就应该直接跳过去，紧紧抱住自己的妻子，但是宋金没有。他让自己座船的船主过去说亲。

"有个钱员外，想要娶你家女儿当续弦，你考虑一下。"

刘老头儿赶紧拒绝。

"我家女儿不能提嫁人的事，一提就要自杀，不敢提，不敢提！"

宋金知道妻子的决心，非常感动，但他还要继续演戏。

"我不娶她女儿了，那我雇他家的船运货，总可以吧。"

"天下船载天下客，这个行。"

"钱员外"成了刘家船上的客人。

那钱员外才上得船，便向船艄说道："我腹中饥了，要饭吃；若是冷的，把些热茶淘来罢。"

这是当初岳母对他说的话。

那钱员外又贬喝童仆道："个儿郎吃我家饭，穿我家衣，闲时搓些绳，打些索，也有用处，不可空坐！"

这几句分明是宋小官初上船时刘老头儿吩咐的话。宜春听得，愈加疑心。过去的夫妻失散，几年之后往往面目全非，那时候没有照片，所以常见的做法就是两个人约定一个暗号。

《奥德赛》里，奥德修斯见到妻子，说出了暗号，俩人才能相认。经过岁月的磨洗，人的容貌变得太多了。

宜春越看越觉得这个人像是丈夫，但是又不能随便去认。最后，钱员外在船上拿起了破毡帽把玩，刘老头儿过去搭话，问他为什么对这顶旧毡帽这么有兴趣。

员外却说："您的女婿没有死，他遇了个高人，把病都治好了，而且发了大财。老翁若要会令婿时，可请令爱出来。"

此时宜春侧耳而听，一闻此言，便哭将起来，骂道："薄幸钱郎！我为你带了三年重孝，受了千辛万苦，今日还不说实话，待怎么？"

宋金也堕泪道："我妻，快来相见！"夫妻二人抱头大哭。

大团圆了，但是看看宋金的做事方式，也是气人，对自己妻子，还要试探两次。

但是我们实实在在说一句，我们不能怪宋金。自己被遗弃这件事，他确实需要知道真相，如果妻子和岳父岳母曾经共谋，那自己又何苦回来。

岳父岳母走进舱来，赶紧对宋金施礼。

宋金道："丈人丈母，不须恭敬。只是小婿他日有病痛时，莫再脱赚!"两个老人家羞惭满面。

这话很刻薄,可是受了那么大的委屈,差点丢了性命,难道还不许我们说两句刻薄话,羞臊一下他们的面皮吗?

最后,宋金和宜春两个人一起念佛,活了九十多岁,寿终正寝。

这也是凡人喜欢的结局:儿女双全、功名全收、高龄善终。

这个故事很有意思,它故事里的主要人物,做事的时候都有自己的一点小算盘。

宋敦虽然敦厚,但在花钱做好事的时候非常仔细,反复盘算计较,才做决定。

刘有才夫妇虽然对宋金抱有善意,但是在女婿变成负担之后,一念之差,就做了坏事。

宋金虽然是个老实小伙子,但是看见水贼的财宝之后,就撒了个谎,吞下来了。之后回去羞辱岳父岳母,一心要出心头恶气,也显得格局不大。

这些有缺点的人,其实才真实。我们看"三言"故事,看的就是这份真实,每个人都在他的世界里做自己、维护自己,他们惦记着自己,也照顾着别人,不高举高打,也不成王成圣。

# 活成自己喜欢的样子——《唐解元一笑姻缘》

《警世通言》有一篇，叫《唐解元一笑姻缘》。这个故事，后来拍了一个著名的电影，就是周星驰的《唐伯虎点秋香》。

原版故事里，没有对联比赛，也没有唐伯虎和夺命书生的恩怨，这是一个关于自由的故事。

如何在满是束缚的尘世中活成自己喜欢的样子，唐伯虎的做法，可以跨越数百年，给我们一点启发。

## 唐解元

唐伯虎是明朝的才子，他名寅，字伯虎，这个人"聪明盖地、学问包天"。今天苏州的"吴趋坊"，就是他家的旧地。

唐伯虎少年成名，和他的三个朋友祝允明、文徵明和徐祯卿一起，被称为"吴中四才子"。

唐伯虎这个人，诗、画、文章都特别好，却喜欢风月场所。我们看看他诗歌的诸多篇名，《花酒》《寄妓》《哭妓徐素》《代妓者和人见寄》《玉芝为王丽人作》……

唐伯虎参加乡试之前被人告了一状，说他行事荒唐，应该取消他的乡试资格。苏州知府曹凤爱唐伯虎的才华，拼命保他，把他硬塞进了乡试名单，结果唐伯虎中了解元。

明朝时，苏州府属于南直隶。明朝的乡试，南直隶出人才最多，竞争也最激烈，能在南直隶的乡试中拿到解元，是很了不起的成绩。《红楼梦》里，贾宝玉就考了应天府乡试第七名。

唐伯虎是应天府乡试的第一名，这个第一可不容易拿，《尚书》《诗经》《礼记》《论语》《易经》的卷子拿到一起，五个魁元里再选出一个魁首，这就是解元。

唐伯虎从此就被大家尊为"唐解元"，那一年，他二十八岁。他准备第二年去北京参加会试，好前程在向他招手了。

## 落魄才子

遗憾的是，唐伯虎一到北京，就被牵扯进了科场舞弊案。

有个程詹事当考官，"颇开私径卖题，恐人议论，欲访一才名素著者为榜首，压服众心"。

程詹事私底下卖考题，但是又怕人闹起来，于是就想找一个大才子当第一名，好让众人无话可说。于是老程就盯上了唐伯虎，许诺他能做会元（第一名）。

唐伯虎喝完酒便吹牛："今年我一定能做会元了。"

有人憎恨程詹事，有人嫉妒唐伯虎，把这俩人就都告下来了。两个人都进了诏狱，最后程詹事丢了官，唐伯虎没了功名，而且不能再考，被打入另册。

这是历史上的真实事件，程詹事名叫程敏政，他被人弹劾泄漏考题给唐伯虎、徐泰二人，被罢了官。但是攻击他的对手拿不出确实的证据，当时的人们都认为这是个冤案。

唐伯虎被朝廷安排了一个工作，到浙江去当吏。吏对普通人算是个肥差，《水浒传》里的宋江就是小吏，在郓城县呼风唤雨。可唐寅这样的大丈夫，怎么可能会在一堆账簿、公文里了此一生。他决定不去。

他从此断绝了仕途的念头，回到了家乡。但他毕竟有才子的名声，回家之后，他的身边就围了很多吹捧他的人。

唐伯虎的诗文、字画很值钱。这个人是性情中人，你请他喝酒，把他哄好了，他就给你写。

唐伯虎写过一首《言志》：

> 不炼金丹不坐禅，不为商贾不耕田。闲来写幅丹青卖，不使人间作业钱。

说的就是自己的心情，十分洒脱。

他成了职业书画家。过去的书画家，要么是身份显赫的官员，像钟繇、王羲之、阎立本、贺知章、颜真卿，要么像吴道子这样，做皇家供奉，再不然本人就是皇帝，比如赵佶。职业书画家，到了明朝中期，有了富庶的市井之后才出现。同样，"三言"这类小说的繁荣，也是建立在这个时代的繁荣之上的。

唐伯虎写"不使人间作业钱"，气概很豪迈，但是他有没有落寞的时候？当然有。

当年苏州最繁华的地方，就是阊门，阊门是苏州的西门。唐伯虎曾经写过一首《阊门即事》：

世间乐土是吴中，中有阊门更擅雄。翠袖三千楼上下，黄金百万水西东。五更市卖何曾绝，四远方言总不同。若使画师描作画，画师应道画难工。

翠袖三千，黄金百万，半夜还有夜市，听得到各地方言，阊门真是个热闹所在。

但是你读这首诗，就会觉得这个写诗的人像个摄像头，他记录了这一切，却始终没有快活起来。

科举案之后，唐伯虎夫妻失和，离了婚。

这是一个事业和家庭都谈不上成功，有很多人欣赏、惋惜，却仍然寂寞的落魄男人。

## 秋香

唐解元在阊门游船上，来了许多"斯文中人"，拿着扇子，来求他在扇面上写字或者画画。

天底下有两种创作者，一种是苦吟派，从早到晚写作，像巴尔扎克那样，比送牛奶的起得还早；还有一种就是天才，他举重若轻，提笔就写，可以直播自己的创作。唐伯虎就是后一种。

"解元画了几笔水墨、写了几首绝句。那闻风而至者，其来愈多。"

有人喜欢是好事。按照我们今天的话说，唐伯虎是顶级流量，但是你也要明白一点，这慕名而来的人当中，能懂他妙处的人，实在是太少了。

唐伯虎不耐烦，命童子大杯斟酒来。带上几分酒意，人的感官会迟钝一点，就没有那么痛苦了。

太聪明的人不好找到同类，喝点酒，看面目可憎的客户和老板，也觉得可爱了几分。

这时，忽然一艘画舫从旁边摇过，舫中珠翠夺目，有一个青衣丫鬟，眉目秀艳，体态绰约，向船外探出头来，注视着解元，掩口而笑。我们知道，这个青衣女子，就是秋香。

《唐伯虎点秋香》是喜剧片,有很多夸张的情节。最接近原著里秋香形象的,是1964年李萍倩拍的电影《三笑》里的陈思思。

水是眼波横,山是眉峰聚。欲问行人去那边?眉眼盈盈处。

一个身处人生低潮期的好男子,看着阊门之外的繁华,喝着酒想要自己暖和一点,结果越喝越寒。

这时候一艘满是珠翠的大船驶过,船上一个衣着素净的青衣女子对着自己嫣然一笑。

这个画面,妙呀。你我都是浮华之中的一点点静,火焰之中炼不透的一块顽石呢!

## 逐梦人

唐解元跟舟子打听到,船上坐的,是无锡华学士府的眷属。

历史上的华学士真名叫华察,是嘉靖年间的进士。他比唐伯虎小二十七岁,因为教过皇子读书,民间尊称他"华太师"。

这种年纪差,自然不会有太多的交集,只是华家是当年的无锡第一望族,民间写故事,就要让两个人产生一些联系。

寻常的人,必然是找到华学士,问能不能买下秋香。这是冷冰冰的买卖,你把人买过来,问人家爱你不爱,那婢女一定会说爱。你是老板，你说了算呗。

唐伯虎觉得秋香是懂他的知己，买来，求来，对他而言淡然无味，对秋香也是亵渎。

他决定伪造一个身份，进入华府去，用一个仆人的身份去追求秋香，谈一场身份对等的恋爱。

唐伯虎借口要进香，搭上了朋友的船，途中经过无锡，他劝人家去城里取惠山泉水，顺便进城逛逛。他在街上再次看见了秋香，确认了华学士的住处。

他找机会摆脱了朋友们，跑到华家的当铺里，说自己是一个失业的、读过书的鳏夫，希望找一份工作，还给主管看了自己写的小楷。

唐寅的书法，故宫有，辽宁博物馆也有，这里推荐一下辽博，那里的不少字画都是国宝。沈阳交通方便，酒店也便宜，天热的时候去走走，舒服极了。

主管看那字，写得甚是端楷可爱，答道："待我晚间进府禀过老爷，明日你来讨回话。"主管虽然是个商人，却对书法有出色的鉴赏能力。

当晚，主管把字给了华学士。华学士看了，夸道："写得好，不似俗人之笔，明日可唤来见我。"

华学士更是行家，那一句"不似俗人之笔"，有疑惑，也有爱护。

第二天，华学士把唐解元叫进来问话。

唐伯虎是这样说的："曾考过几遍童生，不得进学，经书都还记得的。"

唐伯虎不是什么世家子弟，他爸爸也不是唐家枪的传人，他爸爸是个开小酒馆的。这就是明朝的苏州有魅力的地方，商人的儿子也可以受教育，中解元。

他这句话，其实就是在讲述另外一个平行世界的自己，大多数这样的商人家的孩子，最终都走上了这样的路，记账、刻版、抄书……

华学士问唐解元学的哪一经，唐伯虎考的是《尚书》，但是他各经都通。他知道华学士学《易经》出身，就说自己学《易经》，华学士大喜，决定送他去公子那里做伴读。

华学士问他："身价多少？"

唐伯虎是这么说的："身价不敢领，只要求些衣服穿，等到未来老爷中意时，赏一房好媳妇足矣。"

他把自己要什么说得明明白白。


## 华安


唐解元被改名为华安，去教公子写字。

古代的读书人，都是先学小楷，为的是科举。写大字，其实是领导用的，身份高了，才有人请你写匾额、对联。一幅中堂字画加上一副对联，那就是一套"挑山"。

华安最初只是写字，之后就帮公子改文章。开始就是改改不通顺的地方，后来就帮着公子讲解题思路，甚至通篇代笔。华学士也是行家，一看就知道自己儿子写不出这样的东西。

公子不敢隐瞒，就说文章让华安改过。华学士大惊，把华安叫过来出题面试。

这种考试，不是像周星驰电影里那种对对子，华学士考的是八股文，我出几道题，看你破题的角度。

华安当场都做出来了。

华学士把华安留作内书房掌书记，做华府的机要秘书，往来书信，都是华安来代笔。

华安的待遇上去了，就经常请书童们喝酒吃饭。他打听到穿青衣的小丫鬟是夫人的贴身侍女，名叫秋香。

这时当铺的主管病死了，华学士就命令华安代管当铺。用了一个月，发现这人账目清楚、做事没有私心，就想正式委任他做主管。

你看，书童、掌书记、当铺主管，短短几个月，唐伯虎就实现了职场的三级跳。

这就是明代霸道总裁爽文，大才子唐伯虎到任何一个地方，都是吊打对手、碾压一切的存在。

当铺是金融业，主管最好有家室，有老婆孩子，就不容易卷款逃跑。华学士和夫人商议，就找了一个媒婆来给华安说媳妇。

华安拿出三两银子给媒婆："别从外面找，进了大户人家还要学规矩，府里要是有比较好的侍女，给我说一个吧。"

你看，人家说话讲道理，还送媒婆钱。

华家也觉得这个主意好，华安媳妇如果是府里的丫鬟，会更安全。

华学士让夫人把丫鬟们都领出来，让华安随便挑。华学士是真的欣赏华安，有大胸怀的人，不在小处为难有本事的人，你对他好，他心里有数。

当晚夫人坐在中堂，丫鬟二十余人都装扮整齐，排列两边。

夫人让华安过去细看。华安过去看了，其中没有秋香。夫人问他哪个满意，他不答应。

夫人心中不乐，叫："华安，你好大眼孔，难道我这些丫头就没个中你意的？"

华安道："华安感激夫人，但是夫人身边的姑娘们还没有到齐，希望能看看她们。"

夫人笑道："你敢是疑我有吝啬之意？也罢！房中那四个一发唤出来与他看看，满足他的心愿。"

这四个姑娘算是管理层。春媚，掌首饰脂粉。夏清，掌香炉茶灶。秋香，掌四时衣服。冬瑞，掌酒果食品。华夫人觉得这四个丫头难以取代，所以舍不得拿出来给华安挑。

四个姑娘出来了。秋香依旧穿着青衣，站在夫人背后。室中点着很多蜡烛，光明如昼。华安早已看见了秋香，心上人的一颦一笑，就在眼前。

这么久了，就为的是这一刻。还不曾开口，一个老姆姆先来问道："可看中了谁？"

华安心中明晓得是秋香，却不敢说破，只将手指道："若得穿青这一位小娘子，足遂生平。"

本来是蓄谋已久，却假装意外挑中——唐伯虎啊，你个偷心的贼。

夫人回顾秋香，微微而笑。叫华安且出去。

见到秋香，说出自己的心意，他心里舒服多了，但是又怕被夫人为难。

他恋爱了，患得患失。想要的未来生活里，未必有许多纷扰的女色，但一定应该有一个知心的爱人。

## 夜奔

华夫人答应了唐伯虎的请求。洞房花烛时，秋香问华安："看着郎君非常眼熟，难道我们在什么地方见过面吗？"

华安道："娘子自己去想。"

又过了几天，秋香又问华安："前些日苏州阊门游船中看见的人，可就是你？"

华安笑道："是我。"

"你可不是身份低贱的人啊，为什么会屈身到这里来呢？"

她不知道唐伯虎的身份，但知道他是一个被人追捧的名人。

华安道："就是你在船上的一笑，让我日夜难忘。"

秋香道："那么多人追着你求字画，你懒得理会，只是喝酒。看到你的样子，我就知道你不是凡间的人。看看那些人，再看看你，忍不住笑了出来。"

唐伯虎的眼泪应该都要出来了。他要的不是恭维，他要的是懂得和欣赏。

华安道："女子能在这尘世中看到不一样的人，这就是红拂、绿绮啊！"

红拂是唐初名将李靖的夫人，她原本是杨素府里的歌伎，因为看出李靖是英雄豪杰，就和李靖一起私奔。绿绮是司马相如的琴，司马相如曾在临邛卓王孙的府上弹奏此琴，卓王孙的女儿卓文君被琴音打动，看中了司马相如的才华，就和他私奔了。

华安这样说，就是希望秋香和她一起离开华府。

秋香道："你究竟是什么人，可否告诉我真实姓名？"

华安道："我是苏州唐解元，与你三生有缘。今夜既然说破，这里不可久留。你愿意和我一起离开这里吗？"

奇怪，为什么要跑呢？唐伯虎其实是考虑自己和秋香的安全。真相已经说了出来，万一隔墙有耳，自己和秋香就会陷入很尴尬的境地。

倘若华学士胸怀不够，各种为难，事情就要麻烦。老派人能不能理解年轻人的心思，唐伯虎拿不准。索性先离开这里，以后再找解释的机会。

秋香知道私逃有风险，但是她相信唐伯虎能够保护自己周全。

唐伯虎把典当行的账目整理成册，把房中的衣服、首饰、家具列了账目，把各人的馈赠、礼品也记录清楚，把这些文件锁在一个书箱里，把钥匙挂在锁头上。账目清楚，一丝不苟，这是一个干干净净的人。

他留了首诗：

> 拟向华阳洞里游，行踪端为可人留。
>
> 愿随红拂同高蹈，敢向朱家惜下流。
>
> 好事已成谁索笑？屈身今去尚含羞。
>
> 主人若问真名姓，只在康宣两字头。

这首诗当然不是唐伯虎做的，十有八九出自冯梦龙之手。冯梦龙是个好的故事讲述者，写诗嘛……相当一般。

华阳洞说的是唐伯虎茅山进香的事。朱家是汉初的侠客，接纳了被刘邦通缉的季布。这是唐伯虎捧华学士，意思是您也是侠客，收留了我这个落魄之人。我本来有出世的打算，遇到心爱之人，就动了凡心，要她像红拂女一样和我离开。现在好事得谐，我也就不在这里让人嘲笑了。这一番经历，想起来实在是令人惭愧。主人如果非要问我的真姓名，康、宣两个字当中，有我名字里的偏旁部首。

谜底是唐寅两个字，但华学士没有猜出来。

华学士派人寻找康宣和秋香，却得不到一点消息。一年多之后，华学士去苏州会客，家童在书店里看到了一个书生，好像就是华安。

华学士就去问书店老板。老板说："他啊，就是鼎鼎大名的唐解元！您去吴趋坊里找他！"

## 结局

第二天，华学士写了名帖，来唐解元家里拜访。见面一看，唐伯虎果然长得很像华安。

华学士就问："贵县有个康宣，读书不遇，甚通文理，先生认得这个人吗？"唐伯虎却不置可否。

"这康宣化名华安，曾在舍下做伴读，后来与奴婢秋香成亲，成亲后却一起逃了，身边的财物一概不取。我曾四处寻过这两个人，却杳无音信，先生可听说过着两个人吗？"

这就是进一步的试探了。唐伯虎又是笑笑，不置可否。

唐伯虎款待华学士吃饭饮酒，十分客气，但不接华学士的话题。

华学士觉得酒喝多了，想要告辞。这时候唐伯虎请他去后堂："您去看了，就明白了。"

到了后堂，一位小娘子迎了出来。她戴了一头的璎珞，遮挡住了面容。

看到人家的女眷，要赶紧退出来。华学士连忙回避。

唐伯虎赶紧说："您是通家长者，请不要避嫌。"

华学士心想，你我第一次见面，怎么就成了通家长者？

唐解元把华学士抱住了。华学士一辈子遇到的读书人有好有坏，但没有这么恶作剧的。唐伯虎不许华学士还礼，女子就趁机拜了华学士四拜。

唐伯虎把女子拉过来，对华学士说："老先生，您看我像不像华安？再看看这位女子，像不像秋香呢？"

华学士仔细一看，哈哈大笑，慌忙作揖，连称"得罪"。

这里要好好夸夸华学士了，这是一个长者，他想的是曾经把这么一个大才子用作自己的仆人，觉得惭愧，实在是太对不住唐伯虎了。

唐伯虎也赶紧赔礼，为自己隐瞒身份道歉。两人重新坐在一起饮酒，唐伯虎把这件事的前前后后，跟华学士细说了一遍。

华学士开玩笑说："今日即不敢以记室相待，少不得行子婿之礼。"

你这样的大才子，我不敢把你当成我的秘书那样看待，但是你可得给我行女婿的大礼了。

如果是一个投机钻营的人，这时候会立刻跪下认亲，华学士曾经是皇上的老师，自己的仕途只怕还有希望。

但是唐伯虎根本就没往那里想，功名利禄算什么啊，像现在这样，有心爱的人，做喜欢的事，喝醇美的酒，不好吗？

唐伯虎嬉皮笑脸地说："要是认了女婿，岳父大人得破费一笔嫁妆呢！"

华学士觉得唐寅这人，实在可爱。

他不拘小节，诙谐幽默，不贪图功名利禄，也从来不曾失去自己的底线，追求的却是自己喜爱、中意的东西。

华学士和华夫人决定认下这个女婿，两家从此成了亲戚，来往不断。

历史上的唐伯虎并没有一个叫秋香的妾，这个故事，就是因为人们爱他的才华，痛惜他含冤受屈，才要给他安排一个知己，一个爱人。

唐伯虎是酒店小老板的儿子，也是苏州之子、市民阶层之子。这样一个出色的男子，到了北京就卷入了权力的游戏，前程尽毁。

大多数人如果遇到这种事，只怕就彻底放弃，或者愤世嫉俗地过一生了。唐伯虎没有。他以笔墨盈利，用才华换钱，活成了自由洒脱的状态，干干净净，敞敞亮亮。

他灵魂自由，是因为他不被世俗的规矩绑架，遇到喜爱的人，就努力去追，遇到不愿去做的事，就置之不理。我们没有唐伯虎的才华，但是我们可以有这样的坚持，努力做喜欢做的事，成为自己喜欢的样子。活得真实而坦荡，自然有敦厚的长者来帮，有体谅的爱人相助。

历史上的唐伯虎科场出事，是他三十岁那年的事。后来，他又至情至性地活了二十多年。

他不长寿，但是应该充实而快意地活过了他的每一天。

# 女学霸的姻缘——《苏小妹三难新郎》

　　和古代相比，今天的女孩子已经是相当幸运了，她们可以到别的城市去学习、工作，有自己挑选配偶的权利。

　　但是有些庸俗愚蠢的观点，也还在伤害着她们，比如：

　　"女孩子读到本科就可以了，读研究生什么的没有必要。"

　　"女孩子嘛，选个英语、会计、师范类的专业就好了，理工科还是男生比较厉害。"

　　"不要读博士，不然很难嫁出去了。"

　　"男的创造力强，女的还是更擅长照顾别人。"

　　真是大错特错，"三言"的小说世界里，就有那种才华横溢的好姑娘，比身边的男性、那些特别有名的才子更强。

我们来看《醒世恒言》里的一个故事——《苏小妹三难新郎》。

## 才女

北宋年间，有一个姓苏的四川家庭，创造了中国历史上的教育神话。

"唐宋八大家"，他家占了仨，分别是父亲苏洵，大儿子苏轼，小儿子苏辙，一户口本儿都是聪明人。

不过在这个故事里，这家才华绝顶的，不是父亲，也不是儿子，而是小女儿苏小妹。

爸爸和哥哥都非常疼爱她，苏洵下决心要"妙选天下才子，与之为配"。

有雄鹰就不应该罩起来，有聪明的女儿，就应该去爱护她、成全她，让她展示自己的才华，做想做的事情，这才是体面的父亲，这也是聪明的父亲。

有的父亲算不清这个账，他不相信女儿有能耐、有本事在社会上立足，他对女儿的爱，就是把孩子塞给一个比较糟糕的男人，或者让她守在父母的身边——这样的女儿，还能做个小棉袄，照顾一下父母。

苏洵眼中，女儿和儿子一样是他的骄傲。有一天，苏洵和王安石在家里聊天叙话，说着说着，两人就起了争执。

这里要说一下两个人的恩怨了，正史上，苏洵和王安石的政见不合，后来王安石和苏轼也有许多冲突。

有人说苏洵的那篇《辨奸论》骂的就是王安石，骂他不洗头发，乱穿衣服，一定是个大奸臣。

但是在民间传说里，尤其是"三言"的小说世界当中，这两个人为了家族利益和儿女前途，"曲意相交"。

人酒醉之后容易嘴上把不住，有人爱吹嘘自己有钱有势，有人爱吹嘘自己很有能耐。人到中年，又受过良好教育的人，酒后就容易晒娃，而且是晒孩子的文化水平。

"小儿王雱，读书只一遍，便能背诵。"王安石跟苏洵炫耀。

他忘了自己面前的这个人，是苏轼和苏辙的爸爸，你跟他炫耀儿子，不是等着被打脸么？

苏洵带着酒意答道："谁家儿子读两遍！"

王安石说："是老夫失言，不该班门弄斧。"

苏洵已经大获全胜了，不过他也是喝多了，开始炫耀女儿。

"不惟小儿只一遍，就是小女也只一遍。"

苏洵爱女儿如掌上明珠，而且他了解自己的女儿，知道她比自己的儿子还要强。

但是王安石一听，觉得是在挖苦他。苏洵说自己的儿子比王安石的儿子厉害，王安石也就认了，但是说我的女儿比你的儿子读书好，在宋朝，大多数人都会觉得这是冒犯。

苏洵这样随口称赞自己的女儿，容易跟别的家长结梁子。

不过王安石是何等人物，他马上抓住了重点：苏家有个极聪明的女儿！他动了念头，想要和苏家结亲。

王安石命童子取出一卷文字，递与苏洵："此乃小儿王雱窗课，相烦点定。"

王安石想让苏洵看看儿子的作品水平，如果苏洵能看得上，就有机会让王雱当苏洵的女婿。

## 择偶

苏洵是个好爸爸，当然不会随便答应这门亲事。王安石不爱洗头，他的儿子卫生习惯如何也很可疑，而且，苏洵希望把选择另一半的权力交给女儿。

苏洵把王雱的文章拿给了苏小妹。

小妹看了看，在作文上直接评点：文字极好，很有才华，可惜此人短命。

这话也太得罪人，你再怎么有才华，这话说得也太冒犯了。苏老泉只好把那片纸裁掉，重新修补，忙了一天。

神奇的是，王雱虽然中了状元，却真的命短，早早就死了。

这件事之后，苏小妹的才女之名传了出去。

"闻得相府亲事不谐，慕而来求者，不计其数。老泉都教呈上文字，把与女孩儿自阅。"

武侠小说里，有"比武招亲"的故事，在"三言"的小说世界里，这次就是比文招亲。

苏小妹也不辞辛苦，每天翻看各种小作文，但是她从小跟两个哥哥一起读书，眼光高得很，同龄人那种稚嫩的文笔，她是看不下去的。

终于有一天，她在成山成海的小作文中看中了一篇，这篇文章的署名是秦观。

秦观在这篇小说里的全明星阵容当中显得星光黯淡，其实他也是中学课本上的大词人，我们都熟悉他的《鹊桥仙》，"金风玉露一相逢，便胜却人间无数。两情若是久长时，又岂在朝朝暮暮"，那种深情，那种风流偶俍，可以说和苏东坡各有擅长了。

苏小妹看了秦观的文章，点评道：今日聪明秀才，他年风流学士。可惜二苏同时，不然横行一世。

你学问不错，前途远大，如果不是和我两个哥哥生在同一个时代，肯定能横行世上。

别觉得这是打击秦观，"你只比我的两个哥哥差一点"，其实这对每个宋朝文人来说，都是极高的评价了。

苏家人从上到下都骄傲，父亲夸儿女，妹妹夸哥哥，个个眼高于顶。

但他们的互相吹捧一点都不让人讨厌，因为他们的互夸是在完全的信任、支持和爱的基础上，更难得的是，他们有这样彼此信任和支持的家人。

秦观听了"你只比我的两个哥哥差一点"的评价特别高兴，按照那个时代的风俗，男女是不能直接见面的，但是秦观还是决定想办法去看看苏小妹，一来他怕苏小妹没有真才实学，是靠着哥哥代笔，二来，他可能也担心苏小妹长得丑。

好多民间故事里，才女都是奇丑无比的，比如诸葛亮的妻子黄月英，就被安排成一个黄发龅牙的丑女，后来连讲故事的人都看不下去了，就把黄月英说成是为了试探诸葛亮故意扮丑。

考虑到苏东坡是个满脸胡子的胖子，秦观小心点没有坏处。

秦观扮成道士在道观里向苏小妹化缘，俩人你一言我一语，说出来的话，都是对仗工整的对联。

对联是古代文人的游戏，考查的是词汇量和基本功。其实你看苏轼、苏辙留下的那种有分量的文字，是他们分析历史、时局的散文。

如果真的有苏小妹这个人的话，其实应该跟秦观聊聊宋、辽、西夏局势之类的话题，那才是真才实学，不过在民间故事里，大家比的就是机巧，就是对对子的能力。

一来二去，两个人对到了这么两句。

"小娘子一天欢喜，如何撒手宝山？"

"风道人恁地贪痴，那得随身金穴！"

秦观转身时，口中喃出一句道："'风道人'得对'小娘子'，万千之幸！"

苏小妹身边跟随的老院子看这个疯道人无礼，要去为难他。但是一打听，听说此人是秦观，也就不追究了。

秦观见识了苏小妹的文采和相貌，高高兴兴去找苏洵提亲。苏洵对这个年轻人也很满意，大家下了定，准备完婚。但是苏小妹说，先别拜堂，等着秦相公考试，他今年必然高中，等他中了之后，我们再洞房花烛。

果然不出苏小妹所料，秦观中了进士，这下双喜临门，皆大欢喜。

## 最大的依靠

洞房花烛夜，苏小妹给秦观出了三道题，答不对不许他进门，这就是著名的"三难新郎"。

在今天的许多婚礼当中，新娘子也会给新郎出一些题目，比如问问自己的生日啊，让他背诵一篇古文啊，以为难为主要目的，意思就是"我没有那么容易娶到，所以请你珍惜"。

但是在宋朝，这样给夫君出难题，给刚刚高中了进士的夫君一个下马威，真的是惊世骇俗了。

　　秦观还真的卡在了苏小妹出的字谜上，哭笑不得，后来在大舅哥苏轼的帮助下，才终于闯关成功。

　　从这个角度看，苏小妹的智力水平大概相当于"一个苏轼加上一个秦观"的水平，在冯梦龙的小说宇宙当中排名第一。

　　智力最高的人不会只擅长文字，最近一百年里的聪明人，基本都在物理、数学、密码学这样的领域里大有建树，比如爱因斯坦和图灵。

　　苏小妹就是这样一个密码学高手，是全家的密码破译器。

　　苏轼有个好朋友佛印和尚，这个人的才华只怕比苏轼还略高一点，有一次佛印给苏轼写了一封信，信中是一百三十对字。我们只看信中的最后八对字，就足够感到困惑了。

　　　心心　　息息　　悠悠　　归归　　去去　　来来　　休休　　役役

　　是不是很像电脑游戏里的某些秘技？这封信直接就把苏轼整懵了。

　　苏小妹看了一眼就说："此歌有何难解，待妹子念与你听。"

　　苏小妹念出了这首歌，这最后八对字排列组合一下，就是"心息悠悠归去来，归去来休休役役"。佛印禅师的意思就是，让苏轼急流勇退，不要留恋官场。

　　苏轼听了大惊道："吾妹敏悟，吾所不及！若为男子，官位必远胜于我矣！"

他"遂将佛印原写长歌，并小妹所定句读，都写出来，做一封寄与少游"。信中讲述了自己解不出字谜，苏小妹看一眼便解了出来的情形。

苏轼这个人有意思，他发现妹妹比自己聪明，先感叹了半天，称赞一番，然后还要写信给正在出差的秦观，称赞苏小妹比他们俩都聪明。

秦观看了看佛印的信，也是完全不懂，再看过妻子的解读，才"如梦初觉，深加愧叹"。他赶紧给妻子写信，表达自己的佩服和思念之情。

苏家这种"互相吹捧"的家风，成功传染了新女婿。

秦观心甘情愿，加入了苏小妹后援会，成为妻子的头号粉丝。


**暖意**


这个故事没有那么多的惊心动魄，不是什么离奇血案，没有市井的情仇互杀，但是它特别温暖。

苏小妹这个人物只存在于民间传说当中，历史上的秦观也不是苏轼和苏辙的妹夫。

看上去这是一个宋朝的民间故事，但其实这个故事写的是明朝市井社会的一种家庭关系。

明朝的长江三角洲地区，手工业和商业都很发达，女性读书、识字的不在少数，她们有的经营店铺，有的操持家务，有的成为优秀的工人和工匠。

苏小妹，就是这群女性的代表者和代言人，她们可能比自己的父亲、哥哥和丈夫都要优秀，在家庭的生产、生活当中，扮演了中流砥柱的角色。王安石这样的"友商"和"竞争对手"，都只能自叹不如。

在这种局面之下，聪明的父亲、兄长和丈夫，都应该为优秀的女性骄傲，他们不嫉妒，也不去为这样的聪明女性设限，而是心甘情愿地为她做辅助，让她在成功的道路上走得更远。

父亲和哥哥们帮苏小妹拥有不俗的见识和学识。

丈夫更是心明眼亮，他虽然拥有世俗的成功，看尽长安花，却偏偏懂得苏小妹的好处。

看完这个明朝人对聪明女性讴歌赞颂的故事，你会发现，传统社会中的女性生活，并不是如许多人所歪曲的那样，只有缠足、殉节、守寡这样黑暗的内容。

我们的传统里，有赞美女性、支持女性、成就女性的那一面。

朝菌不知晦朔，蟪蛄不知春秋，井底之蛙想象不出天上的星辰有多美。

大家对聪明女性的态度越健康，这个社会才会越文明。

冯梦龙老先生多暖啊，他给有爱的苏家父子安排一个如此聪明的女儿和妹妹，这是第一个慈悲；他让这位女性才貌双全，才华横溢，这是第二个慈悲。

他让这女儿有一个秦观这样的丈夫。他要让他作品里最聪明的女儿，遇到"两情若是长久时，又岂在朝朝暮暮"的最美爱情。

这就不仅仅是慈悲了，这是世界上最大的浪漫。

所以，如果你听见长辈再说那种"女孩子怎样怎样就可以了"的陈词滥调，不妨把苏小妹的故事说与他听，告诉他，世界上最优秀的读书人、文化人，是如何对待自己最优秀的女儿、最优秀的妹妹的。

优秀的男子并不会剪去优秀女子的飞羽，而是净空天上的雾霾，让她去一翅冲天。

事——与——理

# 损人不利己的小报告不能打——《崔待诏生死冤家》

有网友给我留言，想让我聊聊职场上的打小报告。正好最近我在重读"三言"，在冯梦龙的《警世通言》当中，就有一个同事间打小报告的故事，今天就来拆解一下。这个故事是冯梦龙老师整理的，标题叫《崔待诏生死冤家》，它还有一个宋代版本，叫作《碾玉观音》。话不多说，这就解读这篇《崔待诏生死冤家》。

## 秀秀

南宋绍兴年间，临安（今浙江杭州）有个咸安郡王，是延安府人，任三镇节度使。王爷带着家眷春游，回来的时候路过街头，遇到一个老头嚷道："我儿出来看郡王！"老头家中有个女儿，这女孩儿出来看热闹，正好被郡王看见了。

郡王对帮窗虞候（帮着照顾车窗的家将）说："本王一直在找这个人，你明天把她带到王府来。"虞候答应一声，就走到那家对门的茶摊儿上坐下，要卖茶婆婆去请那家的老头儿来说话。

老头儿姓璩，开一个装裱字画的铺子。老头儿过来，客客气气地问："府干有何见谕？"府干，府上的干部；谕，命令。

虞候说："没事儿，闲问。刚才那个看轿子的，是你的闺女吗？"上来打听人家闺女，怎么可能没事儿！老头儿说了自家情况，姑娘是独生女，十八岁。

"是准备嫁人啊，还是准备进官员的府里打工啊？"虞候问。

宋朝时，好多城里的姑娘没有嫁妆，都要去打几年工，如果进王府工作，就会有机会被指婚给王爷的手下，或者干脆被王爷、公子收了做妾。

"没钱，早晚都得送她去官邸里工作啊。"

"那你家姑娘有什么特长吗？"

"嘿！问着了！我家闺女的刺绣特别好。"

"王爷刚才看见你闺女，觉得她身上穿的刺绣肚兜特别好，看上了，你要不就把闺女献给王爷好了。"

看着都是日常聊天，细细想想，不对。王爷说一直在找这个姑娘，其实他根本就不认识这个姑娘；虞候说打听姑娘没什么事，但是开口就是大事；虞候说王爷喜欢刺绣，其实王爷没说过这样的话；老头儿说女儿会刺绣，王爷一下子就喜欢刺绣了。

其实很简单的一件事，王爷就是看上姑娘这个人了，你要说姑娘的特长是种花、养猫、垃圾分类，虞候也会顺杆爬，把姑娘招进府里。抢男霸女这件事，王爷轻描淡写，虞候轻车熟路。

王爷买了璩姑娘，起名叫秀秀，大家都称呼她为"秀秀养娘"。

一入侯门深似海，王爷府上，每个人都是囚徒。

## 王爷

这个当街买姑娘的人是谁呢？绍兴年间，咸安郡王、三镇节度使、延安府人，在当时只有一个人符合条件，就是大英雄韩世忠。现在我们明白，为什么他走到大街上，老头要赶紧叫姑娘来看了吧。大家看的不仅仅是王爷，还是盖世英雄。

为什么不写出这个人的名字呢？冯梦龙也好，更早的作者也好，都是为尊者讳，大英雄当街买姑娘，不成体统。韩世忠这个人，脾气非常坏，年轻的时候人送外号叫"泼韩五"，曾经有人看见他，说"你以后会位至三公"，他觉得对方在嘲笑自己，就把人家暴打了一顿。

韩世忠把秀秀买回去做养娘。养娘其实就是奴婢，干什么的都有，做手工的、带孩子的、写书法的、教奥数的、喂鸟的……

高官、王爷这样收进来的女人不在少数，要出头，小姑娘，你还差得远。但是有冒头的时候，官家（皇帝）送了王爷一件绣花战袍。秀秀干了一件露脸的事，她把绣花战袍直接做了一件一模一样的。各位，南宋杭州的刺绣，博物馆里有，是真正的艺术品。

十八岁的一个姑娘，手艺达到了国家先进水平。王爷"看了欢喜"，他喜的不是秀秀厉害，而是喜欢这件一模一样的战袍。

秀秀好可怜，妥妥的工具人。王爷其实也没有在乎她的手艺，八成就是馋她的美貌！王爷已经在考虑给官家回礼的事了。他找了一块玉，准备做个奇巧物件送给皇上，于是就召来了几个碾玉的待诏。

什么叫待诏，就是皇家供奉。中国有个习惯，就是民间称呼朝廷化，比如"大夫""郎中"，过去都是官名，后来就用来称呼药铺里的医生了。再比如"师傅"，原本也都是太师、太傅或少师、少傅的合称，后来凡是有手艺的，都可以叫师傅了。虞候见璩老头，称呼也是"待诏"。

几个碾玉待诏，有说要做劝杯的，有说要做乞巧用的摩侯罗儿的，最后一个叫崔宁的小伙子说："做一个南海观音吧。"

多聪明的一个小伙子！这时候谁是皇帝？宋高宗赵构。赵构去金国做过人质，做了皇帝后一度逃到海上避难，后来吓破了胆，一直没有儿子。你送他一个观音，又救苦救难，又送子增福，多么合适的礼物！王爷大喜，让崔宁动手。崔待诏果然做成了一个极好的玉观音。

## 爱火

王府也有团建。

中秋那一夜，王爷请大家喝酒。女子中的最强者，自然就是秀秀；男人中的第一名，注定是崔宁。

赏月那天，王爷和崔宁开玩笑："待秀秀满日，把来嫁与你。"

满日，就是合同期满的日子，等到秀秀在王府工作期满，就把她嫁给崔宁。同事们纷纷起哄，崔宁也拜谢了大家。

其实这也般配，两个手艺人，两个艺术家，互相也欣赏得来。

崔待诏住在王府外，他不是奴仆，更像是王府的供应商。某天崔宁出去喝酒，发现王府方向着火，他赶紧就回去，看看自己能不能帮上忙。

古代没有水龙带,火大了,大家就拆掉相邻的房子,然后静静地任火肆虐,然后灾后重建。老话说"三场勿入","三场"指的就是战场、刑场、火场。别人家有没搬完的东西,丢了,有人看见你在火场出没,那失主就要怀疑到你头上来。但是崔宁没准备偷东西,他遇到了秀秀。秀秀拿着一包"金银富贵",匆匆走出来,到底是公物还是她的私产,很难说。

"我出来晚了,大家都走散了,现在没人管顾我,崔大夫你带我出去吧。"秀秀说。

崔宁想想也没啥,这不还算个未婚妻么。

崔宁把秀秀带回了家,秀秀让崔宁给自己买点心和酒,崔宁都依了。吃喝完毕,秀秀就鼓起勇气做了一个决定:"你我今夜就做了夫妻。"

"岂敢!"

秀秀是王府里的养娘,王爷一定会追查的。

崔宁怕事,这是人之常情。

"你知道不敢,我叫将起来,教坏了你,你却如何将我到家中?"这话有意思,你还知道怕啊,信不信我叫嚷起来,坏了你的名声?你怎么就敢掳我来你家了?

好好一个姑娘,居然学了这样的手段,估计是同事间互相学习的结果。其实秀秀这话,三分威胁,七分娇嗔。她算准了崔宁不是坏人。

"那我答应你,但是有一条,咱们不能在杭州待了,今晚就要走！"这是糊涂人吗？他想后果想得很明白。这是明白人吗？他为了一个女人，抛下了一份好工作，逃到外地去了。这不是糊涂和明白的问题，这就是爱呀。

秀秀说："既做了夫妻，都听你的。"

## 恶人

崔宁带着秀秀逃去了潭州，就是今天的长沙，那里住着一些退休官员，也有做玉的需求。

王府丢了秀秀养娘，也没太当回事，出赏钱找了几天，杳无消息，也就算了，更没怀疑到崔宁这里。

王府多大啊，崔宁和秀秀，多小啊。

这也说明秀秀的钱，可能不是公款。如果秀秀盗窃了公款，王爷一定会勃然大怒，活要见人，死要见尸。秀秀的钱，大概率是自己挣来的钱，劳动所得，花得心安。

好巧，有一天崔宁遇到了王府里来出差的一个前同事，这个人叫郭立，是个排军。排军是低级军校。郭立是陕西人，自幼跟着王爷，但到一把年纪了，还是个排军。

这种人就有两种可能：一种是能力有问题，一种是人品有问题。这个郭立就是人品有问题。他一见到崔宁，就开始恐吓他："原来你俩结了婚，跑到这儿来了。"

崔宁和秀秀苦苦哀求，请他吃饭喝酒，给他钱。

郭立全都收了，答应俩人说，自己回去，一定不会把他俩的事告诉王爷。

你如果一定要举报，直接让当地官府把人带走，是铁面无私；你告诉俩人自己要回去告发，让他俩逃跑，这是做人留一线；你如果真的把这件事烂在肚子里，成全了这对夫妻，那是功德。收了钱再举报，就是没人性了。但是郭立就这么没人性。他可能觉得自己特别忠诚，一定要告诉王爷真相；他可能还觉得自己的道德特别高尚，两个狗男女一定要付出代价。

## 惩罚

崔宁和秀秀被王爷派来的人抓住，被押回王府。郡王好生焦躁，左手去壁牙上取下名刀"小青"，右手一掣，掣刀在手，睁起杀番人的眼，咬得牙齿剥剥地响。这人还正常吗？不知道。

他看上去爱秀秀的姿色，却一直没有收她做侧室，但是又要惩罚秀秀，咬牙切齿，这到底是怎么回事？法国有个名将叫吉尔斯·德·莱斯，是英法百年战争时候的元帅，圣女贞德的战友，这个人被看作是格林童话里"蓝胡子"的原型，他特别热衷暴力，据说有严重的精神疾病，这和他目睹了贞德被害有关系。和王爷很像是不是？

历史上的王爷失去了老战友岳飞，一直在苦闷中生活着，有了严重的暴力倾向。他杀过方腊的人、西夏人、辽人和金人，也不在乎多杀两个家里人。夫人赶紧劝，你最多把俩人送到临安府，不能随便杀人。

王爷听夫人的劝，把秀秀抓进了王府花园，把崔宁送去临安府审问。

崔宁是这么招的："自从当夜遗漏，来到府中，都搬尽了，只见秀秀养娘从廊下出来，揪住我道：'你如何安手在我怀中？若不依我口，教坏了你！'要和我逃走。我不得已，只得与她同走。"

这个男人没有担当。话，秀秀说过，但不是在那个场景下说的。那是在你家时说的话，有娇嗔的成分。这是一个多情女子的相托，如果你撇这么干净，她就要没命了。

最关键的，俩人已经是夫妻，这个时候无论如何，都应该一起面对。用两人的手艺求王爷成全，王爷反而听得进去，王爷这种老炮儿，最喜欢张嘴装好汉的人。可惜崔宁没有这么做。

王爷看了临安府审出来的供词，判了崔宁杖刑，把他流放到建康府去。建康府就是今天的南京，崔宁是南京人，也算是遣送回乡了。


## 奇遇

崔宁被发配出临安，秀秀就跟上来了，说王爷打了她三十竹篦，将她赶出了王府，现在她要跟崔宁一起走。

崔宁一路给押送他的人喝酒吃肉，这人也就睁一只眼闭一只眼，没有回去说秀秀的事。你看，是个人都比郭立郭排军懂事儿。崔宁和秀秀在建康生活下来，岳父岳母也来投奔，大家一起过了一段平静的日子，直到王爷派人来请崔宁。

崔宁做的那个观音，受到皇上的喜爱，有一天皇上不慎，把上面的铃铛弄掉了，御前的官员看了看，玉观音底下写着"崔宁造"三个字，就命王爷去找崔宁。崔宁修好了观音，扬眉吐气，重新回到了杭州开店。崔宁的店开了两三天，又遇到了郭立。

郭立一看见秀秀，扭头就要跑。秀秀说："叫住他！有话要问他！"崔宁也是一肚子气，就把郭立拽回来了。秀秀没客气："当初我们请你吃酒，你却坏了我们俩的好事，回去打小报告，现在我们在御前做供奉了，看你还敢告状！"郭排军被责问，万分尴尬，赶紧道歉，逃回府里去了。郭立回去跟王爷说，秀秀在崔宁的店里坐着呢。

## 鬼冤家

王爷第一反应，是郭立在骗自己。"秀秀是我亲手打杀的！"王爷是个暴力狂，但他不是不讲道理的人，他读完了崔宁的招供，认定秀秀是个淫妇，就把秀秀打死了。王爷这种杀人如麻的人不怕鬼，所以王爷命令郭立去接秀秀，接过来之后，王爷要给秀秀"凯取一刀"。

如果秀秀不在，王爷就要拿郭立问罪，还逼着郭立立了军令状。你看，他杀了人，还要再杀一次。多大仇，不就是和一个你已经许过婚的年轻人私奔了么？没有任何人应该为一次错被惩罚两次。

郭立带人抬秀秀过来，王爷去掀轿帘，里面却没有秀秀，就要用"小青"砍了郭排军。郭排军苦苦哀求，王爷知道是鬼魂作怪，一时焦躁，就打了郭排军五十背花棒。

崔宁回到家里，发现岳父岳母早就死了，都是鬼。他没情没绪，走进房中，只见秀秀坐在床上。崔宁道："告姐姐，饶我性命！"这个时候，应该先道歉，求饶已经晚了。秀秀道："我因为你，吃郡王打死了，埋在后花园里。却恨郭排军多口，今日已报了冤仇，郡王已将他打了五十背花棒。如今都知道我是鬼，容身不得了。"道罢起身，双手揪住崔宁。崔宁叫得一声，忽然倒地。秀秀把负心的丈夫带走了。

这个结局干净利落。再看冯梦龙老先生的四句评点，其实就能理解老先生的慈悲之处：咸安王捺不下烈火性，郭排军禁不住闲磕牙。璩秀娘舍不得生眷属，崔待诏撇不脱鬼冤家。

你堂堂的王爷，背后站着公权力，不应该对两个小人物、苦鸳鸯斩尽杀绝。拿人才不当人才，看性命不是性命，动辄就要杀人，这就是王爷不善的地方。

　　郭排军其实是个可悲的人物，王爷瞧不起他，他其实立功无数，有十几次升官机会，但就因为这个人愚蠢，只能一直当着排军。

　　郭排军干嘛要跟秀秀和崔宁过不去？因为嫉妒，他不知道欣赏美好的人和事物，他得不到秀秀，也没有崔宁的才干，那就挥舞道德的大棒，摧毁这两个有趣的人儿。

　　秀秀没有立刻抓走崔宁报仇，就是因为她心中有对方，你不仁，为了保命推得干净，我不能不义——我还要做你的妻子。

　　"撇不脱"三个字，就是冯梦龙对崔宁的责备。崔宁带秀秀跑路，因为两个人彼此爱慕，情之所至，就算对不起王爷，也是小错小过。对爱慕自己、真心相待的人下刀子、让她去承受暴虐和私刑，最终害死了她，才是真正的负心。

　　所以啊，为什么叫小报告呢？因为它损人不利己，不是出于公心、为了挽救集体的损失而告，而是因为嫉妒而告。

　　像郭排军这样，满口仁义道德，让犯了小错的人承担毁灭性的后果，这就是恶毒的举报。五十开花棒，打的就是这样恶毒的人。

　　要我说，还是打少了，这么"正义"的人，应该打一个整数，打他一百棒。

# 最好的姿态是量力而行——《苏知县罗衫再合》

人人都希望自己有妥善处理事情、解决问题的能力。今天说的这个故事里，有好人，也有坏人。好人希望自己做一些不寻常的好事，坏人则有遏制不住的欲望。但是做超出自己能力范围的事情，必然会失败，带来祸患。

《警世恒言》中的《苏知县罗衫再合》是一个水贼杀人、孩子复仇的故事，和《西游记》里唐僧幼年的故事非常相似，但是细读下来，又全然不同。

## 苏云

明朝永乐年间，河北涿州有个叫苏云的人。他在二十四岁那年考中了二甲进士。

二甲，说明全国排名在第四到第几十名之间。二十四岁的进士，可以说是标准的学霸了。比别人先开始仕途，未来的前程不可限量。

朝廷给他分配了工作，去兰溪县做知县。兰溪在浙江，风景优美，物产丰富，商业发达，经济繁荣。

苏云立志要做清官，就和夫人郑氏说："我想把家里的钱收拾一下，拿走十分之七到任上使用，十分之三留给老娘。我的吃喝用度都从这笔钱里支出，这样就不会给当地百姓增加负担了。"

明朝的官员，任期是三年。做三年官花掉家产的十分之七，那么下一个任期怎么办呢？只拿正常的收入，不去取灰色地带的收入（各种陋规、人情），其实就是清官了。苏云这是在做自己能力范围之外的事。

穷困潦倒不是青天，公正处事才是关键。江浙的老百姓，只要你不乱折腾，他们就能勤劳致富，还会对你感激涕零。

道德感、拯救感爆炸，非要自己贴钱去当地做官，大家会觉得你这个人有点不正常，不一定在当地怎么折腾老百姓呢。

弟弟苏雨并不介意哥哥拿走家中财产，他答应得好："哥哥尽管去，老娘有我呢！"

这也是许诺能力范围之外的事。弟弟既然养着老娘，家产就应该弟弟拿七成，哥哥拿三成。

苏雨觉得哥哥胸怀世界，所以不跟哥哥争夺家产。他如果能劝说苏云，不要多此一举，让哥哥不要带这么多财产上任，也许就不会有后来的事。

### 徐能

苏云和夫人带着家产上任。

那时候，去当官的人都是带着空箱子、空袋子去，准备大捞一把。苏云却带着一堆银子。所有的人都觉得，这个新县令有些傻。

比如那个租船给他的人。有官员乘坐民船，船家都是要给官老爷坐舱钱的，因为凭着乘客的尊贵身份，船家可以免去路上的苛捐杂税。船老大见苏云是个老实人，就说"免了您的船钱"。苏云不懂这些规矩，见省了船钱，心里十分满意。

走到扬州的仪真县，船因为年久失修，装的东西又太多，漏了水，人和行李都困在了岸上。

这个时候有个叫徐能的人，找到了苏云的仆人苏胜。

"我这船上挂的，是山东王尚书府中的水牌。这船又结实又干净，我们的水手经验丰富，而且最熟悉南京到浙江的水路，你跟老爷说说，坐我们的船吧。"

小说交代，徐能是当地一个私商，他并不是真的想帮苏云的忙，而是看中了苏知县带的财物，动了杀人劫财的心思。他的水牌是怎么来的呢？王尚书在山东娶了一个小妾，小妾的父母搬到了仪真县。王尚书就买了一条船，把跑船的收入交给小妾父母当养老金。徐能就拿到了这条船的经营权。

读书人信物，老江湖只信人。如果你不愿意麻烦当地的官员，找个当地的坐商，比如客栈老板，推荐一个船家，而后写一封书信给家里：我上了徐能的船，这个人的地址是……徐能知道你送信回家，路上就不敢杀你了。

但苏云迷信王尚书的水牌。

徐能做事歹毒，借着王尚书的水牌做私商也就罢了，还要偷偷害人性命。

经营一艘大船，已经能得到丰厚的收入，但是徐能并不满足，还想铤而走险，做杀人越货的事，其实这也是做了能力范围之外的事。

徐能有个弟弟叫徐用，是个善良的人，他跟着徐能跑船，哥哥杀人的生意经常会被他搅黄。

徐用一听徐能要害苏知县，赶紧来劝："他少年能中进士，是天上的星宿，他倘若是贪污腐败的贪官，带这么多钱，你杀了也就杀了，但人家在赴任路上，杀他太缺德了，以后会后悔的！"

徐能回答："财倒是不打紧，他的媳妇生得标致，你嫂子死了这么久，这不是老天送上门来的姻缘吗？"

徐用又劝："找对象得门当户对，人家是进士的媳妇，也是官宦人家的小姐，这样拆散人家，更使不得！"

徐用小心翼翼地活着，努力地维持着底线。

徐能手下有个小弟叫赵三，做事简单粗暴，外号叫赵一刀。赵一刀跟徐能说，你别跟你弟弟废话，我帮你把他们一家子拾掇了。徐能受到了鼓舞，就把船摇进了黄天荡。

作者解说了一句：那苏知县是北方人，不知水面的勾当。接着小说写道："那黄天荡是极野去处。船到荡中，四望无际。"

黄天荡是当年韩世忠围困金兀术的地方，大金国四狼主都被困在这里，差点回不去北方。你这小知县被带到这里，还往哪里跑。

动手！赵一刀砍死了仆人苏胜夫妇，又要杀苏知县。

徐用听见杀人了，赶紧出来苦苦求情。千说万说，徐能勉强答应，给苏知县留一个全尸。

徐能把苏云捆好，扔到江里去了。夫人郑氏想要跳江，被徐能关在了船舱里，准备带回去成亲。


## 朱婆


徐能回到贼窝，安排管家的朱婆跟着郑氏，劝郑氏答应成亲。

按说朱婆应该是个为虎作伥的坏人，偏偏她还真不是，她有正义感。

郑氏只是啼哭。朱婆就叹气说:"娘子要立志不从,不如当时就寻个自尽,事到如今,又到哪里去找地洞钻去?"这是一个弱小者对另一个弱小者说的同情的话。

郑氏说:"不是我贪生怕死,只是身上有九个多月的身孕,我要活下来,保全丈夫的骨肉啊。"

"就算生下来,难道他们会同意你养吗?"朱婆婆说,"我一个妇道人家,难道还能做程婴、杵臼?"

程婴、杵臼救了赵氏孤儿,老太太用这两个人来类比自己,其实就是想要救人了。

这时候徐用一脚把门踢开。他灌醉了自己的哥哥,偷偷来放郑氏。发现了没有,徐用这个人是真的人狠话不多,不会说"我一定会来救你的"这种话,但人家的执行力一流。

"送你出后门去逃命,异日相会,须记得不干我徐用之事。"徐用是这么说的。

朱婆受到徐用的鼓舞,也同情郑氏的遭遇,决定陪着郑氏一起逃亡。徐用给了十两银子,让朱婆拿着做盘缠。

朱婆高估了自己的力量,也做了自己能力范围外的许诺。朱婆的身体,比孕妇还要差。

约行十五六里,朱婆走不动了。于是大家"彼此相扶"(其实就是郑氏搀扶朱婆),又捱了十余里。

朱婆原有个气急(咳喘)的毛病,现在又发了。

为正义所激，希望成为守护天使，结果没考虑自己的实际情况，反而成了拖累。于是朱婆建议夫人继续走，而她自己"没处安身，索性做个干净好人"。

朱婆脱下鞋子，跳到井里自杀了。

朱婆在徐能家做事，应该曾经对很多恶行视而不见，但看见这可怜的孕妇，终于下决心帮郑氏逃亡，她生命的终点，也是这一生的最高光时刻。


## 老尼姑


郑氏又挣扎了十里，到了一个茅庵门口，一敲门，门里露出一个光头。

郑氏心里想："惨了，原来这里是和尚，听说南方和尚特别不学好，刚从强盗那里出来，又遇到了和尚，死定了！"

僧人看见郑氏的衣着、举止，知道是个大户人家的女子，就把郑氏邀请进净室。

一搭话，郑氏才知道原来这个主持是尼僧。老尼姑听完了郑氏的话，一句大包大揽都没有："奶奶暂住几日不妨，却不敢久留，恐怕强人访知，彼此有损……"

你看这出家人，多胆小怕事。老尼姑的意思是，强盗来了，你也完了，我也完了，你们朝廷命官都死在强盗手里，不能连累我们这些出家人。

这个时候，郑氏肚子越来越疼，要生了。老尼姑立刻开始赶人："这里是佛门清净之地，不能见血光污秽。"

老尼姑一定要讲规则。郑氏苦苦哀求："这十方地面不留，我往何处去呢？"

十方地面，指的就是寺庙。东、西、南、北、东南、西南、东北、西北，加上地面和上方，这就是十方。修建寺庙时，四面八方的人们捐钱捐物，因此寺庙又称为"十方地面"。

老尼姑刚才说的话，算是免责声明，她其实早就想好了对策。

"后面有个厕屋，你到那里去生。"

郑夫人到了厕屋一看：不是露坑，还很干净。用的是有盖的厕所，老尼姑对自己的生活质量还是很在意的。

郑夫人辛辛苦苦生下了孩子。老尼姑说话了："只是一件，母子不能并留。若留下小的，我与你托人抚养，你就休住在此；你若要住时，把那小官人弃了。不然佛地中啼啼哭哭，被人疑心，查得根由，又是祸事。"

这不能怪老尼姑冷血，她考虑的是僧团的安全和尼姑庵的声誉。如果真的有尼姑怀孕生子，不光度牒可能会被吊销，还可能被地方官整治处罚。

郑氏无奈，就托老尼姑把孩子扔在了大道旁边，留了自己的罗衫和金钗来做信物。

老尼姑回来，佛前念了《血盆经》，送汤送水照顾郑夫人，郑夫人也把自己的随身首饰给了老尼姑，就当是生活费了。

等到郑夫人满月，老尼姑又让她做了道姑（带发修行的社工、志愿者）。过了几个月，老尼姑又把郑夫人转到了当涂县的尼姑庵，免得再被仇家遇到。

这个老尼姑是个厉害角色啊，担得起事。你看，她不被任何人的凄惨经历绑架；优先考虑到自己和身边人的风险；确定自己能做到，才向溺水的人伸手；她把能力范围内的好事做到了极限，能力范围之外的事，一句都不答应。


## 徐继祖

徐能酒醒了，一路赶过来。

他看见了朱婆跳井的那双鞋，他认识，那是他前妻的一双旧鞋，穿旧了给了朱婆了。徐能猜，可能朱婆和郑氏一起跳井了。

然后他在柳树下看到一个眉清目秀的孩子，放在襁褓中，正在啼哭。徐能一想，虽然没娶着老婆，却捡了个孩子，难道这是天意，不如就养起来吧。他就不再找徐氏，抱了孩子回家，让手下姚大的老婆帮忙抚养。

徐能给这孩子起名叫徐继祖。徐继祖十五岁就中了举人，然后进京参加会试。去北京赶考，涿州是必经之路。徐继祖路上求水喝，竟遇到了自己的亲奶奶。

　　小说的结尾写得并不出色，凭借许多巧合和意外，完成了一个冤仇得报的故事。

　　奶奶觉得这个孩子和自己的儿子长得很像，就讲了自己的悲惨遭遇：大儿子苏云可能遭江贼害了，尸骨无存；二儿子苏雨去找兄长，在兰溪县生病死了。

　　苏奶奶给了徐继祖一件儿子的罗衫，说儿媳妇有一件一模一样的，希望徐继祖能帮自己寻访儿子。

　　徐继祖中了二甲进士，当了两年官，升了御史。这一天他来当涂县出差，遇到一个道姑跑来告状，她说自己十九年前丈夫被水贼徐能所害，听说御史大人来了，特来鸣冤。

　　这个道姑就是郑氏，告的却是徐继祖的父亲。徐继祖看完状纸，吓了一跳，跟一起喝酒的周守备商量。

　　"这女子告的，正是我的老父亲。想不准这个状子，但又怕她再去别的衙门，如何是好？"

　　周守备哈哈大笑："大人到底年轻，这怕什么，明天把这个女人带进衙门，一通棍子敲死，神不知，鬼不觉，不就绝了后患。"这话说得让人毛骨悚然，周守备能这么说话，说明大明这么干事，是官场惯例了。

　　这个时候，被扔到长江里，后来被人救了的苏云也来南京找操江御史（管漕运的高级官员）告状。苏云这十九年躲在三家村里教书，早就没了以前的凌云壮志。

　　徐继祖知道父亲当过贼，对照了涿州老太太的说辞，大概猜出是怎么回事了。他把奶妈的丈夫姚大从家里叫来，拿到了自己小时候的罗衫和金钗，查出了自己的身世。

他决定复仇。徐继祖是个狠角色。养了自己十九年的爹，现在突然就要杀掉，他毫不犹豫。这是小说写得粗糙、生硬的地方。

大多数正常人，都应该是像《射雕英雄传》里的杨康那样，会纠结得厉害。完颜洪烈虽然是仇人，同时也是父亲，向他报仇还是和他和解，是很艰难的选择。和徐继祖比较，杨康这个角色，就写得丰满多了。

徐继祖把父亲徐能、二叔徐用，以及一大堆叔叔都请到南京来团聚。酒席前让苏云认人，捕快一拥而上，把这帮贼都抓了。

徐继祖像复仇机器一样转动：先上奏皇帝，说了家事，改名苏泰，认祖归宗。苏泰答应免奶公姚大一刀，派人把他在监狱里勒死了。给了奶妈五十两银子，让她自己找地方生活。六个大贼全都斩首，抄没了他们的家产。

报仇完毕，开始报恩。把一直救人的徐用赶出衙门，没有判刑。去兰溪县接病死的二叔苏雨灵柩回涿州。祭奠投井而死的朱婆。给老尼姑白银百两。请老尼姑超度苏雨、朱婆和船上被害的仆人苏胜夫妇。

后来，苏泰经过山东，又遇到了王尚书，娶了王尚书的幼女为妻，小说以"三言"中常见的大团圆结局收尾。

苏知县苏泰，或者说徐继祖，虽然是主人公，却是这个故事里的工具式的人物，形象和性格乏善可陈，塑造得并不成功。这个故事里打动我们的，是苏云、徐用、朱婆、老尼姑这些人，这是一个个平凡人，面对问题态度完全不同。

苏云怀揣理想，想要改变世界，经验和能力却配不上自己的梦想，被一个水贼对付得一蹶不振。徐用和老尼姑，看上去是在为自己打算，却认真地把自己能力范围之内的事情解决好，做了好事，积了功德。朱婆明明知道自己的能力做不到帮郑氏逃脱，但是看见这个可怜的女子的遭遇，还是燃起了正义感，勇猛地站了出来，拼上了自己的残生。被正义所鼓舞的人，到死都不会后悔。

这就是凡人之美，凡人之善。

# 拿天下人当傻子是不行的——《三现身包龙图断冤》

坏人做恶事，往往会层层升级。开始也许只是做一点小的坏事，比如把垃圾扔在电梯里，欠别人一点钱不还，扣租客的押金，讹诈合作伙伴的违约金……

发现没有特别严重的后果，他们就开始尝试做一些大的坏事，坏人这时候是成竹在胸的，总觉得大家都是"各扫自家门前雪，莫管他人瓦上霜"。

遗憾的是，错了。做大坏事的时候，有些原来看上去沉默的人就会站出来。

我要说的，是《警世通言》里的《三现身包龙图断冤》。

## 算卦

包龙图的故事，自然是发生在北宋时候。

山东兖州奉符县（在今山东泰安）有一位孙押司。这天他走在街头，遇到一位叫李杰的算卦先生。孙押司一时好奇，就决定过去算上一卦。

李杰说得很惊悚：尊官今晚三更三点子时当死。

我们看过《水浒传》，知道押司这个官职，这是宋代的小吏，在衙门里掌管文书。做押司的最是精明强干，孙押司显然也不是俗吏，他听了这话，自然生气，觉得算卦的胡说八道，便说，明天如果不死，就送你去衙门。

没想到算卦的也是刚硬："您要是明天不死，就拿这里这把宝剑，把我这个不学无术的小子的脑袋砍下来！"

不仅大搞迷信，还口出狂言，孙押司一怒之下，就把卖卦先生从卦铺里一把"搡"了出去。

就算是国家干部，也不能无故打人，眼看县衙里同事们都出来看热闹，孙押司就要跟大家说道说道。

孙押司说："我闲买个卦，这家伙说我今夜三更三点当死。我身体康健，哪有猝死的道理，我要揪他去县里，打官司，问明白。"

大家劝押司说："若信卜，卖了屋；卖卦口，没量斗。"没量斗，就是没有梁的斗，没法提起来。这话是说，要相信算命卜卦这种事，你得被诓得卖掉房屋；卖卦的那张嘴，就像没有梁的斗，无凭无据。

又劝李杰："算卦的，赶紧走，别惹押司生气！"

众人一番劝解，孙押司一肚子气回家了。

这是一个很传奇的开头，有神奇的人，神奇的事，一定会引出一个好故事。

## 押司娘

孙押司不是那种作威作福的人，他把算命的摔了出去，自己也觉得"不好意思"。

孙押司也没心情上班了，于是随便处理了公文，就回了家。

他的娘子，小说里叫"押司娘"，见他眉头不展，就问："有什么事烦恼，是县里的公文有不好处理的吗？"

押司道："不是，你休问。"

再问道："被知县责罚了吗？"

"也不是。"

"跟人吵架生气了？"

孙押司说："我今日去街头买个卦，那先生道，我在今年今月今日三更三点子时当死。"

押司不愿意提这件事，他忌讳。各种迷信就是这样，尽管你不信，也会很不愉快。

押司娘听了，"柳眉剔竖，星眼圆睁"，问道："怎地平白一个人、今夜便教死！如何不挼他去县里官司？"

押司道："便挼他去，众人劝了。"

浑家道："丈夫，你且只在家里少待。我寻常有事，兀自去知县面前替你出头，如今替你去寻那个先生问他。我丈夫又不少官钱私债，又无甚官事临逼，做甚么今夜三更便死？"

押司道："你且休去。待我今夜不死，明日我自与他理会，却强如你妇人家。"

孙押司跟人发生了冲突，回来说给妻子，妻子就应该安抚他一下，男人的气就消了。

今天也是一样，丈夫在公司受了气，回来之后跟妻子说，妻子一定不能拱火。你给他做一顿大餐，让他知道在那点职场上的不愉快之外，生活里还有很多值得留恋的事情，他的烦恼也就没有了。

押司娘要当场去找算卦先生算账，这个反应很奇怪。她为什么要这样做呢？我们放在后面说。

孙押司让老婆安排一些酒，要消遣一下。他决定今天晚上不睡了，要死，总得死个明白。

时间一步步逼近三更三点，让我们的心也悬了起来，这就是小说层层推进带来的力量。

## 孙押司之死

心烦的时候不能喝酒，孙押司喝了几杯酒，就醉倒在了椅子上。夫人和丫鬟迎儿就把孙押司送进卧房。

夫人对迎儿说："你知道今天算卦的说你爹爹三更三点死吗？"

"听说了，也不知道哪里听来这么一个话！"

"咱们娘俩一起做点针线活儿，都不睡觉，看你爹到底死还是不死。"

迎儿年轻贪睡，白天肯定工作也辛苦，中间睡过去了好几次。眼看到三更三点，诡异的事发生了。

小说这样写："只听得押司从床上跳将下来，兀底中门响。押司娘急忙叫醒迎儿，点灯看时，只听得大门响。一个着白的人，一只手掩着面，走出去，扑通地跳进奉符县河里去了。"

河水很急，还通着黄河，这人肯定救不回来了。

押司娘带着迎儿在河边大哭起来，附近的刁、毛、高、鲍四位嫂子，都跑出来看。听说押司投河，想起白天在卦摊的怪事，想起下午押司还回来，都觉得不可思议，又都觉得人生无常。想到孙押司平时人不错，就陪着押司娘一起哭了一场。

算卦先生李杰的预言居然成了真。神奇吗？

三个月后，孙家来了两个媒婆，要给押司娘说亲，押司娘提了三个苛刻的条件：一、先夫姓孙，我还要嫁一个姓孙的，这样一门两家不绝；二、先夫是押司，我也要再嫁一个押司，这样才配得上；三、要对方入赘做倒插门女婿。

媒婆告诉押司娘，有个人每个条件都符合，这人是孙押司的同事，叫作小孙押司。小孙押司在县里是排名第二的押司，大孙押司死后，他就成了排名第一的押司了。

三个条件看起来合情合理，但是合在一起，那就是为小孙押司量身定做的了。很显然，这个女人早就瞄好了对象，锁定了目标。

果然，小孙押司和押司娘结了婚，住进了这个家。

## 显形

小孙押司和押司娘关系很好，小孙押司喝醉了之后，总要派迎儿去做醒酒汤。

那时候没有燃气灶、微波炉，做汤要半夜把火捅开，简直要烦死了。

迎儿就在抱怨，也怀念自己的旧主人。

"要在以前，早就睡下了，这个新主人，哎呀……"

这个时候，来了一个披着头发、伸着舌头、眼睛里滴出血来的男人。

"迎儿，与爹爹做主则个！"

不知是梦，还是幻觉，迎儿吓得晕倒在地。押司娘和小孙押司见她倒在地上，就给她灌下汤药压惊。

"我看见先押司爹爹了！"

迎儿梦见了故去的人，通常的态度应该是安慰她，或者问问先押司说了些什么，这是思念死者的表现。

但是押司娘不是，她打了迎儿一个"漏风掌"。什么叫漏风掌？就是力度很大的耳光，把姑娘的牙都要打掉了。为什么要这么重手打人呢？八成是心里有鬼。

随后，押司娘和小孙押司商量，准备把迎儿嫁出去。

嫁奴婢，其实是一套学问，跟嫁女儿差不多，你要给她挑一个好人家。但是押司娘不这么想，她给迎儿挑了一个烂人。

附近有个光棍叫王兴，外号叫作王酒酒，这个人又好酒，又爱赌，嫁了他，那可真是掉进了苦海。押司娘就把迎儿嫁给了王兴。

挑这么一个人，有两个理由：首先是急于脱手，担心迎儿在家里再看出什么蹊跷来；其次是便于控制，迎儿嫁给这样一个人，时不时地可能还要依赖自己，那就逃不出自己的手掌心。

王兴每天喝酒赌钱，输了就骂迎儿，王兴对迎儿的称呼是"打脊贱人"，经常威胁要"打折你一只脚"。这人的人性，看起来真不怎么样。

这天，迎儿被王兴逼着去借钱，又不敢去找押司娘，在街上不知道该去哪儿，突然就遇到了一个人，只见他"舒脚幞头，绯袍角带"，抱着一堆文书。

这个人对迎儿说："我是你先的押司，如今在一个去处，未敢说与你知道，你把手来，我给你一件物事。"

这是孙押司第二次显形，他不再苦苦恳求丫鬟给自己报仇。孙押司给了迎儿一包碎银子，让她拿回家去。

## 王兴

迎儿敲门，王兴还是那副嘴脸。他和迎儿说，钱没到手，不要进来。

迎儿就在门前解释了她撞鬼的事。结果王兴又是一顿骂。

王兴说道："打脊贱人！你却来我面前说鬼话！你这一包银子，来得不明，你且进来。"

迎儿进门，做好了挨揍的准备。王兴却说："你之前说过孙押司显灵的话，我都记得，这事一定有些蹊跷。我刚才怕邻舍听得，才那么说。你把银子收好，天一亮，我们就去县里首告他们。"

原来，王兴准备替大孙押司出头。大孙押司是个好人，王兴当年受过他的恩惠。看，到这个时候，一个我们平时看着不怎么样的人，要站出来了。

王兴开始琢磨，贸然去衙门告状，跟大老爷说钱的来历，只怕钱要被没收，还要被乱棒打出来。小孙押司如今在衙门里是排名第一的押司，捏死自己就像是玩一样。

王兴想了想，拿钱去"赎了几件衣服"，买了两个点心盒子，两口子准备去押司娘那里打听一下消息。

押司娘见夫妻二人身上干净，又买了两个点心盒子，就问王兴："你的钱从哪里来的？"

"昨日得押司一件文字，赚得有二两银子，如今也不赌了，也不吃酒了。"

看来王兴识字，而且给县衙门做乙方，可能是个讼师。

人都愿意跟干净体面、经济独立的人来往，喝酒赌钱的人，人人嫌弃。看到这两个人的状态，押司娘挺高兴，不过她又动了借人劳动力的心思。按说你把一个丫鬟嫁出去了，就应该再雇一个，她不是，她省钱。押司娘就让迎儿在家里住两天，跟着自己一起去东岳庙里烧香。

王兴一看，正合心意，自己一个人回了家。迎儿就这么打入敌人内部了。

这是泰安的事儿，泰安就在泰山脚下。泰安东岳庙供奉的泰山府君，掌管人间善恶，同时也是地狱之神。

押司娘去东岳庙烧香，其实就是害怕，迎儿那些话应该吓到她了，如果亡夫在家里闹事，她会受不了。

她们一路烧香过去，走到了速报司。速报司，就是泰山府君属下负责报应的单位。押司娘迅速走过去了，她可不想在这里久留。

迎儿的裙带松了，停下来系带子，这个时候，速报司里舒角幞头、绯袍角带的判官塑像忽然开口，叫："迎儿，我便是你以前的押司。你与我申冤则个！我与你这件物事。"

这是孙押司第三次显形。迎儿把那件东西收好，拿回去和王兴商量。

王兴讨那物事看时，却是一幅纸。上面写道：大女子，小女子，前人耕来后人饵。要知三更事，掇开火下水。来年二三月，句已当解此。

王兴就把这几句话记在心里。

这是个有鬼神的故事，但是打动我们的，不是鬼神的力量，而是普通人的良心和正义感。

## 包大人

来年春天，包拯来到奉符县当知县。

包大人做了一个梦，梦见了两句对子：要知三更事，掇开火下水。

民间传说包大人白日审阳，夜间审阴，其实没那么神奇，他就是审案用心罢了。包大人把这两句话发了一个告白牌，悬赏十两银子，征求答案。

王兴在街边买枣糕，看见官府的告白牌，赶紧跑回去跟迎儿商量。

迎儿说："孙押司出现了三次，要我帮他申冤，我们拿了押司的银子，如果不做点什么，只怕鬼神见怪。"

你看，这就是普通人的心思，她卑微、弱小，甚至无力掌握自己的命运，但是她有良心，有底线，有对世间正道的守护。

但那会儿包拯还是一个素人知县，没有青天大老爷的官声，王兴还是怕扳不倒小孙押司，反被他害了。

他有个邻居裴孔目，在衙门里办事。孔目也是宋代的官名，是押司的上级，掌管文书档案。王兴就跑去问这位专业人士。

"你去拿那封文书，我替你去禀报知县老爷。"出人意料的是，这位裴孔目一点都没有犹豫，果断出了手。

裴孔目回到县衙，找机会跟包大人说了这个案子。

王兴回家把纸拿出来一看，只叫得苦，原来是一张白纸，字迹全无。他不敢到县里去，躲在家里。很快差人到了，王兴只好跟着来人去衙门。

今天的好多热敏纸小票，也是半年过后就没有字迹了，所以大家收到这种小票，如果有用，最好是拍个照存档。

王兴到了衙门，包大人屏去左右，只留裴孔目在旁，问王兴道："裴某说你在岳庙中收得一幅纸，可取上来看。"

王兴连连叩头："小人的妻子去年在东岳庙烧香，速报司的判官给了她这张纸，纸上有字，中间确实有老爷告白牌上写的两句，小的把它藏在衣箱里。方才去检看，却变成了一张白纸。这张纸就在这里，小人不敢说谎。"

要是一般的庸官，一看这种怪力乱神的事，先揍你一顿棍子。哎呦，你还是个赌徒酒鬼，那直接可以给你发配去沧州了，大宋的国防需要人才。但是包大人对人情世情，特别体贴入微。他是后来做到副宰相的人，不会是那种只会得罪权贵的黑杠头。

包大人取纸上来看了，问道："这一篇言语，你可记得？"王兴道："小人还记得。"当下念给包大人听了。包大人将内容写出，仔细推详了一会，叫："王兴，我且问你，那神道把这一幅纸与你的老婆，可再有什么言语分付。"

王兴道："那神道只叫与他申冤。"

包大人大怒，喝道："胡说！做了神道，有什么冤没处申得，偏你的婆娘会替他申冤？她倒来央你！这等无稽之言，却哄谁来！"

包大人说得对，已经做了神道了，直接让凶手七孔流血不是轻而易举的事情吗？再说王兴这人的精神面貌，一看就是一个讼棍流氓，为什么死者要找他？

王兴赶紧解释，自己的妻子原本就是押司家里的丫鬟。最后说道："那判官的模样，就是大孙押司，原是小人妻子旧日的家长。"

包大人闻言，呵呵大笑："原来如此！"

有意思，包大人已经明白是怎么回事了。别着急，最后一节我们来说。

包大人喝教左右去拿那小孙押司夫妇二人到来："你两个做得好事！"

小孙押司道："小人不曾做什么事。"

包爷就解说了速报司纸上的文字。小说这样写："'大女子，小女子'，女之子，乃外孙，是说外郎姓孙，分明是大孙押司、小孙押司。'前人耕来后人饵'，饵者食也，是说你白得他的老婆，享用他的家业。'要知三更事，掇开火下水'，大孙押司死于三更时分，要知死的根由，'掇开火下水'，那迎儿见家长在灶下，披发吐舌，眼中流血，此乃勒死之状。头上套着井栏，井者水也，灶者人也。水在火下，你家灶必砌在井上。死者之尸，必在井中。'来年二三月'，正是今日。'句已当解此'，'句已'两字，合来乃是个包字，是说我包某今日到此为官，解其语意，与他雪冤。"

差役们一去挖尸，果然找到了孙押司的遗骸。

包大人把押司娘和小孙押司都定了死罪。孙押司的冤屈得报，从此以后，包大人有了一个名声，人们说他"白日断人，夜间断鬼"。

## 真相

真是大团圆的结局。

不过我们读这种故事，千万不要把前因后果推给鬼神就完了，这背后一定还有另外一个真相。

小孙押司和押司娘有染。大孙押司跟算卦的生气，提前回家，把小孙押司堵在家里了。押司娘借口要去找算卦的算账，想把大孙押司引出去，大孙押司没答应，反而喝上了酒。

押司娘和小孙押司快速做了一个决定，利用算命的说押司要死这件事，趁机害死他。小孙押司勒死了醉酒的大孙押司，把尸体扔在井里。他穿了大孙押司的衣服，假装大孙押司掩面跳河，制造了跳河的假象。

这期间，押司娘反复叫醒迎儿，让迎儿亲眼看到"押司跳河"。押司娘叫出邻居嫂子们给自己做见证。后来又把家里的灶台挪到了井上，掩盖杀人的痕迹。

押司娘把迎儿发出去嫁给酒鬼王兴。王兴正好受过大孙押司的恩惠，这个平时被人看不上的人，这时就站出来了。裴孔目作为同事，觉得大孙押司的死有蹊跷，小孙押司的入赘非常可疑。裴孔目开始调查真相，和王兴、迎儿形成了一个同盟。

这个故事里有鬼神，神奇的情节推动着故事的发展，扣人心弦，但是打动读者的，还是几个普通人为了伸张正义付出的努力。

这件事只要找到尸体就能破案。很多鬼故事，其实是人的故事，践踏人性，不是鬼不容，而是人不容。

小孙押司是大孙押司的徒弟，这个人当年在雪地里病倒，大孙押司救了他的命，还给他介绍了押司的工作。这样的一个长者，你破坏他的家庭，害他的性命，就是天理不容了。

这个故事里，其实最重要的角色是裴孔目，没有他牵线，王兴和迎儿没有扳倒小孙押司的可能。这个替老同事站出来的人，有手段、有才干，而且有一点最为重要。他爱管事，他相信天下事，天下人管得。

这种大叔厉害得紧，平时不发威，但坏人真的做了让他看不过去的事情，他一定会动手来把坏人拾掇了，不然自己心里过不去。

所以包大人一看这个鬼故事，一下子就明白了，鬼神显形的背后，肯定还有人在运作，那人不想让同事枉死，不想让坏人跑了，所以包大人"呵呵大笑"。

人到中年，不以气血为能，中年人的能量在哪里？无非是一腔正气，满腹决心。是只要我在这儿，你就不能这么干的那种豪气。这是大勇，也是大仁。裴孔目是这样的人，包大人也是这样的人。

我时常会想起迎儿、王兴在押司坟前焚香烧纸，裴孔目拿着酒，慢慢转过来和他们会合，庆祝押司大仇得报的情景。

天下没有鬼神，管事的，是些侠肝义胆之人。

# 承认错误,尽力弥补——《金令史美婢酬秀童》

人在职场上都想追求进步,希望挑更重的担子,但是太热衷于这件事,难免就会动作变形。

如果急于挽救工作上的失误,可能会带来更多的失误,甚至冤枉无辜的人,让自己陷入被动。

这个时候只有一个选择:直面自己的错误、认真去补偿利益受损的人。

《警世通言》里的《金令史美婢酬秀童》,就是一个承认错误、尽力弥补的欢喜故事。

## 金令史

明朝时,苏州昆山有个人叫金满,读书读得一般,但是为人做事很"乖巧"。

什么叫乖巧？其实是两个概念：乖是机灵；巧，这个字厉害了，那就是他不用笨功夫，总能花小钱办大事儿。想想你身边，一定有过这样的人。

金满家里有钱，考不上功名，就捐了一个身份，到衙门里去当令史。

令史是低级胥吏，吏的身份不高，但一来在市井当中比较受尊重，二来就是在衙门里有些机会，可以挣点灰色的钱。

理论上，吏工作九年可以转成官，但是现实中，这种操作很难实现。

金令史在户房工作，明朝的县衙门跟中央政府一样，也有六个科，金满相当于是在县财政局、税务局工作。

金令史喜欢结交门子，进了县衙门头三四个月，他就跟门子们混熟了。

县衙门的门子，可不是简单的传达室工作人员，《红楼梦》里有个故事叫"葫芦僧乱判葫芦案"，门子给贾雨村谋划，怎么去草菅人命，怎么卖人情给薛家和贾家，很熟悉官场的潜规则。

门子，是古代传统野心家的低级形态。

金令史跟门子们交好，不用花太多的资源。知县大老爷要考察KPI，处理大案要案的时候，门子们都要陪着加班，金令史就留这些小门子在家里吃住。

这些小人物，也许不能成事，但是得罪了他们，事情就要有麻烦。门子们得了金令史的好处，都愿意在大老爷面前帮他说好话。

金令史有这些小门子们捧着，慢慢地就有点膨胀，他觉得自己可以去承担一些更重要的工作了。

### 肥差

五月中旬的时候，衙门里要更换管库房的人。按照衙门里的规矩，每个令史可以管两季的库房。这个地方是个肥差，有油水，大家争得像乌眼鸡似的。争来争去争不出结果，最后只能让大老爷决定。

县里的事情谁说了算？县令说了算。但是就算是大老爷也要服众，不然大家不用心办差。

县令三年一考功，可能就调走了，吏都是地头蛇，县官如果不依靠这帮本地人，那就啥事儿都办不成。所以大老爷不爱介入这群胥吏的争夺，于是决定：摇号。

看起来摇号是个公平的办法，但是可操作的空间也很大。比如大老爷会说：上次管过库房的的不能再管（这种肥差不能连任），犯过错误的不能管（犯错误的取消晋升的机会），家里贫穷的不能管（家里那么穷，难保不会贪污），新来的不能管（业务不熟悉，会出错）。但是这些规则是人定的，决定权在哪？在吏房，吏房相当于今天的组织部、人事局。

金令史是新来的，按道理不能参选，他就努力找钻空子的机会。他觉得自己跟吏房刘令史的关系还可以，要想把自己塞进候选名单，应该问题不大，但是当场抓阄这件事，怎么操作才能让自己中选呢？

刚才说过，金满是个乖巧的人，现在他就要用最少的钱，拿最肥的差了。

金令史有个相好的门子叫王文英，他请王文英喝酒，和他商量这件事。

王文英听他说想谋库房的差事，早有主意：你把吏房搞定，抽签的事情我来办。

金满赶紧准备了晚饭，去请吏房的令史刘云。

金满取出五两银子，约定待事情成了，再送五两。

刘云假意谦让："自己弟兄，怎么这样客气？"

金满道："不嫌轻，就是阿哥的盛情了。"

刘云道："既如此，我就先收着。"把银子放在袖子里了。

金满摆出果品肴馔，二人杯来盏去，直饮至更深才散。

推让一定要有，送钱还是要送。

十两银子、两顿酒就拿下一个库房，金满的如意算盘打得噼里啪啦响。遗憾的是，这钱一花出去，就开了一个无边的口子。

## 中签

新到一个单位，最好不要急着去争一个重要的任命，最好先看一遍流程。太心急去争去抢，往往会成为靶子。

金满这个人"巧"，他觉得吃下王文英和刘云，这事儿就算成了。

天下没有不透风的墙，第二天就有人知道这个酒局的内容了。

有个同事叫来所有的候选人找刘云评理。

"姓金的才来不到半年，居然就想管库房，我们不能答应。你可以把他的名字放上去，不过我们要去跟大老爷讲理，那时候别怪我们让你没趣！"

这话有意思，他们不直接去找大老爷告状，而是事先警告。

这就是衙门的风格，大家都要长期合作，谁也难以吃掉谁，所以打架要留分寸，要有技巧，你把话说明白，让对方知难而退，最好不过。

但是刘云拿人钱财，就要替人办事，他要替金满出头。

刘云道："你们不要乱嚷啊，凡事要讲个道理，老金这个人平时和气周到，把他名字列上去，难道这么巧就中了吗？你们去跟太爷闹，回头得罪了老金这个朋友，人家不会觉得我们不讲情面吗？"

你跟他讲规则，他跟你谈人情，这一定是收了别人的钱了。

有个人当场反驳："争名争利，哪里有朋友不朋友，薄情不薄情！"

这种冷言冷语的人，各个单位都有，嘴里说的是赤裸裸的利益，虽然争不到什么，但嘴上不愿意吃亏。

刘云道："不要与人争，只去与命争。如果是你阄着便好；若不是你，连这几句话也是多的。"

这话不太好懂，但其实很厉害，有威胁的意味。

翻译成今天的话是这样的："你这人没这个命，干嘛出头去得罪人？你又抓不着，为这个事得罪金满，又得罪我，你觉得值得吗？"

有两个老成的同事，把大家劝开了，但是也劝了刘云："告诉金满，别那么急吼吼的，群众的眼睛是雪亮的。"

同事一闹，金满害怕了。

现在退出，就是损失了五两银子（办不成刘云不会要后一半），但是金满不想停下来，他去央求本县的头面人物说情。这些人收了钱，就给县官写推荐信，说金满办事老成，可以重用。

加杠杆永远都是危险的事情，可这时候的金满，已经不想回头了。

金满成功中签。

刘云安排得很巧，抽签顺序是吏、户、礼、兵、刑、工，偏偏吏房的人这次都不符合条件，金满是户房的，排在了第一位。门子王文英在签上做了暗号，金满第一个去抓，果然就中了。

这下同事们全都不干了。

"他是新来的，不符合条件！"

"这是吏房刘云得了他的贿赂，把他瞎写进名单的！"

你看，刘云十两银子可没白拿，人家是透支了自己的信用的。

但是大老爷那里也是有问题的。

"奇怪，既然他不符合条件，你们就应该早点来投诉啊，现在他中签了，你们却跑来跟我嚷，分明是嫉妒！"县太爷定了调子。

这群人不能跟领导再争执了，于是起哄，要金满请大家喝酒、听戏，也算是修复一下关系。

六月初一，金令史接盘管库，给了刘云后一半五两银子，然后坐等回本。但是七八月的时候，县里闹了秋旱，老百姓都挨饿了。

闹荒年，管库房就没了油水，金满算了算，能保本儿就不错了。

他只能自己解心宽：至少锻炼了自己、熟悉了业务……

## 失盗

十一月十五，钦天监预测到了月食，朝廷要求各地组织祈福活动。

县太爷把本县的僧道、有功名的读书人都聚集在一起，整夜吃酒。

这个酒席钱是库房来出。吃到天快亮的时候，按察御史又来视察，大老爷出去迎接。金满一夜没睡，累死累活。

天亮了一查东西，不见了四锭元宝，一锭官银是五十两，四锭就是二百两。

金满慌了。万幸是他人缘很好，同事们纷纷进来慰问他，表示了对这件事的——喜闻乐见。

自己行贿抢来的差使，含着泪也要做完不是？

五六天之后，大老爷回衙门了，金满不敢隐瞒，老老实实说了丢银子的事。

几个对他有意见的同事一拥而上。

"丢了钱，当然是要自己赔，难道是老爷替你赔？"

大老爷并没收金满的银子，他卖的是乡贤的人情。现在出了事，大老爷的脸上挂不住了。

"一定是你吃喝嫖赌，把银子花了！赔！你负责赔！"

为什么知县不抓贼，而是让金满来赔呢？

首先要平账，钱亏着，上级来视察就有麻烦。其次，库房失盗，必是家贼作案。抓家贼，说不定会抓出什么来。多一事不如少一事，少一事不如没有事，让金满赔了钱，这就叫没有事。

对大老爷是没有事，但对金满来说，这就是没有钱了。

金满请了全县的阴捕来抓贼。

明朝捕快，北方叫番子手，南方叫应捕，或者阴捕。电影《新龙门客栈》里，周淮安他们的敌人就是"东厂的番子"。

冯梦龙还特别解释了一句，在官的叫"官捕"，帮手叫"白捕"。

帮里偷闲说这么一段，作者其实十分感慨，冯老就是点化听故事的各位：没有荫庇，谨慎做官，真是可怜。

衙门口，最好是一代一代都干这个，你爹是令史，你也是令史，根子深了，别人就不敢动你。你刚捐令史三个月，跟人喝几次酒，就觉得和大家关系好，进去了还妄图抢库房的肥差，就会有麻烦。

金满悬红白银二十两给捕快同事们，请他们帮忙查访。昆山虽然是个富县，但五十两大元宝也不常见，盯好了银匠和大商家，这钱就能找到。

十天之后，全无消息。

县大老爷大怒："我让你赔钱，谁让你去抓贼了！打！"

金满苦苦哀求，请求再宽限十日，他到现在才明白，大老爷这是要让他变卖家产了。

二百两不是小数，金满谋库房的职位花了不少钱，管库房又赔了本，眼下凑这笔钱不容易。

金满家里有个丫鬟，十五岁，小名金杏，长得特别好看，他疼爱这孩子就像自己女儿似的，准备回头找个贵人公子，或者嫁过去做妾，或者做通房丫头，少不得收入一百两银子。金满咬了咬牙，没有卖这姑娘，想来想去，把房给卖了。

做本职工作做到卖房，这是多大的福报，气闷死了。

金满交出二百两银子，老爷还叮嘱："下次小心。"

## 秀童

金令史有个小厮，二十多岁，叫做秀童。这孩子九岁就跟着金满生活了，所以叫金满 "阿爹"，就像干儿子一样。

秀童这天喝了个半醉，被金满看见了。金满心里生气："我都倾家荡产了，你居然还在喝酒！"

"阿爹，我替你委屈，才借酒浇愁，这样心里好受一些。阿爹要是没钱买酒，我柜上还存了一壶，阿爹拿去喝。"

这话激怒了金满。主子可以赏奴才，奴才不能给主子花钱，吃你小孩子的酒，一家之主的脸还往哪放？

赶走了秀童，金满又琢磨上了：秀童的钱，是从哪里来的呢？秀童喝酒，喝酒的人多半还赌博吧。

金满这个人，自己捐官、行贿、作弊，现在倒开始操心起小厮的品德问题了。

金满想，我不如去搜搜他的房间。不对，赃物肯定转移了，或者早就放到了他父母家里。总不能冤枉了他，得拿到证据才行。这样吧，明天找一位神仙问问，看盗银子的究竟是谁。

什么叫病急乱投医，这就是。

第二天，金满要亲自去请能断吉凶的莫道人，让秀童去买礼品。

秀童出门，正好遇到邻居计七官。二人闲聊，秀童忍不住埋怨自家主人。

"已经赔了二百两，还要送钱给骗人的莫道人……还不如买点酒肉给我吃，我还能出些力气。"

正巧被金满看见，秀童赶紧溜走了。计七官说了秀童刚才的话，金满觉得有几分道理。可仔细一想，秀童这么排斥去请神仙，更显得心里有鬼。

莫道人来了，开始做法。金满跪下，求神仙指点。神奇的是，莫道人在金满的手上写了两个字"秀童"。

莫道人为什么要诬陷秀童？我们很难判断。总之金满信了，贼就是秀童。

他去找阴捕张二哥："神仙算出来了，贼是我家的秀童。二哥赶快去帮我捉贼。"

没有官府的手续，没法去拿人，张二哥有些犹豫。

金满拍胸脯："责任由我来负，要是追到了赃，二十两少不了你的！"

张二哥这才允诺，带了几个兄弟，在路上把秀童拿了。

秀童坚持说没拿银子，大声叫屈。阴捕们只得用了刑。在大明朝，抓捕盗贼不许刑讯逼供，动了刑，如果对方招了，那就是有功，如果对方就是不招，就只能放人，要是受害人告到官府，捕快们就得承担责任。

一开始秀童不招，捕快们就用了些厉害手段。秀童吃虐不过，只好说银子在姐夫家床底下。

这是秀童这孩子的聪明，捕快们一去姐姐家，就等于给他家里报了信。果然，秀童的姐姐一看衙门来了人，从后门逃了，去找爹妈。

捕快们发现秀童姐夫家床底下没有新土，就知道秀童没有说真话，

秀童说："你们非刑拷打，逼着我招认，我熬不住，又不忍心诬陷别人，就只能说个谎话。我九岁就跟着爹爹，如今二十几岁，从来没犯过错，只是看见我爹卖房赔钱，又信了野道士的话，觉得难过。没想到爹爹疑我，也罢，我把命赔给爹爹，也就是了！"

逻辑顺畅，感情真挚，像是真的。说完"闷绝去了"，众阴捕叫唤，方才醒来，只是哭个不住。

那个时代，被父母、上级、君主委屈了、误会了，就只能

抱着一死之心，去把所有的苦难承受下来，用凄惨的境况来证明自己的真诚。

秀童的爹妈来了，看见秀童躺在门板上，气若游丝，当下嚎啕大哭，去衙门告状。金满、张二哥，连四个阴捕，一帮人都摊上事儿了。

知县把金满召来问话："你自己不小心丢了库银，为什么还要非刑拷打杀人呢？"

金满回禀说："小的丢了库银，自然要抓住贼人，讨个明白。善断吉凶的莫道人写出了秀童的名字，说是他偷了库银，不由小人不信。"

人命如草啊。

大老爷知道金满委屈，但是又拿不出秀童偷银的证据，于是拿出了最绝的一招：拖！

此时已是腊月十八。知县道："年底事忙，等过了年，我亲自给你审个明白。"

金满现在知道怕了，他怕秀童死了，自己得吃人命官司。他让秀童的爹娘照顾儿子，又给秀童请了医生。那秀童的爹娘"兀自哭哭啼啼絮絮聒聒不住"。


### 抓贼

到了正月初五，有个老门子陆有恩来金满家拜年，说有失窃库银的消息。

金满赶紧请陆有恩吃酒，给了陆有恩一个金耳挖子，又承诺抓到贼后再给二十两白银，陆有恩这才开口。

陆有恩隔壁住着一个年轻门子，叫做胡美。胡美的姐姐死了，姐夫卢智高就和他住在一起。

最近他们的房子里总发出一些奇怪的声响，陆有恩从壁缝里往里看，发现两个人正在用斧子敲一块大银锭的边儿。

明清时的官银像一只船的样子，有底，有边。库银不容易花，要敲碎了才好使用，最容易敲下来的，就是这圈边儿。

第二天，陆有恩试探着问这两个人："你们家哐哐哐砸什么东西呢？"卢智高说："在砸一条祖传的铁条，打一把菜刀用。"

金满、陆有恩找了张二哥、李四哥去抓贼。卢智高舍命逃跑，终于被众人抓住，胡美不知去向。

秀童的冤枉洗清了，咬牙切齿地骂道："砍头贼，害得我好苦！如今我也没处申冤，只要咬下他一块肉来，消这口气。"

众人努力劝住，秀童只是呜呜咽咽地啼哭。

金满知道冤枉了秀童，亲如父子的主仆关系，只怕再也回不去了。

张二哥要打卢智高，卢智高说："别打，全招。我们俩赌输了，想弄点钱花。趁着小厮打翻灯油，我们到库里偷了四个元宝，一人分了两个。我身上有一个，米桶里还有一个。另外两个，是胡美拿着。"

半年之后，张二的弟弟张四出差，在苏州娄门塘意外遇到了胡美。张四一路追过去，在一个老头的店里把胡美抓住了。

这时的卢智高已经病死在监狱里了。

县官一看已经死了一个，就生了怜悯之心。一群门子里，又有和胡美相好的，又央门子头儿王文英来说。

金满欠了王文英的人情，也明白衙门不是横冲直撞的地方了，以前图"巧"，处处碰壁，现在必须要做长厚之人了。他现在真的怕了，不想把事情闹得太大。

他主动跟知县求情："盗银的虽然是胡美，可谋划的是他的姐夫，银子丢得不多，况且已经找回来了，求老爷从宽发落。"

知县"将罪名都推在死者身上，只将胡美重责三十，问个徒罪，以儆后来"。


## 补偿


金满买了猪羊，去城隍庙还愿。回来想了想，觉得自己最对不起的就是秀童。金满想，是应该好好弥补他了。

金满把秀童改名为金秀，把他当成自己的亲儿子一样，又把金杏许配给他，。

金满无子，家业就由金秀继承。金满还给金秀纳了个吏缺，人称为"小金令史"。经过考试，金秀又做了按察司经历。

金秀确实经历了一番死去活来，但接下来，他得到的是金满诚意满满的补偿。

金秀认识金杏啊，也许还偷偷地喜欢过。这是所有家人眼中的女神吧——给你！

金秀虽然叫金满阿爹，但毕竟是个仆人，现如今，金满的家业和社会关系——给你！

一直做仆人，有什么前途呢？义父现在给你捐一个令史的前程。

当金秀脱衣服睡觉，会看见自己身上疤痕累累，可能还会觉得委屈吧，但是这个时候，有人把你紧紧抱住："睡吧，孩子他爹。"

有点什么委屈，都过去了。

大彻大悟的是金满，经过这一番磨难，他已经明白了功名没那么重要，利益也没那么重要，平稳、安全的生活才重要。

金满喜欢钻营，有很多小聪明，有许多上不了台面的手段，是个有一些江湖味道的人物，用我们今天的话来说，是个"社会人"。但是经过这件事之后，他努力变得厚道、坦诚，这是被生活鞭打之后带来的改变。

故事讲完了，得咂摸一下滋味。

冯梦龙这个故事，讲了很多工作上的规矩：不要着急出头；在重要的事情上，作弊会惹众怒；先搞清楚利害，再动手去做；对那些忠心耿耿的人好一点。最后一点最重要：伤害了一个人，固然要靠言语安慰，但更重要的是要拿出诚意，拿出自己手上的好东西、好机会。

为什么"三言"是三本好看又有用的书？

这三本书里，藏了好多真实的江湖规矩。今天的人说传统文化，总是张口就是朱熹、王阳明、曾国藩，强调对着自己的欲望一通挥刀的圣人之道。可无论是心外无物，还是格物致知，这些东西都不是可以执行的高深道理。

"三言"里的江湖规矩、人生智慧，却是实在而又有用的东西，有很强的现实针对性。我们这本书，就是为了重新整理一遍这里面的人情事理，讲透这种真实而温暖的"俗人正道"。

人——世——间

# 不幸的家庭是悲剧之源——《计押番金鳗产祸》

我们中国人有句老话，叫作"家和万事兴"，很多生活在平静家庭里的孩子会对这种表达不以为然，觉得这只是对普通家庭的一种安慰，其实不是的。

如果一个家庭里，家长没有担当，孩子选错了婚配对象，那么这个家庭就会遇到各种问题。《警世通言》里有一篇《计押番金鳗产祸》，讲的就是一个问题家庭。这个家庭里没有爱，没有包容，只有互相埋怨、互相指责，甚至互相算计。

## 金鳗

这是宋朝的故事。

宋徽宗时，有个叫计安的人在京城枢密院当押番。枢密院掌管天下军马，押番就是地位较高的士兵。

东京城外有个金明池，在"三言"的小说世界里，这个地方是东京汴梁的地标，年轻人都爱到这里游玩。

有一天计安下了值，天气还很热，就去金明池钓鱼。他钓了半天，一条鱼没钓到。最后一竿，钓上了一条金色鳗鱼。

在民间的迷信传说当中，鲤鱼、鳗鱼一旦带上金色，就是非常之物，最好放掉。

当时天色已晚，没地方去卖这条鱼，于是计安拎着鱼回家。路上，这条金鳗忽然开口说话："计安，我是金明池池神，你如果放了我，我给你荣华富贵，要是敢伤害我，我叫你全家死于非命！"

计安看看周围，没有人，确定是金鳗在说话。计安是个不信邪的狠角色，他说了一句"却不作怪"，把鱼带回了家。

刚一进门，同僚来了，让他赶紧去见太尉，计安放下钓竿和鱼，跟着同僚走了。回来一看，媳妇把饭做好了——香喷喷的一盘鳗鱼。

计安害怕了："我这性命休了！"

计安的老婆吓了一跳："好端端的怎么要死要活？"

计安赶紧说了这条鱼开口说话的事。

"吃了它，我们全家都会死于非命！"

老婆狠狠啐了一口："却不是放屁！"

"金鳗怎么会说起话！我见没有菜，才吃这条鱼。你不吃，我全吃了。"

媳妇不相信计安的话，觉得是丈夫舍不得给自己鱼吃。这俩倒是般配。

到了晚上，计安心里害怕，闷闷不乐。

那夜之后，计安老婆有了身孕，他们有了一个女儿，起名庆奴。

## 庆奴

庆奴十几岁了，长得非常漂亮。

池神那个"叫你全家死于非命"的诅咒，好像也没有应验。

在这期间，金兵攻破了汴梁，这就是北宋灭亡的"靖康之耻"，多少官员、百姓，死在了这场大难里，或者被劫掠到了北方。

计家带着老婆和女儿成功逃到了临安，在这里住下，而且找到了旧时的上司。老首长安排计安重新当上了押番，计安的生活回到了原来的轨道，并没有受到太大的影响。

当差之余，计安还在家里开了一个小酒馆，提升一下家里的收入水平。

老婆和女儿可以卖酒、记账，但是需要有个干力气活的人。计安招了一个伙计,这个人"从小在临安讨衣饭吃,没爹娘,独自一个,姓周名得,排行第三"。周三相当能干,很勤快,而且是烹饪高手,会做点心,是一个多面手。

像这种情况,就得想一想,这个人这么有本事,为什么还到处打短工?只有两种可能,这人经济上有问题,要不就是生活作风上有问题。

几个月之后,计安发现女儿和周三眉来眼去。计安就让老婆去问,一问就问出了究竟。

老婆回来对计安说:"果然像你所说,那丫头和周三有事。"

计安一听,怒从心头起,恶向胆边生,要去打那周三。

这就奇怪了,这个时候要打周三,打给谁看呢?这就是计安没有担当的地方,他早就知道女儿和周三好了,但是如果让他自己说找周三做女婿,他会觉得没面子。

计安老婆拦住了:"你是个官人,咱们不能随便打人杀人。"

计安道:"我指望教这贱人去个官员府第,她却做出这样的事来。这丫头养不得了,不如打死了吧!"

打死了周三要吃官司,如果打死自己家女儿,罪过就没那么大。

计安老婆"再三再四劝了一个时辰",计安的气才消了一点。

其实计安并没有什么具体计划，庆奴已经出落成大姑娘了，要送进官员府里，就应该赶紧行动。计安根本没有动作，而是让女儿当垆卖酒，给家里的酒店打工。事前不计划，事后不宽容，糟糕的父亲往往都是这样的。

老婆对计安说："只有一个不装幌子的办法，就是把周三招赘了。"装幌子，就是丢面子。

计安听了妻子的话，说："这也使得。"

为什么答应得这么快？其实计安早就想到这个主意了，但是他自己说出来会丢面子，所以等着老婆开口。因为毫无担当，所以永远正确，事后总可以把责任推在别人身上。

这样的家庭，有这样自私、喜欢算计的家长，可以想象会有什么样的女儿。庆奴的悲剧，正是来自她的家庭。

## 两次婚姻

周三和庆奴成亲之后，受不了爹娘的唠叨，准备搬出去生活。

这种情况在今天很常见，但是在那个时代，这就是一种叛逆行为。

计安招的就是养老女婿，闺女给了周三，周三就得给他养老。

周三和庆奴也做得出来，立刻自暴自弃。在家早睡晚起，干活偷懒，嘴上还指桑骂槐。周三的计划是，如果老两口觉得自己和庆奴不像话，就让他们出去住。

他小看了计安，这老头儿是个狠角色——他勒令女儿夺休！

古代离婚有三种方式：休妻，男方提出离婚；和离，双方和平分手；夺休，女方提出离婚。周三被老丈人计安赶出了家门，这下可是失算了。

离婚后几个月，媒人来了，介绍一个对象给庆奴。这人是虎翼营的一个禁军，叫戚青。对方的条件还不错，第一，虎翼营是禁军精锐，待遇不错；第二，这人在官员身边当差，不在基层，在机关。

计安和老婆答应了，戚青是个当兵的，庆奴找了他，就不怕周三再来纠缠了。

庆奴对戚青不满意，这位军爷年纪大，庆奴对戚青各种嫌弃。

庆奴天天在家里吵闹，很快，计家又一次夺休。

戚青可没周三那么好说话，他脾气很坏，离婚后经常来骂人。有一天，他公开宣称，要教"张公吃酒李公醉"，"柳树上着刀，桑树上出血"。

这两句话好玩。它表达的都是代人受过的意思。戚青的话其实是："我不找庆奴，我就找你计安。"戚青看得明白，计安老头儿一辈子各种推卸责任，是这个家庭的真正祸源。戚青没想到的是，他自己一语成谶，日后代人受过，丢了性命。

计安被戚青骂了两次，就有点害怕，其实坐下来跟戚青聊聊，能找到解决问题的方法，戚青也是官身，不会做什么太过分的事。

但还是那句话，计安毫无担当，他想着干脆把闺女嫁远一点，省得戚青惦记。

计安开始张罗女儿的三婚。

## 第三次婚姻

有个媒婆来找计安："小娘子两遍说亲都不太顺利，要不找个好官员家去工作？三五年之后出来，再说亲也不迟。"

计安一直都在筹划让闺女去官员家工作，但没有找到门路，他想了想，现在女儿两次夺休，非常丢人，再想要嫁人也难。

这个父亲根本不在乎自己的女儿。两次挑女婿挑走眼，他都是第一责任人，应该好好关心庆奴一下才好，但计安不是，他现在就想尽快把女儿出手。

媒婆图穷匕见："有个官人要小娘子，他曾来酒店里吃酒，认得小娘子。他是高邮军主簿，如今来这里处理公事，没人相伴。只是要带回家中做小，却不知押番肯是不肯？"

本来说的是进府里工作，出来再说亲，突然就变成了说娶庆奴做小。这种感觉，就好像你打开一个招聘网站，进去了却发现是一个相亲网站一样。

对方早就在酒店里看上了庆奴，却要从介绍工作开始说，这就很可疑。主簿是因为孤独娶个妾，如果到带女儿回去，女儿会不会受正妻的气？这都是父母应该考虑的。

但是计安不在乎，他满眼看到的就是"高邮主簿"这四个字。宋朝的县主簿，大概是八品或者九品，算是县里的第三把手，虽然级别不高，但他是个货真价实的官员，一个正经的"老爷"。

计安就这么把女儿卖了。

主簿名叫李子由，他娶了庆奴，十分宠爱，庆奴要吃有吃，要穿有穿。庆奴从小生活在压抑而痛苦的家庭，从来没见过这样温柔大方的男人，也不曾感受过如此体贴的宠爱。

他俩有多亲近呢？"日间寒食节，夜里正月半。"

寒食和清明是两个很近的节日。正月半，就是元宵节，正经的中国情人节。

俩人白天要分开，就像过清明节似的，晚上嘛，就像梁静茹《分手快乐》里唱的："其实爱对了人，情人节每天都过。"

这样过了几个月，李子由家里来信。李子由带着庆奴坐船回家，"在路贪花恋酒，迁延程途，直是快快"。娶了妾，本来应该高兴，却觉得像世界末日一样，这说明什么？说明这个男人根本就没有跟家里的妻子沟通好，他在家人毫不知情的情况下，把一个妾带回来了。

李子由的计划简单愚蠢，他带着庆奴直接进家来参拜妻子，妻子只要受了妾的礼，就不能不认了。这计划一上来就被李夫人识破了："等等，你先别拜，你是什么人？"

庆奴傻了，对呀，我是什么人呢？她如今是一个孤立无援、没有名分的人。

李子由说："在都下早晚无人使唤，胡乱讨来相伴。今日带来伏事恭人。"都下，这里指临安。恭人，就是夫人。

夫人把怒火撒到了庆奴身上："你和官人好快活！来我这里做什么？"

这个话头就不对。其实官人真的想要说服夫人，那就软中带硬：1.这个女孩子对我很重要；2.如果你接纳了她，我会对你更加尊重和感激；3.如果你非要为难她，那就冲我来。

这三点亮明白，夫人是不会把李子由怎么样的，也就不会为难庆奴了。

但是李子由怎么说的？"早晚无人使唤""胡乱讨来相伴""带来伏事恭人"。你把这个女人贬低为工具、奴隶，那不是任凭妻子糟蹋她吗？

夫人决定扒去庆奴的衣服首饰，送到厨房里去干粗活。

庆奴只得叫苦，哭告夫人道："看奴家中有老爹娘之面。若不要庆奴，情愿转纳身钱，还归宅中。"庆奴家里不是过不下去要卖女儿，所以她还希望娘家能救她。

夫人说："你想走最好，不过我还是希望能你去厨房里受苦，你从前可是快活够了。"这就是成心要折磨人。

庆奴看着那官人道："你带我来，却让我受这个委屈，快帮我求情啊。"

李子由道："你看夫人什么脾气！清官包大人也断不得这事。我自己都性命难保；等她气消了，我再劝。"

这都是鬼扯，你一个官员，怎么会性命难保？无非是害怕冲突、回避冲突，这就是没担当的表现。

庆奴被送到厨房干粗活去了。

## 杀人

李子由等到夫人气消，跟夫人说，已经把庆奴退回娘家了。但他暗中干了一件事，在附近租了套房子，金屋藏娇。

李子由差一个心腹虞候，叫作张彬，负责租房，给庆奴送粮买菜……

很眼熟是不是，李子由和计安一样，安排了一个年轻后生在家里。虞候张彬，给这位如夫人忙里忙外。

李子由家有个小少爷叫佛郎，才七岁，长得聪明可爱，他爹偶尔用孩子打掩护，号称带着孩子出去玩，就来了庆奴这里。

李子由对佛郎说："这是你姐姐，别跟你妈妈说。"

佛郎知道帮爹打掩护，但是小孩子偶尔撞见了庆奴和张彬在一起。

"我回去说给我爹听！"佛郎大叫道。

两个人来不及回避，庆奴一把抱住佛郎，张彬连忙走开躲了。庆奴说："小官人不要胡说。姐姐自己在这里吃酒。"佛郎问："你和张虞候两个做什么？"

在这一刻之前，庆奴还是个有很多缺点的苦人，下一秒，她就成了一个狠毒阴冷的歹人。庆奴眉头一纵，计上心来："宁苦你，莫苦我。没奈何，来年今月今日今时，是你忌辰！"

她掏出一条手巾来，把小佛郎活活勒死了。庆奴也太狠了，虽然这孩子的母亲对你狠辣，但你和这孩子的父亲也有情分，杀他，如何下得去手呢？

但张彬更不对，他一跑了之，让一个女子来应对残局。

其实冷静下来，把小孩子一捆，俩人跑路也就好了，害了孩子，就永远没有了回头之日。

庆奴杀完孩子，张彬才回来看动静。

"我要跟你跑。"庆奴看看张彬。"我家里还有老娘。"张彬不愿意跑。

"我也有老娘，你赶紧收拾东西，跟我跑回娘家去！"

张彬在庆奴的胁迫下，逃走了，他们逃到了镇江，张彬病倒在客店里，俩人的钱也花光了。

庆奴会唱曲，她准备卖唱挣钱，给张彬抓药，给他治病。

直到这时，庆奴还是一副好孩子的模样，要卖唱救治情人，希望他恢复健康，和自己回到临安，回到过去的生活中去。

怎么可能呢？杀了人，最先被追查的就是自己的老家，庆奴逃到临安，只会更快落网。

其实这个时候，庆奴的家也没了。

## 周三

庆奴的第一任丈夫周三已经走投无路了，被庆奴夺休之后，他一度去外地谋生，但几经波折，又回到了杭州。

深秋的杭州被蒙蒙秋雨笼罩着。计安在门前站着，看见了落魄的周三。

周三给前丈人行了个礼。计安见他身上褴褛，动了恻隐之心，便道："进来吧，请你吃一碗酒。"

计安是个鸡贼的人，但是这一刻，他可能确实有怜悯之心。

周三喝了酒走了，天色晚了，雨又下起来了。周三道："他还留我吃酒呢！他家没什么不好，都是我自讨得这场烦恼。"

倘若当初好好当赘婿，也不至于今天混到无家可归。秋天后面就是冬天，没有工作的话，自己就要死了，他想到这里，起了歹心。

他半夜偷偷进了计家。老太太听见有动静，让老头儿起来看看。

周三去灶头边摸着把刀，在黑暗里立着。

计安毫无防备，走出房门看时，周三"让他过一步，劈脑后便剁"。

计安死了。周三悄悄摸进屋，揭开帐子，把老太太也杀了。可怜这老两口子，没有大奸大恶，死得不明不白。

周三点起了灯，卷走了计家的全部金银细软。

第二天酒店没有开门，邻居推开了门，发现老头儿和老太太都死了。

第一嫌疑人就是庆奴的前夫，爱喝酒、爱骂街、喜欢威胁人的戚青被官府抓了。

"就是他！天天说要砍死老丈人！"大家一作证，临安府从速办理，把戚青砍了。

周三一路逃跑，从杭州跑到了镇江。他在一个酒店里吃酒，忽然看见了庆奴进来卖唱。

对庆奴来说，那就是"莫非在梦里"。

张彬其实和庆奴谈不上恩爱，大家各自用对方来消遣。庆奴杀了人，张彬成了同谋，不得不和庆奴一起逃亡。张彬病倒了，庆奴也要被迫照顾他。

看见了周三，庆奴得意了，这下不再是无依无靠、孤苦伶仃了。

周三是她在杭州最美好的回忆，周三也是自己人生中第一个男人。庆奴是真的信任周三，上来就说自己和张彬杀了小官人的事。

庆奴道："今天真是幸运，遇见了你，一会儿我和你同归店中。"

周三不乐意："那个张彬必定是你老公一般，我不去。"

一是嫉妒，二是担心自己的事情败露，所以周三不想去。庆奴说她自有计较，拉着周三回去了。

张彬的历史使命已经完成，以前庆奴还给他抓药，现在有了周三，庆奴就任由张彬自生自灭。

张彬吃没得吃，喝没得喝，看着这俩人在眼前，又恨又气，终于一命呜呼。

庆奴和周三住在一起，依旧做夫妻。庆奴还是想着回家，周三没忍住，把自己杀了庆奴父母的事情说了。

庆奴大哭起来，扯住周三道："你如何把我爹娘杀了？"

周三道："不要闹了！我不该杀了你爹娘，你也不该杀小官人和张彬，大家都是死路一条。"

熟悉的味道，周三倒像是计安的亲儿子，甩锅高手，反省自己的同时，不忘指责别人。

庆奴杀人是一时情急，周三杀人是谋财害命，张彬也不是庆奴杀的，是被这俩人气死的。周三把几件事情连在一起说，把庆奴给弄糊涂了。

有的恶人就是这样，他自己做了恶，不承认自己是恶毒的，而是去强调别人和自己一样坏。

两个都已经回不去了，恶人和恶人一起相依为命吧。

## 结局

又过了几个月，周三也病倒了。

古人觉得这是"冤鬼缠身"，其实用今天的话说，就是心理压力过大。杀了人，背着命案逃亡，那种滋味不会好受。

周三从庆奴家里抢来的钱物，也都用光了。庆奴只能又出去卖唱。周三生怕自己重蹈张彬的覆辙，他变得敏感恶毒，如果庆奴卖唱没有挣到钱，就要被周三一通骂："你一定又去贴汉子了！"

庆奴虽然狠辣，但在周三这样更坏的人面前，只能服服帖帖。

正是深冬天气，下起了雪。庆奴立在楼上，倚着栏杆发愣，这时，三四个客人上楼来吃酒。

庆奴高兴了，有客人来，就可能听她卖唱，自己就能赚着钱。她揭开帘儿，看见这几个客人，不由得大声叫苦。这几个客人，是李子由家里的仆人。

几个人也认出她来了，大叫一声："庆奴，你做了好事！原来藏在这里！"吓得庆奴不敢做声。

几个人当下报官，把庆奴抓了。庆奴一想，自己反正要死，得把周三带上，这个人杀了自己爹妈，趁机把仇也报了吧。

周三，庆奴，都被送到官府，判了斩立决。这个故事里，计安夫妇、戚青、小佛郎、张彬，加上周三、庆奴，一共死了七个人。

冯梦龙点评说，这么多的惨案，都是金明池神报复，遇到比较神奇灵异的动物，趁早放了比较好。

其实这不是什么金色鳗鱼的报复，庆奴也不是被诅咒的丧门星女儿。

这是典型的性格决定命运——计安夫妇是那种贪图小便宜、丝毫没担当的人，他们教育出来的女儿，必然也是这样的人。

庆奴其实有本事，能卖酒、会唱曲，长得也好看，但她沉溺于欲望，在强权之下畏惧，又在弱小面前狂暴。

她没有被真正爱过，也不懂得什么是爱。她的一切压抑、委屈，都在成年之后化为了恶毒、狠辣的心肠。倘若她有一个有担当的父亲，有一个有安全感的家庭，体验过真正的疼爱，也许不会走到这一步。

一个愿意为孩子遮风挡雨的家庭，家里无论是儿子还是女儿，都是可以讲道理、可以沟通的。如果家里有牢骚满腹，什么事都先埋怨人的父母，那他们的孩子在将来的生活中，也会充满牢骚，不懂得如何去爱别人。

爱可以生爱，担当可以生担当。但是没见识过爱的人，想要懂爱，真的很难很难。

# 寄人篱下和保护自己——《两县令竞义婚孤女》

提到"寄人篱下"这个词，我们就会想起悲春伤秋的林黛玉，其实黛玉在外祖母家里住着，父亲还给她留了一笔钱，算不上寄人篱下。我们讲一个真正寄人篱下的故事，这就是《醒世恒言》里的《两县令竞义婚孤女》。

这个故事里的主人公，陷入了真正的被动，她靠别人的仁厚和帮助，也靠自己的聪颖，终于顺利脱困。

谁没有陷入被动的时候呢？来看看这个逃离困境的故事吧。

## 义人

五代十国时，南唐江州的德化县（今江西九江），有位知县名叫石璧。石老爷四十多岁，没了夫人，只有一个八岁的女儿，名叫月香。

石璧为官清正，也没有什么爱好，退堂之后，就回家抱着月香，教她认字，或者让养娘带着女儿踢球、下棋。

月香是个聪明孩子，有一天在院子里玩蹴鞠，养娘不小心，把皮球踢进了一个地穴里，这个地穴有二三尺深，养娘够不着球，就准备跳下去捡。

石大人喊一声"且住"，转头问月香："你有什么办法吗？"

月香想了想，就叫养娘提了一桶水来，用水把地穴灌满，皮球就浮了上来。

这是北宋宰相文彦博的故事，小说转嫁到月香身上，为的是强调她的聪明。

这时的南唐正和中原的后周相持。南唐这个国家，在江南是太强了，等到柴荣和赵匡胤带兵来的时候，他们又太弱了。面对北方的强敌，南唐靠着长江天险苦苦支撑。这样的国家，对军粮看得特别重。

石璧负责的德化县粮仓起了一场大火，千石粮食烧了个干净。按照南唐的法度，损失三百石粮食就是死罪。因为石璧官声很好，上级没有重责，要求他变卖家产赔补。

战争年代，粮食很贵，一贯又五百钱才能买一石粮食。折算下来，石璧要赔白银一千五百两。他卖了全部家产，才赔了一小半。石璧生了一场大病，不久竟撒手人寰。

人一走，茶就凉，上级竟然把月香小姐和养娘直接官卖——小姐五十两，养娘三十两，来补偿火灾的损失。

德化县有个叫贾昌的绸缎商人，曾被人诬陷为杀人犯，被问成死罪。石璧一到任，就重审了这个案子，给贾昌平反昭雪，无罪释放。贾昌一直心怀感激，现在听说石大人去世了，赶紧过去吊丧。他"抚尸恸哭，备办衣衾棺木，与他殡殓。合家挂孝，买地营葬"。贾昌其实有心掏钱赔补官粮的亏空，但是他怕担"钱粮干系"。

这是真正的义人，知道报答，懂得感恩，但是也不蛮干，懂得保护自己。

贾昌又去找贩卖石大人家属的牙婆。他把八十两银子拍出来，接走了月香小姐和养娘。


### 困境


月香小姐死了父亲，年纪又小，她不知道贾昌的目的，免不了哭哭啼啼。

这样可不行，之前被父亲宠爱，怎么样都可以，如今寄人篱下，那就要看别人的脸色了。

养娘有经验，她也曾经是别人家的掌上明珠，后来成了被使唤的下人，对世间冷暖见得多了。她说："小姐，你如今被卖去别人家里了，如果还这么哭，必然会被打骂。"

贾昌把她们俩接回家，就把妻子叫了出来。他说："此乃恩人石相公的小姐，那一个就是伏侍小姐的养娘。当初若没有恩人，我恐怕早就死了。今日见到小姐，如见恩人之面。你可另收拾一间厢房，教她两个住下，好茶好饭供待她，不可怠慢。"

这段话说得特别好。首先，这个女孩子的父亲，对我有恩，需要报答；其次，这个女孩子的生活，要好好安排。

贾昌又说了月香小姐的出路：如果石家有亲戚来寻访月香，那就把小姐送还，如果没有人来寻，我们负责"挑个门当户对的人家"，把月香嫁出去。贾昌特别强调了要"一夫一妇"。这是什么意思？就是说不会把月香小姐嫁出去做妾，这是对月香的尊重。

贾昌甚至对妻子说，不要让月香的养娘干活，只让她跟月香做针线作伴，照顾月香的生活起居。

月香非常聪明，一看贾昌这么安排，就说："我是卖身在这里的，愿意做奴婢，但是恩人这样抬举，我愿意认您为义父。"说完跪倒在地。

这就是月香聪明的地方，世界上的事，说话是一回事，现实又是一回事。月香来到贾昌家，没名没分，倘若成了义女，就会方便很多。认了义父，贾昌的妻子就是义母，义母未来要想指着闺女孝顺，就会疼爱她。月香谨慎地保护着自己，想在被动的激流里找到一块立足之地。

贾昌连忙阻止，"别转了头，忙教老婆扶起"。他说："小人是老相公的子民，这蝼蚁之命，都出老相公所赐。就是这位养娘，小人也不敢怠慢，何况小姐！小人怎敢妄自尊大。暂时屈在寒家，只当宾客相待。望小姐勿责怠慢，小人夫妻有幸。"他觉得自己身份低微，不配做月香小姐的义父。

贾昌又吩咐家中奴仆，都称月香为石小姐。月香就称贾昌夫妇为贾公、贾婆。

一切看起来美好又温暖，月香似乎有了依靠。但是事情往往没有那么简单，生活发生巨变、忽然变得孤单无依的人，她脚下的路不会那么平顺。

贾昌的行为非常高贵，但贾婆没法理解这样的情怀。贾婆没有孩子，开始看见月香这孩子长得很好，希望收下这个女儿，未来招个养老女婿，自己老来有靠，但是一听要对小姐"宾客相待"，一下子就不耐烦了。

贾昌是个商人，经常要去上货、收款，他每次出去，置办下来的上好绸缎，都先寄给月香，有书信写回来，也忘不了问候月香。

在贾昌眼里，月香是尊贵的客人。但贾婆不这么想，丈夫的好东西送给别的女人，真是岂有此理！名分不明，就会发生各种猜忌，然后就会有各种歹毒的念头。

贾婆开始降低月香的伙食标准，安排养娘去干杂活，让月香做针线。月香干活稍微慢一点，就被贾婆捉鸡骂狗，说难听的话。

养娘气不过，想要去告诉贾昌，小姐拦住了。小姐说："我是被买来的，本来也做好干活儿的准备了。贾婆这么做，贾公不知道，如果我们去找他告状，就伤了他对我们的一番真情。我们是命薄之人，忍耐为上。"

这话看起来忍气吞声，太怂了，对不对？其实这是月香的聪明，因为疏不间亲，月香和养娘是外人，贾昌和贾婆才是两口子，就算贾昌去骂贾婆一顿，日后他出门去，月香还要独自面对贾婆，那时候的处境只怕还要更难。

在被动的局面里，只能保持安静，默默忍耐。


## 贾婆


贾昌很快发现了问题，有一天回家，他看见养娘在汲水，养娘已经变得又黑又瘦。

"养娘，叫你服侍小姐，谁让你汲水？放下桶，让别人做吧。"

这话一说，养娘的眼泪下来了。贾昌觉得奇怪，他刚回家，事情杂乱，没有顾上过问这件事。

又过了几天，贾昌从邻居家回来，看不见贾婆，就到厨房里去找，却看见养娘拿着一大碗饭和一盘腌菜叶，端进了石小姐房中。贾昌从门缝里看，只见石小姐用这碟腌菜叶儿下饭。真的没法替贾婆分辩了，贾昌和贾婆吵了起来。

贾婆说道："荤腥尽有，我又不是不舍得给她吃！那丫头自不来取，难道要老娘送进房去不成？"

贾昌道："我还说过不要让养娘干活儿，结果你还让她打水，现在还连月香小姐都怠慢，我这次回来，看见她们两个都黑瘦了！"

贾婆道："别人家丫头，哪要你这样疼她，养得白白壮壮，你可是要收用她做小老婆吗？"

多恶毒的话。日常生活中不能说这种话，也一定不要开这样的玩笑。

贾昌无奈，只好另外安排人来供应这主仆二人的伙食。贾昌担心月香的处境，有一年多没有外出经营，在这期间，贾婆也就变得和和气气。

在这个夫妻针锋相对的家庭里，月香生活得战战兢兢。贾昌的仁厚并不能给她全方位的保护，贾婆的伤害随时会来。小心翼翼地守护好自己的边界，不盲动，不焦躁，才能等来命运的转机。

月香在贾家长到了十五岁，出落成美丽的花朵了。贾昌知道老婆不贤惠，所以就自己暗暗筹划月香的婚事，但是并不顺利。生意不能总放着，贾昌又要出门经商。临行前，贾昌免不了两头叮嘱。一边叮嘱贾婆，让她好好照顾那主仆二人；一边请出石小姐来，请她多担待，又安慰了养娘许多好话。

贾昌最后给老婆下了一句重话："你要是不依我，我回家时，就不与你做夫妻了。"

贾昌出门三天之后，贾婆开始发威，首先暴揍厨下给月香做饭的丫头。

"贱人，你拿着我的钱，却去讨好那个小主母，她要饭吃等她自己来取，不要你们献勤，这个家老娘说了算！"

这话不仅侮辱了人家姑娘，也侮辱了自己的夫君，这就是脏心烂肺。

她叫来了管家，吩咐不许给月香和养娘单独准备饮食，都一起吃大厨房。

过了几天，养娘发现送来的洗脸水是凉的，抱怨了一句。贾婆找到机会了，说道："这水不是你担的。别人烧的热汤，你就凑合用些吧。当初卖在牙婆家的时候，谁给你烧热水洗脸？"

养娘是个老实人："谁要他们挑水烧！我自己可以烧水，不费厨下姐姐们的力气。"

那婆娘便骂道："小贱人！你之前挑了两次水，就要去跟老爷告状，你既说会担水，会烧火，全家担水烧火的任务都交给你！等你知心知意的家长回家时，你再啼啼哭哭告诉他就是了，也不怕他赶了老娘出去！"

月香赶紧出来赔不是。养娘也赶紧跟贾婆道歉："只求看小姐面上，不要计较。"

像这种情况，就可以收手了，但是贾婆不答应，她要彻底羞辱对手。

"什么小姐，小姐！是小姐，就不到我家来了。我是个百姓人家，不晓得小姐是什么品级，你动不动把来压老娘。老娘骨气虽轻，不受人压量的，今日要说个明白。就是小姐也说不得，费了大钱讨的。少不得老娘是个主母，贾婆也不是你叫的。"

贾婆对月香开始了全方位打击。她吩咐厨中，不许叫"石小姐"，只叫她"月香"。让她失去主子身份，和下人一样轻贱。又吩咐养娘只在厨下专管担水烧火，不许进月香房中。剥夺她唯一的下属，让她身边没人。月香若要吃饭，让她自己到厨房来取。让所有人都看到她失势，重建自己的权威。

贾婆又把月香骗出房间，锁了房门，月香只能待在屋外，晚上只好和养娘一起睡。月香的处境恶劣到了极点。同样是寄人篱下，哈利·波特都有一个楼梯间可以安身，月香则连自己的床铺也没有了。

月香无可奈何，只得伏低伏小。伏低伏小，意思是低声下气，巴结奉承。人到了这个地步，哪里还能有别的选择。贾婆见月香随顺，心中暗喜，开了月香房门的锁，把她房中搬得一空。

不久贾昌的书信回来了，又寄了礼物给月香。贾婆把东西收起来，心中暗想："我把石家两个丫头作贱够了，丈夫回来，必然厮闹。难道我惧怕老公，重新奉承她起来不成？"

贾婆去找了张牙婆过来，对她说："大的忒大了，小的又娇娇的，做不得生活。都要卖她出去，你与我快寻个主儿。"

张婆告诉贾婆，县大老爷钟离义要嫁女儿，正在寻一个陪嫁的养娘，到处找人，不过他家女儿要嫁给邻县太爷的儿子，所以"怕大娘不舍得与他"。

张婆眼睛厉害，一看月香的模样，就知道贾婆的心思。张婆无非是要提示风险，这个女孩儿会被卖到外乡，你要想清楚，你家男人回来可能会跟你吵。

贾婆并不在意，只想把月香卖掉，开始讨价还价。她一共七十两卖了这两个姑娘，做成了人口生意。

不久，县里来了一顶小轿，在贾家门口停下。贾婆连推带搡，把月香推出了门。月香上了轿子，才知道自己被卖掉了。

张婆安慰月香："你家主母，将你卖与本县知县相公处做小姐的陪嫁。此去好不富贵！官府衙门，不是要处，事到其间，哭也无益。"

这次，是又一次寄人篱下，要小心了。

## 脱困

月香被抬进了县衙的后宅。门户依旧，草木无恙，只是堂上坐的，已经不是父亲石璧，而是钟离老爷了。

钟离夫人和瑞枝小姐见了月香非常满意，也没有给她改名，就让她服侍小姐。

第二天早晨，钟离老爷梳洗已毕，步出中堂，只见新来的一个婢女呆呆地拿着一把扫帚，立在庭中。

庭中有一个土洞，正是当年月香灌穴浮球的那个洞。月香想到父亲的慈爱，想起这些年的心酸、忍耐，一下子就绷不住了，泪如泉涌。

钟离老爷很诧异，他把月香叫过来，问她为什么哭。月香"愈加哀泣，口称不敢"。

这是非常微妙的时刻，面前这个看似面善的陌生人，他对自己会是怎样的态度，要不要对他说出自己的故事？这时的月香，做了情感、利害、得失之间的衡量。自己已经掉进了人生的低谷，面对此情此景，不妨讲出过往。

钟离老爷再三坚持，月香便讲了自己小时候灌穴浮球的往事。

钟离老爷听了，大吃一惊："你的父亲是谁？"

姑娘把父亲因为火灾丢官，自己被官卖，被贾公搭救又被贾婆贩卖的事情说了出来。

钟离老爷认得石璧，于是赶紧把夫人叫来。

夫人一听，月香也是一个官宦人家的小姐，赶紧说，从此不能以贱婢相看了。

"但是咱家女儿马上就要结婚，这陪嫁的人又怎么办呢？"

"你别急，先让月香和瑞枝姐妹相称，我这就写信给亲家！"钟离老爷吩咐道。

亲家高知县收到了钟离老爷的信："我新买的一个婢女，是已去世的石县令的女儿，我仰慕石公已久，他的女儿就是我的女儿。我准备先嫁了这个苦命的女孩儿，然后再嫁我自己的女儿。希望你体谅，把两个孩子的婚期往后推一推。"

高知县回信说："不如把石县令的女儿嫁给我的儿子，你的闺女另外再选佳婿好了。"

钟离义回信说："这一换，你儿子是停妻再娶，我女儿是嫁人未遂，咱们做好事也不能伤害两个孩子，对不对。"

高知县回信说："我有两个儿子，不如把令爱嫁给我的长子，石县令的女儿嫁给我的次子，成就两对姻缘。"

故事迎来了大团圆结局。这天，钟离老爷梦到了石璧，石璧说："我死了之后，被封做了本地的城隍。你帮助了我的女儿月香，做了这件大好事，很快会做高官，还会有一个儿子。高老爷的两个儿子，也都会有好运气。你可以把这件事告诉天下，让天下人都去做怜贫惜老的事情。"

梦是心头所想，钟离知县做了好事，自然就想起了月香的父亲，这种梦别管灵不灵，对做梦的人都是很好的报偿和安慰。

不久，钟离夫人真的怀孕了，生了一个儿子，取名天赐。钟离义后来归顺了宋朝，当上了龙图阁大学士，活了九十多岁。他的儿子天赐，当了大宋的状元。高知县的两个儿子，也都做了大宋的高官。

贾昌回来发现贾婆卖了月香小姐，跟她大闹一场，后来听说月香小姐嫁给了高知县的二儿子，又有点欣慰。他觉得对月香很抱歉，于是想要赎回养娘送还月香，但是养娘已经嫁了媒婆的外甥赵二，俩人不愿意分开，于是贾昌让两口子一起投奔高知县府上，在那里做事了。

高知县听说过贾昌的事情，要给他钱来谢他，贾昌不肯收，回到了家。

贾昌生老婆的气，和她分居了，后来另娶了一个婢女，生了两个儿子。贾昌做事还是留有余地，没有让那个坏女人流落街头。

故事的后半部分是很平庸的君子仁德的故事，并没有多少吸引力。这篇小说最打动人的，是月香小姐寄人篱下的遭遇，其实每个人都能遇到"寄人篱下"的被动局面，在月香的身上，我们能看到自己的影子。

这个故事讲了很多寄人篱下时候的规则：尽可能地成为家

人，而不是客人；该干活时要干活；不能哭哭啼啼；不能随便告状……同时，想要逃离困境的话，除了小心勤恳，还需要抓住机会。

人，就是这样小心谨慎地摆脱一个个困境，一步步成长起来的。

# 不要低估一个与世无争的人——《灌园叟晚逢仙女》

《醒世恒言》里有一篇名篇，叫作《灌园叟晚逢仙女》。

这篇故事入选过中学语文教材，讲的是恶霸鱼肉乡里，底层人民奋起抗争的故事。但是今天我想讲的，是"与世无争"。

人到中年之后，事业、收入相对稳定，不再像年轻人一样要急切地建功立业了，有的人会把精力放在家庭、孩子上，也有的人会从容一点，做一点自己喜欢的事情，今天人们用一个词来形容这种状态，叫作"躺平"。

与世无争不是"我不努力"，只是把努力的方向放在兴趣爱好和生活质量上，这样的人不是生活不下去的人，相反，他们非常聪明，非常专注，对自己的生活有非常清晰的认知。

这样的人往往有些兴趣和癖好。今天这个故事的主人公的兴趣是养花，用他自己的话说，是个老"花痴"。

## 花痴

北宋仁宗的时候，平江府（今江苏苏州）城外有个长乐村，村里有个老农姓秋名先。秋老的老伴儿早早去世，他没有儿女，只有几亩地，按说就应该种上桑麻，或者种点蔬菜，供应城里的酒楼和商贩，攒下钱来，再买更多的地。

但秋老是一个与世无争的人，他把精力都放在养花上，逐渐成了职业玩家。

秋老遇到奇花异草，就好像遇到珍宝一般，只要看见别人家有花，就要进去玩赏一番。遇到特异名贵的花树，也不管自己有钱没钱，哪怕把外衣当了，也要把花买下来，有人趁机跟他要高价，他也不太介意。

人们都笑话他，说他是"花痴"，他却很喜欢这个外号。

天下的事贵在坚持。秋老日积月累，有了一个大花园。

秋老成了一个传奇人物，关于他的传说也出现了。有人听说他爱花，就从别的地方折花，插在泥里，假装有根，骗他买去。没想到他买回来种下，无根的花草也能种活。这个传说看起来有神秘色彩，其实扦插是花木繁殖的常见手段。

秋老的园子现在是这样的：

> ……那园周围编竹为篱，篱上交缠蔷薇、荼蘼、木香、刺梅、木槿、棣棠、金雀。篱边撒下蜀葵、凤仙、鸡冠、秋葵、莺粟等种，更有那金萱、百合、剪春罗、煎秋罗、满池娇、十样锦、美人蕉、山踯躅、高良姜、白蛱蝶、夜落金钱、缠枝牡丹等类，不可枚举。遇开放之时，烂如锦屏。远篱数步，尽植名花异卉。
>
> ……
>
> 梅标清骨，兰挺幽芳。茶呈雅韵，李谢浓妆。杏娇疏雨，菊傲严霜。水仙冰肌玉骨，牡丹国色天香。玉树亭亭阶砌，金莲冉冉池塘。芍药芳姿少比，石榴丽质无双。丹桂飘香月窟，芙蓉冷艳寒江。梨花溶溶夜月，桃花灼灼朝阳。山茶花宝珠称贵，腊梅花磬口方香。海棠花西府为上，瑞香花金边最良。玫瑰杜鹃，烂如云锦，绣球郁李，点缀风光。说不尽千般花卉，数不了万种芬芳。

要妥善安排这么多花的花期，就要研究气象、历法，需要琢磨，需要动脑。秋老真的是人间龙凤，他不愿意用这份聪明去考功名、做生意。人这一辈子有很多活法，自由自在，快活一生，也很令人羡慕。

## 爱花

秋老每天用心照顾花，把花当作自己的朋友来对待，看见有花要开了，就暖酒烹茶，对着花作揖，三呼"万岁"。喝完酒，就在花树下歌唱，累了，就枕着石头躺在花树旁，一直等到花盛开。

若是花谢了，就整天叹息，把落花收集起来，装入净瓮深埋，这叫葬花。《红楼梦》里黛玉葬花是很著名的情节，黛玉对花的感情，和秋老有相通的地方。

这样爱花的人，最看不得别人糟蹋花。他看见有人折花，就要开口劝："这花一年才开一次，熬过三个季节的冷清，才有这数日的风光。你看它随风而舞，就像人春风得意一样，它有这几天，多不容易，您顺手摧残，又实在简单。花若是会说话，不是要叹气悲伤吗？"

秋老是把花当作生命、当作朋友去看，才能讲出这一番道理。

其实说的也不是花，而是人。

一来，秋老说的花，其实是自己。今天大家奉承秋老，想要去他的园子里玩，好像很有面子。当初他变卖衣服、挑大粪做花肥的时候，那是怎样的辛苦不易。

二来，秋老说的花也是世人。"花一离枝，再不能上枝，枝一去干，再不能附干，如人死不可复生，刑不可复赎，花若能言，岂不悲泣！"花折了，就长不回去了，人不能为自己的一时快活，去做那种伤害别人、无法挽救的错事。

"那些折花的人，把花折下来，就是为了给宾客宴饮做装饰，让闺中的妻妾女儿开心，手中折了一枝，鲜花就少了一枝，今年伐了一株，明年就少一株。为什么不把它们留下呢？"

这话说得也很到位，有些人伤害他人，仅仅是为了取乐、在异性面前有面子。

遗憾的是，这个故事里的恶人，听不懂他的这番劝谏。

## 恶人

有个官宦子弟叫作张委，这个人喜欢欺压百姓，别人有什么好东西，他就要想方设法弄到手。

张衙内最近被一个后台更硬、打架更狠的坏小子给揍了，官司也输了。他十分沮丧，就带着一帮恶仆，出来闲逛散心。

张衙内吃了一个半醉，带着闲汉们逛到了秋老家门口。张委说："我常听说有个秋老儿，种了很多异样好花。原来就住在此处。我们进去看看！"

那时园中牡丹盛开，秋老正拿着酒和果品，在花下喝酒赏花。

张委对秋老说："你这老儿不认得我吗？我是城里有名的张衙内。那边张家庄便是我家的。闻得你园中好花甚多，特来游玩。"

这话盛气凌人，懒得客气。

秋老说："禀告衙内，我这里种的都是寻常品种，没有什么好花。"

秋老看出这家伙很粗俗，不想让他进园子。

张委哪里肯听，叉开手，当胸一搡，把秋老推了个踉跄。众人一拥而入。

园中牡丹正在盛开，"花本高有丈许，最低亦有六七尺，其花大如丹盘，五色灿烂，光华夺目"。众人齐赞："好花！"张委便踏上湖石，去嗅那香气。

这就是花的魅力，这么油腻、这么俗的人，也知道这是好花。

秋老赶紧劝他："衙内站远些看，莫要上去！"

张委却说："既然你这样说，我偏要上去闻闻。"

这真是大号巨婴，其实太湖石上很滑，倘若失足，会摔一个半死，秋老劝他，也是为他的安全着想。但是他就像一个熊孩子，就要上去闻花。

"遂把花逐朵攀下来，一个鼻子凑在花上去嗅。"

秋老敢怒不敢言。张委让家人在地下铺上了毡条，回家取了酒肉，就在秋老园子里喝上了。

恶念

张衙内是个有钱有势的人。这样的人，就应该和秋老好好交流。我有钱，有地位，但是我不擅长生活，来请教一下您是怎么种花的，也来您园中逃避一下名利的喧嚣。

老人是一部行走的历史，跟他聊天，绝对会有一个快乐的白天。

真想要花，请自家的花匠过来学艺，你奉上学费，秋老也会给你面子的。

这人选择了最差的一个办法，准备霸占人家的园子。张衙喝着酒，就问："你这园子卖吗？"

秋老答道："这园是我的性命，哪里舍得卖？"

张衙道："什么性命不性命，卖给我算了！你要是没地方去，索性也卖身在我家，替我种些花木。"秋老这样的风雅人，到老了居然要沦为奴仆，天底下哪有这种道理。

张衙逼着秋老决定，秋老只好说："衙内要买，也须从容一日。"这是缓兵之计，打发走这恶霸，再去找朋友们商议，看看有没有办法。

张衙要走了，出门前，他爬上了太湖石准备去摘花。

秋老赶紧阻止，扯住道："何苦作这样罪过！"

张衙喝道："胡说！有甚罪过？你明日卖了，便是我家之物。就都折尽，与你何干！"

张委身边的闲汉一拥而上，一起摘花。

秋老肉痛，一头撞向张委。张委喝醉了，被他撞了一个跟头。天底下的流氓都是如此，他故意刺激你，就为了找动手的借口。

众人一起赶过来，要打秋老。内中有一个老成的，见秋老一把年纪，怕打出事来，劝住众人，扶起张委。

张委爬起来，把牡丹花树打了一个七零八落。他看出来了，老头不怕挨揍，怕花被打。

气得秋老抢地呼天，满地乱滚。

邻居们发现张衙内带人行凶，赶紧过来替秋老赔不是。你看，明明是坏人行凶，底层人却只能替好人赔不是。

张委道："你们对那老贼说，好好把园送我，便饶了他；若说半个不字，须教他仔细着。"

张委带人走了。邻居们劝了秋老一番，一起出门。也有人说风凉话："这老头儿这么古怪，平时不让我们折花，让坏人拾掇他一下也好。"

今天我们也会看见这种人，遇到有人被伤害、被侮辱了，他站出来说：你也要自己反思一下，你肯定有自己的问题。

有人就说："别说这种没天理的话，他为这些花受了多少苦？怎么可能不心疼！"

这是对的，你不能因为害怕恶人，就转而去指责受害人。

## 仙女

过去觉得与世无争真好，不积累财富，也不追逐权势，一心发展自己的爱好就好，现在发现，当被坏人欺负的时候，没有钱，也没有势力，很难对抗恶人。

秋老抱着残花哭的时候，背后来了一个十五六岁的姑娘，长得很美，他却不认得。

秋老赶紧擦了擦眼泪问："小娘子是哪家的呀？来这里做什么？"

秋老刚受了这么大的委屈，但是姑娘一来，他立刻就客客气气的。

那女子道："我家住在左近。因闻您园中牡丹花茂盛，特来游玩，不想都已谢了！"

不是谢了，是被恶人打坏了！秋老委屈，就把张委打花的事情跟姑娘说了。

那女子笑了起来："原来如此！您希望这花回到枝头吗？我有一个祖传的法术。"

秋老赶紧跪下，求女子帮忙。

女孩让秋老去取一碗水来。秋老取水回来，女孩子已经不见了。牡丹花都已在枝头，而且每朵花都变成了五色！

"红中间紫，淡内添浓，一本五色俱全，比先更觉鲜妍。"

遇见仙女了！秋老拉开门追出去，遇到了虞公、单老两个朋友。两位听了秋老的叙说，都觉得这是神仙降临。

二老道："这也是你平日爱花心诚，所以感动神仙下降。明天索性倒教张衙内这几个泼男女看看，羞杀了他。"

让恶人看到自己过得不错，状态不错，也是对恶人的打击。

秋老赶紧说："这种恶狗一样的人，千万不要再招惹来了！"

这是对的。三个老朋友一起喝酒赏花，直到夜色降临。

两个老人回去一说，全村人都晓得了，第二天都要来看花，却担心秋老不愿意。

秋老也是一晚上没睡，坐在花下想事情。

"这都是我平日心胸褊窄，所以受了这样的侮辱。我要是有胸怀气度，就没这种事儿了。"

好人遇到挫折、问题，往往会反思自己，希望自己能做得更好。

第二天，秋老把园门大开，吩咐乡亲们说："请列位随便看，不要采就好。"大家奔走相告，都来看神仙变的五色牡丹。

张衙内也来了，带着奴才们来逼秋老签协议。

有人对他们说了神仙的事情。

张委不信："我们走了，神仙就来，神仙是他家养的不成？一定是怕我们去找他麻烦，编出来这种谣言！"

张衙内的推测符合常理。但是这次，我们就要看到各种不符合常理的事了。

张委带人进了花园，果然牡丹花好好地开着。

"这花却也奇怪，见人来看，姿态愈艳，光采倍生，如对人笑一般。"

有了这种怪异，你就应该赶紧找秋老赔礼道歉，然后去庙里烧烧香，跟神仙赔个不是。但是张衙内不是，他对下人说："现在王则谋反，专门以妖术惑人。天下严禁旁门左道，我们去举报秋老头儿，说他弄妖法。等他坐牢，我们就低价从官府买园子，还能拿三千贯赏钱呢！"

王则军官出身，在北宋末年造反，类似方腊、宋江。

张衙内派人举报秋老，说他弄妖法，这不只是要他的园子，是真的要逼死他。而且张衙内居然还惦记三千贯赏钱，这个人的人品实在是太低劣了。

张衙内派手下一个讼棍张霸去告了秋老，一群差人来到园中，捆走了秋老。

大家都吓跑了，只有虞公、单老同几个老朋友远远跟着。

你可以收获群众的爱戴，但是在官府的淫威面前，这种爱戴是负资产。

秋老路上看见了张委，知道是他使坏："张衙内，我与你前日无怨，往日无仇，如何下此毒手，害我性命！"张委也不答应，同张霸和那一班恶少转身就走。

你有多冤枉，诬告你的人比你更清楚。

虞公、单老回去联络全村人，打算联名担保准备救秋老。但是这种努力，也就是给秋老一些安慰。

乡亲们胆子都这么小，有的还是张家的佃户，怎么可能联名给秋老担保呢。

半夜，几天前复活牡丹的那位仙女来到牢房。秋老急叫道："大仙救弟子秋老！"仙女把手一指，那枷杻纷纷脱落。

醒来发现是一个梦，不过秋老安心多了，他相信神仙会照料自己，也会照料花儿。

## 恶报

好人惴惴不安，坏人却已经提前庆祝了。

张委欢天喜地："让这老头儿在囚床上受用一夜，把这园子让给我们快活吧！"

这家伙其实已经把秋老害了，却只是想着秋老会"在囚床上受用一夜"，有的坏人对自己给别人造成了多大的伤害，其实并没有太多意识。

一帮人带着酒肉到秋老园上，开门进去。邻里看见是张委，敢怒不敢言。

张委和闲汉们走至草堂前，只见枝头的牡丹一朵不存，就像前日打下时一般，纵横满地。

张委说："看起来，这老贼果然有妖法。"

有一个子弟道："他晓得衙内要赏花，故意弄这法儿来羞我们。"

张委道："那我们就赏落花。"

好不知死活的一群家伙。

喝酒喝到日落，突然起了一阵大风。风把地下的花朵吹得直竖起来，眨眼间，都变作一尺来长的女子。众人大惊，齐叫道："怪哉！"

那些女子迎风一晃，尽已长大，姿容美丽，衣服华艳。众人都看呆了。

一个红衣女子开口说话："我们姐妹在这里住了十几年，多亏秋老照顾，现在这些俗人羞辱我们，还诬告了恩人，我们怎能放过他们！"

秋老是花仙们的房东和保护人。

众女郎齐声道："阿妹之言有理！大家手快一点，别让他们跑了！"

女郎们举袖子打来，那袖好像有数尺之长，风幡一样乱飘，冷气入骨。众人齐叫有鬼，想往外跑，却跑不动，有的被石块打了脚，有的被树枝划伤脸，还有的一站起来就摔倒，不敢再爬起来。最后点检人数，只不见了张委、张霸。

大梅树下有呻吟之声。举火看时，张霸受了重伤，躺在那里。虞公、单老和各位邻居拿着灯笼四处寻找，还是没找到张委。

"众人又细细照看了一下，正是兴尽而归，叹了口气，齐出园门。"

虞公、单老正准备关门，忽然庄客报告，粪窖里刚刚有个人两脚朝天，不歪不斜地倒插在内，看样子正是张委。庄客顾不得臭秽，连忙上前打捞起来。

张衙内死得极其丢人，极其污秽。

有人报去庄上，阖家大小，哭哭啼啼，置办后事。不久，张霸也重伤不治，丢了性命。

消息传到了衙门里，知府大人害怕了，于是把秋老当堂释放。又发了告示在园门张挂，不许闲人损坏秋老的花木。

从此之后，秋老很少吃粮食，基本以花果为食，也把园子分享给邻居们，只要不摘花，怎么都好说。

他白发转黑，精神矍铄，在某年的八月十五，空中布满了彩云，音乐嘹亮，异香扑鼻，青鸾白鹤，飞了下来。

云中站着司花女。司花女说："秋先，你功德圆满，上天封你为护花使者，专管人间百花。有爱花惜花的，加之以福，残花毁花的，降之以灾。"

秋老白日飞升，成仙了，虞公、单老和邻居们看见这个场面，一齐下拜。

长者成仙，这是个好结局。

## 爽剧

我大胆写一个没有花仙的可能。

秋老不是一个平凡人，他是退出江湖、隐遁在水边的高人。秋老自律、专注，身上应该有些隐藏的技能。他是个侠客，还是个老兵，咱们就不清楚了。他屡屡退让，就是不愿意让对方认清自己的真实身份。

等到张衙内打坏了花树，他就已经在做准备了。

树下放着夹子、绳套，厕所里面加一条绊索，你要霸占我的园子，那就要你吃点苦头。

他说梦中被仙女松脱了枷锁，要我看，他可能是一个武林高手，靠身上的功夫，自己回到了园子里。

他看着一群野小子撒泼，忍了又忍。等到夜里，月黑风高，才开始动手。收拾了这批恶徒之后，他回到监狱里，有了完美的不在场证明。

我不知道，在最后的时刻，张衙内面对秋老，他是不是苦苦求饶了呢？

"我错了，我错了！饶了我吧！"

"真奇怪，我无心世俗，在这里隐居，并没有招你惹你。我一再忍让，一再给你机会，是你要斩尽杀绝啊。"

"老爷子，我真的错了！"

"今日却留你不得！"

一个大背跨，把张衙内头朝下扔进粪池，只见他双脚踢腾半天，终于不再动了。这个世界安静了。

有神仙的故事比较浪漫，自己动手的故事嘛，比较解恨。这世界上有好多人不想要什么功名，他们的梦想就是当隐士，发展自己的兴趣爱好。可是如果哪个坏人想要欺负与世无争的人，那就是打错了主意。

极度自律、风轻云淡的人，那一定是身上有力量、心里有能量的人。

这种人不和你为敌，是因为他的克制和大度，如果他真的把所有的精神和力量集中起来和坏人一搏，他一定会赢。

与世无争不是放弃一切，与世无争是好好生活。

对生活的热爱，能够让我们充满勇气，抵御一切欺凌、一切苦厄。

# 万物护佑相爱的人——《大树坡义虎送亲》

中国传统社会当中，青年男女的婚姻必须遵从"父母之命，媒妁之言"，没有自己追求情感的权利。我们见过许多冲破束缚和偏见、追求自由恋爱的故事，有的是皆大欢喜的结局，有的是令人扼腕的悲剧。不过，古人的婚姻世界并不是完全冷酷无情，冲破门第、身份的限制，在动荡、离乱中有勇气、有力量坚持相爱的青年男女，还是有人愿意帮忙、愿意成全。

不仅仅是人愿意成全，就连自然中的万灵，都会出手相助。

《醒世恒言》里的《大树坡义虎送亲》，就是这样一个震撼人心的故事。

## 不杀虎的猎人

唐玄宗天宝年间，福州漳浦有个少年叫勤自励，是家中的独生子。

勤自励十二岁开始就不肯读书，每天使枪弄棒，父母很宠这个儿子，也不去管束他。

十六岁的时候，他就和一帮朋友每天架鹰放鹞，"射猎打生为乐"。

猎户射猎，是为了谋生，纨绔子弟才会射猎为乐。

那个时候的福建多虎，今天福建的简称是"闽"，意思是这个地方常常能看见大虫。唐朝时候，这里的虎还是很多。

勤自励曾经"一日射死三虎"。这是非常了不起的成绩。

虎强壮、迅猛、狡猾，即使有枪支，要杀死一只老虎也非常不容易。韩国电影《大虎》里，日军要去猎捕朝鲜半岛的最后一只老虎，和虎战斗一场，损失了几十个人。勤自励能一天射三虎，是真正的高手了。

但是后来有个神秘的黄衣老者劝他："此兽乃百兽之王，不可轻杀。郎君若自恃勇武，杀虎过多，恐怕会有不测之祸。"

勤自励觉得有理，就对老者折箭发誓，不再杀虎。

这天勤自励又去打猎，得了几种野味回家，走到大树坡，看见一只被陷阱困住的老虎。安置陷阱的猎户还没有来，这老虎见了他，前足跪地，俯首弭耳，好像在求他饶命。

如果养过猫就知道，这不是跪下，猫科动物这样趴着比较舒服。

勤自励看了看老虎，说道："我发过誓不再杀虎，所以不会害你，但这次是你自己掉进别人的陷阱，不关我的事。"

老虎呜呜连声，苦苦哀求。

勤自励有点可怜它，说："我把你放了，但是你要答应我，再也不会害人。"

老虎居然点了点头。

勤自励放了老虎，老虎"狂跳而去"。勤自励一想，人家猎户指着抓老虎挣钱，我给人放了，这事儿不地道。他就把自己打的野味放在陷阱里。

勤自励交了很多打猎的朋友，经常引着那群狐朋狗友，来家里吃饭喝酒。

吃的好说，大家有猎物，酒也可以凑份子，但柴米油盐，用的却是家里的。

一来二去，老两口支撑不住了，就把儿子骂了一通："别人家的儿子，要么种地，要么做个买卖，你看看你，整天拉着朋友回来吃喝，我们就算把家产都变卖了，也不够你的花费，这么下去，恐怕爹娘都会被你吃穷！下次再带朋友来，家里一杯茶都不会有！"

话说得挺重，勤自励一个多月没有带朋友回来。

一个多月后，勤自励又带了十几个猎户到家里，"借锅煮饭"。

老头儿一看，人家自己带了米，和老太太说，让他们煮吧。

老太太不答应："不是柴火的事儿，好容易才管住了他。索性我们做个冷脸，让他们难堪一下，以后也就不来了。"

老太太对众人说："我家不是公馆，柴火不便，你们去别处吧。"

这话一说，小哥儿几个都尴尬了，但是最尴尬的，还得是勤自励。

"从小都吃爹娘的，现在也十六了，确实应该找个营生……听说安南作乱，正在招兵，不如索性去投军吧。"

这里要解释一下，安南是越南的古国名，当时是大唐的领土，安南都护府的治所就在今天的越南河内。

唐朝武功赫赫，不少寒门子弟凭借军功得到了前程，李世民征讨辽东的时候，贫家子弟薛仁贵斩将冲阵，得到了太宗皇帝的赏识，成了大唐的名将。

勤自励肯定知道薛仁贵的故事，他觉得，自己这日射三虎的本事，一定能在战争中搏一个出身。他考虑到父母不会同意，就偷偷摸摸报了名。太守一试他的本事，当场任命他做了队长。

勤自励上路三天之后，托人家带回一封书信："今已应募，充为队长，前往安南。幸然有功，必然衣锦还乡，爹娘不必挂念！"

### 失踪的女婿

勤自励有一门亲事。他的未婚妻，是同县林不将的女儿林潮音。

两家喝过茶，送过果子，相当于放小定。

林不将，不喜欢女婿当武将；林潮音，更是一个意味深长的名字。"早知潮有信，嫁与弄潮儿"，林潮音这个名字，意味着她要等待丈夫好多年。

金庸先生熟读"三言"，我很怀疑《神雕侠侣》里古墓派祖师林朝英这个名字的灵感就来自林潮音。

勤老头儿一看儿子的信，就叫起苦来，埋怨老太太："都怪你！非要说他，给他难堪，你看，去了安南国打仗了！"

老太太觉得他小题大做："哎呀，过个十天半月的，把他叫回来也就是了。"

过去确实有平时种地，战时当兵的，这叫府兵。到了唐玄宗时期，军队越来越职业化，府兵制成了募兵制。老太太还是以前的想法，觉得战事一过，儿子就能回家。

"安南万里之遥！他已经是官身了，怎么私自回来？刀枪无眼，万一有个三长两短，我们都没人养老送终了！"老头儿说。

老太太当然不知道他们正在见证大唐的由盛转衰，寻死觅活哭了起来。

过了几天，消息传开，林家来问未来女婿的情况。怎么办呢？只能照实说。

三年过去了，勤自励毫无音讯。

要是光他没消息倒也罢了，一打听，同一批走的兵，一个捎信回家的都没有。

只有一种可能了，那就是整支军队被安南人包了饺子。

林潮音大概比勤自励小两三岁，这会儿也十六七岁了，这回林老太太坐不住了。

"老头子，你看，咱们这闺女连女婿的面都没见过，就这么当了寡妇，这不成，你得跟勤老那边说一个办法才行，咱们得退亲。"

林老头听老伴儿的劝，到了勤家。勤老头儿一看亲家说出退亲，赶紧请罪。

"我这个孩子耽误了令爱的青春，但是还是请你们多等等，自励一定会回来的，再等三年吧。再过三年不回来，就听凭你们把孩子嫁给别人。"

林老头儿回家跟老伴儿一说，林老太太一想还要等三年，觉得日子很难熬，但是一想三年后闺女就能摆脱这个浪荡子，又觉得很开心。

第六年到了，林老头儿就要去找勤老头儿退婚。

这会儿退亲，是再好不过了，大家君子约定，勤老头儿也是言而有信，但是林老太太担心女儿不肯改嫁，于是动了一个坏心思，她准备撒谎骗女儿一下。

## 受骗的女儿

林潮音和妈妈正在家里坐着，忽然林老头儿从外面进来，大惊小怪："老伴儿啊！你知道吗？为什么勤郎没有消息回来？原来他三年前就死在战场上啦！"

老头又说："我昨天遇到一个回来的兵，是他亲眼所见！"

听了这句话，林潮音面如土色，含着眼泪进屋了。

骗自家女儿，还觉得计策高明，这是不对的。

过了几天，媒婆上门，就要给林潮音说亲。林潮音不愿意，她说："一女不吃两家茶。勤郎在，奴是他家妻；勤郎死，奴也是他家妇。岂可以生死二心？奴断然不为！"

这其实是明、清时的道德标准，唐朝改嫁的女性还是很多的。

妈妈道："孩儿休如此执见，爹妈单生你一人，并无兄弟。你嫁得着人时，爹妈也有半子之靠。况且未过门的媳妇，守节也是虚名。现放着活活的爹妈，你不念他日后老景凄凉，却去恋个死人，可不是个痴愚不孝之辈！"

妈妈说得有道理。没有娘不疼闺女的，她们为了闺女，有时候会动作变形，有时候会用力过猛，当娘的看见勤自励下落不明，不愿意让闺女跳火坑。

林潮音被自己老妈一通大道理骂得抬不起头来，于是心生一计："容孩儿守制三年，以毕夫妻之情，那时但凭爹妈；不然，孩儿宁甘一死，决不从命。"

老头儿老太太怕女儿自杀，于是真的就又等了三年。

林潮音二十五六岁，在过去已经是老姑娘了。

这期间，她真的活得像一个寡妇，素衣蔬食。又一个三年快过去了，在这三年内，林潮音还是每次听见议婚，就要寻死。

我们中学的时候学过鲁迅先生的《祝福》，礼教对寡妇非常不友好，祥林嫂为了抗拒再婚，一头撞在香案角上，流了好多血。

这个故事里的男女主人公并没有承受太大的礼教压力，他们从小定亲，忠于彼此，更多的是出自对对方的仰慕和爱，因此有了互相守候的信念和力量。

林妈妈决定再骗女儿一次，她和林爸爸给女儿找了一个丈夫，所有的密谋，都是在林潮音大舅家进行的。

男方是李承务家的三舍人。承务郎是下级文官，承务，就像"员外"一样，是对有钱人的一种敬称，三舍人就是三儿子。说到底，林家的老两口是希望女儿找一个条件好的。

上门的时候，说的是大舅家的表弟要结婚，请女儿过去观礼，就这么把女儿骗去了。

## 老虎

林潮音和接她的人正走到半路，突然来了一支队伍，围着林潮音吹吹打打。

本来要去参加婚礼，结果新娘竟是自己⋯⋯

潮音在轿内啼啼哭哭。众人也不管她，催着轿夫快走。

接亲的这支队伍，正好要路过大树坡。

忽然阴云四合，下了一阵大雨。众人在树林中暂歇，等雨过又行。走不上几步，忽然又起了一阵狂风，灯火俱灭，只见一只黄斑吊睛白额老虎，从半空中跳将下来。众人四散逃走。

风定虎去，众人谢天谢地。这时轿夫叫道："不好了！"

新娘子那乘轿子空了，轿门都撞坏了。新娘子被老虎叼走了。

林妈妈听说，呜呜地啼哭起来，这老太太打好了如意算盘，陪着女儿去大舅家，现在眼睁睁看见女儿没了，能不心疼吗。

想要去找新娘子，害怕老虎再吃人，想要一哄而散，又害怕再遇别的老虎。最后大家决定先同回林家，叫来更多的人一起行动。

林家派人去通知李承务和林潮音大舅家，然后聚集庄客，准备猎具，要去找女儿。

## 归来的丈夫

再说勤自励，当兵十年，立下了军功，在名将哥舒翰的手下当军官，后来就跟着大帅镇守潼关。

不久安史之乱爆发了，这是唐代历史上的黑暗一幕，安禄山的大军兵到潼关，大帅哥舒翰在宦官谗言之下被迫强行出战，结果大败。安禄山夺取了长安城。

勤自励在乱军当中杀出一条血路，逃回了福建老家。

恰好在林公嫁女这一晚，勤自励回到家中，见了父母，拜伏于地，口称："恕孩儿不孝之罪。"勤公、勤婆仔细看时，方才认得是儿子。

十年不见，他留了胡子，更加强壮了，吃米的福建小后生变成了关中大汉。

母亲看见儿子，就想起媳妇来了。

"孩子啊孩子，你哪怕昨天回来也好，媳妇只怕就不会嫁给别人了。"

勤自励这才知道，林潮音今晚出阁嫁人。

有个传统单口相声叫《姚家井》，讲的是清朝故事，也是男方从军，女方悔婚，男方及时回来抢走媳妇的故事。这个故事可能就脱胎于"三言"中勤自励的故事。

勤自励听说，眉根倒竖，牙齿咬得格格响，叫道："哪个鸟百姓敢讨勤自励的老婆？我只教他认一认我手中的宝剑！"

勤自励打了败仗、丢了官职，十年的努力算是泡汤了，回家来发现媳妇也跑了，就准备去杀人。

"鸟百姓"三个字，暴露了他的怨气，他虽然占理，但是起了杀人心，可见也不是一个好脾气。

勤自励直奔林家，走到大树坡，大雨下来了。不远处有一株古树，约莫十来围粗，中间都是空的，可以避雨。

勤自励走到树边，捱身入内，树洞里甚是宽敞。那雨虽然大，落不多时就停了。这时候天空中忽然刮来一阵腥风。

勤自励伸着头往外张望，见两盏红灯，若隐若现，忽然一声巨响，如天崩地裂，一件东西向前坠下，惊得勤自励倒身入内。

许多夜间捕猎的动物的眼睛夜间都会发光，家里养狗养猫，在光线暗的时候就能看见两个大眼灯。

风停了，勤自励发现那件东西发出呻吟之声。这时候云开了，天边露出些微月。勤自励在月光下上前看，发现呻吟的是个女子。

于是问姑娘的名字。

"林潮音。"

"可有丈夫吗？"

"丈夫勤自励虽曾聘定，尚未过门。只为他十年前应募从军，久无音信，爹妈要将奴改适他姓，奴家誓死不从。爹妈背地将奴不知许与谁家，只说舅舅家来接，骗奴上轿，中路方知。正待寻死，忽然一阵狂风，火光之下，看见个黄斑吊睛白额虎，冲人而来，径向轿中，将奴衔出，撇在此地。虎已去了，幸不损伤。官人不知尊姓何名？若得送奴还归父母之家，家中必有厚报。"

勤自励一听，果然和爹妈说的对上了。

"我就是勤自励！"

林潮音信了，但是还是有点害羞。

"我知道是你，但是我没见过你……"

勤自励道："你家老禽兽把一女许配两家，这等不仁不义之辈，还去见他则甚！我如今背你到我家中，先参见了舅姑，然后遣人通知你家，也把那老禽兽羞他一羞。"

这里的舅姑说的就是公婆。勤自励直接说老丈人是老禽兽，这话就有点重了，他是个粗鲁人，又在气头上，这也不能怪他。

勤自励背起媳妇，忽然听到了虎啸之声。再看，两个大灯笼，仔细一看，是一只黄斑吊睛白额虎。两个红灯就是老虎的眼睛。

勤自励猛然想起十年之前，曾在此处破开陷阱，放了一只老虎。

"今日如何就晓得我勤自励回家，去人丛中衔那媳妇还我，岂非灵物！"遂高声叫道，"大虫，谢送媳妇了！"老虎一声长啸，跳着走了。

看到这段，不为勤自励高兴，却为这老虎高兴。十年了，一直憋着报恩，直到今天，终于给他送还媳妇，了却了心事，实在是不容易。

勤老头儿勤老太太在家等着儿子，只怕他杀了人惹祸，这时候勤自励回来了，背上还背着一个美貌女子。

"爹！娘！快来认媳妇！"

老两口吃了一惊。

听完勤自励的讲述，知道了老虎报恩的故事，老头儿老太太谢天谢地，"连称惭愧"。

第二天一早，派人送信给林家，说："亲家公快来吧，老虎把媳妇送给我儿子了，现在在我家……"

林不将觉得勤老头儿在开他的玩笑。

"这一定是看我死了女儿，跟我开玩笑逗闷子呢。哪有这种事情！"

真是糊涂的老丈人，勤家怎么可能拿这事开玩笑呢。

丈母娘倒是相信这个说法："咱们家走失了一只花毛鸡，被邻舍家养着。昨天，野猫衔个鸡到咱们家来：我把猫儿赶走，看那鸡，正是我家走失的鸡。猫都能这样，况且虎是个大畜生，最有灵性。"

老太太又举了一个例子：有个书生在书斋读书，突然窗外伸进来一只老虎爪子，上面有一个大竹刺。书生替老虎把刺拔掉，老虎就走了。第二天，这虎衔了一只羊来感谢他。

老太太说："可见虎通人性。或者老天可怜我家女孩儿，遣那大虫来送归勤家，也未可知。你且到勤家看女婿有没有回来，便有分晓。"

林公觉得也有道理，赶紧去了勤家。

勤自励不愿意认丈人，还在生气，爹娘劝、妻子也劝，他才终于出来，"气忿忿的作了个揖，就走开去了"。

勤公教勤婆把媳妇装扮得漂漂亮亮，请林不将进房。

父亲这会儿体会到了失而复得的感觉，"犹如梦中相逢，欢喜无限"。他要接女儿回家，勤公、勤婆不答应。

这会儿说什么也不能让媳妇回去，不能夜长梦多，而且李家那边可能还有什么计划，要防备一下。

择了吉日，就于家中拜堂成亲。李承务家听说勤自励回来，一来理亏，二来怕勤自励的武力，也没有纠缠。

在相声《姚家井》的故事里，要娶姑娘的是王府厨子的小舅子，有势力，闹到后面要打官司。和这个故事里的男主角相比，勤自励的麻烦少多了。

勤自励夫妇后来的生活不错——郭子仪和李光弼收复了长安，唐肃宗决定，所有没有投敌的官员，都可以用起来。勤自励进了禁卫军，当了都指挥，后来立了很多军功，和林潮音白头到老。

这是个老虎报恩的故事。这个故事体现了民间对老虎的复杂情感，一方面，怕它们的凶猛；另一方面，也崇拜它们的力量。但这个故事打动我们的，是被拆散的恋人的痛苦和挣扎。

许多青年男女的情感，恰恰是被偏见、习俗、礼教所桎梏、所拆散的。恋人们多么渴望得到强大力量的支持啊！在家族里如果找不到，他们就会望向星空，希望有神仙相助；他们会望向大海，希望有龙王相帮；他们会看向山林，那里住着山君大人。

外援有用，但只有外援是远远不够的。勤自励如果没有在战场上拼死作战，最后回到家乡，林潮音如果没有扛住压力，这对男女就会被拆散，不会有这段姻缘了。

强者会在最后关头出手相帮，但是最重要的，还是两个人之间要相爱，要坚持，只要让身边的人看见诚意，他们就会像这只虎一样，对年轻人伸手相帮。

也不仅仅是恋爱，其实做人做事，都是这个道理，诚挚用心之人，自有百灵相帮，做好准备，等待助力，一定会有机会。

# 一个好人如何才能发家致富——《施润泽滩阙遇友》

有一首老歌，叫《好人一生平安》。

这个期待特别好，但是仅仅"一生平安"显然不够，其实我们还希望好人能长寿、富有、健康，这才是福气的全部。

《醒世恒言》里有一个好人发大财的故事，这就是《施润泽滩阙遇友》。

这个故事曾经被收进中学教科书，不是语文课本，而是历史课本，主角施复的奋斗史，被当成了"资本主义萌芽"的讲解素材。

## 拾金不昧

这是明朝嘉靖年间的事。苏州府吴江县有个盛泽镇,这个镇的丝绸行业非常发达,家家户户都养蚕出丝。

有个人叫施复,娶妻喻氏,这俩人的姓氏合起来,就是"施与",两个人没有儿女,过着比较自在的小日子。

夫妻二人"家中开张绸机,每年养几筐蚕儿,妻络夫织,甚好过活"。小说又交代:"这镇上都是温饱之家,织下绸匹,必积至十来匹,最少也有五六匹,方才上市。"

这就是镇上小户人家的生活,虽然也是个体劳动,虽然也要种植桑树,但是这种生活和传统的稻麦种植就不一样了,施复夫妇成了商品经济的一部分。

这天施复积了四匹绸缎,用包袱包好,直接带到了收购商这里出卖。

小说这样写:"主人家接来,解开包袱,逐匹翻看一过,将秤准了一准,喝定价钱,递与一个客人道:'这施一官是忠厚人,不耐烦的,把些好银子与他。'那客人真个只拣细丝称准,付与施复。施复自己也摸出等子来准一准,还觉轻些,又争添上一二分,也就罢了。"

这个"主人家",就是交易所掌柜的,他提供交易地点,抽取一定费用。客人是收购丝绸的人,主人家见施复来了,告诉客人说施复是忠厚人，让客人不要给施复成色差的银子，这说明了一件事——在一个商品经济发达的地区，一个好声誉是非常重要的。

施复卖完了绸缎，往外走了大概几十米，看见街上掉着一个青布包袱，打开一看，大约有六两多银子。

"今日好造化！拾得这些银子，正好将去凑做本钱。"

这句话有意思，六两银子，倘若是一个农民，估计就拿回家藏起来备荒年了，但施复是手工业者，他首先想到的就是加一台织机。

施复心想："有了这银子，再添上一张机，一月出得多少绸，有许多利息。……积上一年，共该若干，到来年再添上一张，一年又有多少利息。算到十年之外，便有千金之富。那时造什么房子，买多少田产。"

施复算的是一笔资本账，但是就像亚当·斯密写了《国富论》，还要写《道德情操论》一样，他想到了这钱该不该拿。

"这钱如果是富人掉的，就像是牛身上的一根毛，没什么损失，如果是客商的，这是他抛妻别子，风餐露宿，辛勤挣来的钱，丢了一定非常难过。有本钱的还能承受这种损失，倘然做的是小生意，或者干脆像我一样是小个体户，这两锭银子一丢，家人埋怨不说，甚至还要卖儿卖女，万一再想不开，寻了短见怎么办？"

大家注意，这段话很有意思，一来，施复说清楚了这种小手工业者的难处，说出了资金链断裂对小家小户的致命打击，蚕农不种粮，丢了钱，饭都会吃不上。

第二点才有意思，他对陌生人的这种同情，里面存在一个想象中的共同体。

传统的农业环境里，大家会关心爱护自己的亲人、乡亲，外乡人的利益，肯定就放在后面了，但是商业社会里，人就会更关心陌生的"同行"，考虑他们的感受。

施复感受到了丢钱的人不容易，他就带着钱回去等失主了。

等了半日，不见失主来寻。他腹中渐渐饥饿，欲待回家吃了饭再来，担心失主回来，又遇不到，只得忍着饥饿等候。

这段写得很真实，如果什么成本都没有，那行善也可能是无心之举，施复饿着肚子在这里等，这是真心实意地想要助人。

等了好久，一个村庄后生满头大汗冲了过来，大声嚷嚷着，说把银子忘在柜上了。主人家说："银子好好给你，怎么可能落在我这里？"

后生跺着脚哭嚷道："这是我的种田工本，如今没了，却怎么好？"

施复问道："约莫有多少？"

那后生道："起初在这里卖的丝银六两二钱。"

施复道："把什么包的？有多少件数？"

那后生道："两整锭，又是三四块小的，一个青布银包包的。"

施复道："不消着急。我拾得在此，相候久矣！"

便去兜肚里摸出银子，递与那人。那人连声称谢，接过手，打开看时，分毫不差。

"三言"这三本书，处处教人为人处世的道理。冯梦龙写施复追问失物的细节，其实就是在给听说书的听众提供参考，以后我们捡了东西都可以这么做。

一群人围上来看热闹，问这问那。后生非常感激，说要把钱分一半给施复。

"我要是想要你的钱，就直接拿走了，干嘛还等你？"

"那我给您一两银子做谢礼好不好？"

"不要，六两和三两都不要你的，要什么一两？"

大家看施复不要钱，就建议后生请施复喝三杯，表示谢意。施复说："不用了，我急着回家，家里还有事。"

后生千恩万谢，围观群众都说他好运气，也有人笑话施复愚蠢，但是一些长厚的人说，施复积了阴德。

其实什么是阴德？施复的事迹在市面上流传开了，大家就会更信任他的人品，愿意跟他做生意，所谓的阴德，其实就是良好的商誉。

## 故人重逢

施复回到家，妻子问他怎么这么晚才回来，施复说了原由。妻子非常赞成："命里该有时就会有，命里没有，就算拿在手里，我们也守不住。"

说来也奇怪，此后的几年里，他家的蚕一直都长得很壮。

蚕这种动物对温度的要求很高，如果温度不合适，出来的茧子品质就不行。今天养蚕容易多了，有空调，可以轻松地控制温度。古法养蚕就很难，因为只能靠炉火和通风来调节室温，付出的辛苦可想而知。

养蚕，第一要择蚕种。蚕种好，出来的茧小，明亮厚实，可以缫丝，这就是丝茧。如果蚕种不好，就只能做丝绵，不能缫丝，这就是绵茧。丝绵的利润就要低得多了。

第二要有时运。古代养蚕，没有先进的科技手段，偶然性因素就比较多。小说这样描述：有造化的，即便蚕种不好，也能做成丝茧；造化低的，就算是好蚕种，也要做成绵茧。北蚕三眠，南蚕都是四眠。结束休眠后的喂养，要非常及时。蚕畏寒怕热，喜欢温和、舒适的温度，在气候变化较大的地方，调护起来最难。

因为没有可以凭借的科技手段，有很大的不确定因素，所以养蚕的人家都特别迷信。明朝时，西湖边北高峰有一座马明王庙，供奉的就是蚕神马头娘娘。

施复这几年养蚕非常顺利，一个绵茧都没出，出的都是丝茧。他家生产的丝绸特别润泽，行内就尊称他为施润泽。这一年施复还有一件喜事，他虽然不年轻了，妻子却生了一个大胖小子。施复给他起名为施观保，意思是希望观音菩萨保佑这个孩子。

这一年的蚕又长得很旺，眼看施复家里的桑叶就不够了，这时有人说，洞庭山那边的桑叶比较多。于是全镇十几户人家一起包了一条船，去洞庭山买桑叶，施复也在其中。

因为出发得晚，中间要在太湖边上休息一夜。船靠岸后，船上的人就准备做晚饭。

走得匆忙，谁也没有带火石，必须要安排个人上岸去找火种。施复想也没想，就说自己去。他拿了一把麻骨，上岸去问当地的村民借火。麻骨，就是干透的麻纤维，过去做火绳用，能缓慢地燃很久。

施复上岸一看，家家都关门闭户。蚕农迷信，蚕做茧时，最怕生人来冲。眼下正是蚕做茧的时候，无论多大的事情，蚕农也不给外人开门。

施复暗自叫苦，想找个不养蚕的人家取火，碰巧看见一户人家没有关门，赶紧上前去问。

这家的妇人听他说明来意，道："这时节别人家是不肯的。只我家没忌讳，就借个与你也不妨碍。"

施复借来了火道了谢，转身就走。才走了几步，就听见妇人叫他："取火的请回来，东西忘在这里了！"

施复回去一看，见是自己的兜肚（包袱）落在了人家家里。施复谢道："难得大娘子这等善心。"

妇人道："这算什么！前几年我丈夫在盛泽卖丝，丢了六两多银子，遇着个好人拾到，全都还了他，连酒也不要吃一滴儿。这样的人才是真正善心人！"

施复一听，原来这就是当年丢钱的那个后生家里，于是说了自己当年捡钱的事情。妇人一听是她家的恩人，就进门去叫自己的丈夫来认。马上有一个后生跑出来，看见了施复。

小说这样写："彼此睁眼一认，虽然隔了六年，面貌依然，正是昔年还银义士。"

两人互相见了礼，施复说了自己的姓名，说自己要去洞庭山买桑叶，几个朋友还在船里等着引火做饭。后生说："桑叶？我家很多啊，老兄也不用过湖了，我拿给你就是。"

施复心里高兴，后生就陪着施复去送火。到了岸边，施复便和大家说："我遇到了一个朋友，他家有桑叶，我就不陪大家过湖了。"

后生帮施复拿了包袱，施复才顾得上问他的姓名。后生叫朱恩，今年二十八岁，施复三十六岁，朱恩就叫施复一声大哥。

朱恩把施复请进了家，就要杀鸡给施复吃，施复赶紧拦着：

"别，这鸡已经进笼了，它好不容易活过这一天，再掏窝杀它，实在于心不忍，我们有什么就吃什么好了。"

朱恩一看施复说得诚恳，也就不勉强了。施复也对朱恩致谢："现在都是各家正忙的时候，我还来打扰，也幸好贤弟家里没有忌讳。"

朱恩听了笑了起来："以前忌讳最多、最迷信的就是我家，但是兄长你那年还银子给我之后，我悟出了一个道理。"

"什么道理？"

朱恩说："凡事有个定数，和信这、信那没有关系，所以我家不忌讳，蚕仍然养得很好。世界上本来没有妖，你相信有妖，那就有了妖。"

只要行善积德做好事，心里就安生，根本不用忌讳那些乌七八糟的。

"你再看我家的桑树，平时我养十筐蚕，桑叶还不够吃，还要买，今年我养了十五筐蚕，这桑叶居然还有富余，就好像我这桑叶就是为了老哥长的一样。"

两个人越谈越投机，最后决定结拜做兄弟。朱恩问施复有几个孩子，施复说就一个两岁的儿子，朱恩家有个两岁的闺女，于是俩人就做了决定，不仅要做兄弟，还要做亲家。

俩人吃喝过了，朱恩就拿来两条板凳，搭上门板，让施复睡在堂中。睡到半夜，施复听见鸡叫，吵得他睡不着。他心里想，是不是来了黄鼠狼了，就走过去看鸡窝。正在这时候，房梁上掉下一个重物，正好把他的床铺砸坏了。

朱恩听见鸡叫，也起来了，正好看见重物砸坏了床，那是他以前放在房梁上面的一条车轴。他担心大哥被砸死了，急忙赶过来看，只见施复正愣愣地站在鸡窝边，这时二人才觉得后怕。

"幸好鸡叫，要不真的会被砸死了。"施复说。

"哥哥救了鸡的性命，鸡又救了哥哥的性命。"朱恩说。

两个人当场发誓，以后不再杀生了。

第二天施复要告辞，但是朱恩的母亲和妻子都认真挽留，于是施复就又住了一天。就在这一天，湖面上起了暴风雨。


## 命中该有钱


第三天，朱恩摇着船，陪着施复，带着桑叶回到了盛泽镇。邻居们都在码头上担心去买桑叶的家人，看见施复回来了，十分高兴，听说施复是从朋友家拿来的桑叶，自家的家人没有一起回来，又有点失望。

施复带着朱恩回家，跟妻子说了俩人结拜做兄弟的事情。朱恩也见了施复家里的儿子，觉得清秀可爱，心里非常满意。

这时候邻居家传来了哭声，原来那些过湖买桑叶的人遭遇了昨天的暴风雨，除了一个人幸存，其他人都死了。

施复暗暗觉得侥幸，如果当年没有遇到朱恩，没有还他的钱，他一定也在那条船上，命就没有了。

朱恩在施复家住了一天，施复把朱恩送上船，又给他带了礼物，约好要经常来往走动。

施复突然就走上了人生的快行道，这一年施复的蚕丝利息比别年多出好几倍，有了余钱，想要买附近的房子摆新机床。

"恰好间壁邻家住着两间小房，连年因蚕桑失利，嫌道住居风水不好，急切要把来出脱手，正凑了施复之便。"

施复要去买这两间房，邻居家这个人就开始坐地起价。之前没有买主的时候，他情愿减价给别人，等到施复想要成交，这个邻居觉得施复发了财，要价反而比原价还高，各种为难，搬走的时候，还把房子拆得像马棚一样。

我们在生活中不难见到这种人，交易的时候一定要躲开这样的人，买他的、租他的房子，真的倒了血霉了。

施复请了工匠重新修缮这两间小房。他亲自动手来挖铺设机床用的机坑，结果发现了一坛陈米。这些米早已坏了，施复就去翻那烂了的米，想看看下面还有没有好米。

底下却"露出一搭雪白的东西来。举目看时，不是别件，却是腰间细，两头趫，凑心的细丝锭儿"。施复怕被匠人们撞见，赶紧把坛子原样掩好。到晚上匠人走后，夫妻俩把银子搬出来，大概有上千两。

施复是个君子，但是君子跟傻子是两回事，如果邻居和他交易的时候，各种诚恳，只怕还可以把银子拿出来跟对方分享

（邻居应该也不是这笔钱的主人）。

对方已经各种欺负人了，那再去跟他说银子的事，可能还要被对方敲诈。比如如果恶邻声称："我这原本是先人留下的一万两，你却说只有一千两，其余的银子分明是被你偷了！"那施复就会有牢狱之灾、杀身之祸了。

施复拿这笔钱做了许多好事，剩下的用来扩大生产，日子久了，他就有了"长者"之名。

小说这样写："夫妻依旧省吃俭用，昼夜营运。不上十年，就长有数千金家事。又买了左近一所大房居住，开起三四十张绸机，又讨几房家人小厮，把个家业收拾得十分完美。儿子观保，请个先生在家，教他读书，取名德胤，行聘礼定了朱恩女儿为媳。"

施复修缮新房子的厅堂，要上梁，这在过去是一件大事，要挑吉日，工匠们都要去喝酒。施复发现有个柱脚不平，用力撬开下面的一块尖石头，又发现了一大堆银子。

施复赶紧叫儿子来帮忙，一起把银子搬空。这笔钱里有八个系着红丝线的小银锭子，特别可爱。

到了傍晚，门外来了一个老头儿，来问施复："您府上是今天上梁吗？"

"对呀，您有什么事？"

老头又问："家里是不是多了八个小银锭子，都带着红色丝线的？"

"您怎么知道？"

老头说："那是我攒的。我叫薄有寿，开了一个糕饼铺，攒下钱来，就铸成三两一个的小银锭子。我今早梦见八个系红腰带、穿白衣服的漂亮小男孩儿，开开心心商量要走。他们说盛泽施家要竖柱安梁，亲族都已到齐，他们也该去了！"

老头叹口气，又说："他们说多承我照顾，要跟我告辞。我问他们是谁家的孩子，指望着收个干儿子养老。没想到那孩子们说，你指望我们养老，但是我们另有去处！我醒了之后，发现钱果然都没了，就过来看看这个梦是不是真的。"

施复听罢，请薄老进去吃些点心。薄老进门一看：施家新竖起三间堂屋，房屋高大宽敞，木材粗壮，众匠人正在乒乒乓乓地干活，耳边唯闻斧凿之声。

这些匠人想要讨钱吃喜酒，见东家进来，都殷勤讨好。

薄老看着如此热闹，叹气道："怪道这东西欺我消受他不起，要望旺处去，原来他家怎般兴头！咦，这银子却也势利得狠哩！"

这段描写很有意思，冯梦龙讽世的话，借薄有寿的嘴说了出来。

其实银子不势利，银子最公平，你不挣，它不来，你不省，它存不住。你经营的是做小糕点的食品小铺，他开的是做奢侈品的绸缎工坊，你怎么去跟他比呢？食品变成大工业，是在现代的交通、防腐、包装、冷藏、物流等行业成熟之后，此前都是小买卖、小生意。

有钱人不一定都像《金瓶梅》里的西门庆那样，勾结官府、欺男霸女。

太平时期，勤劳、自律、节俭，足够让一个人发家致富了。

在今天也是如此，做小生意的，很多都买了房，在城市里扎下根来。

施复要把钱还给薄老，薄老不肯，于是施复把两块银子塞进馒头里，拿给薄老，嘴里还说："这馒头的馅儿好，您自己吃。"

薄老被施复的仆人送出门去，就把馒头送给了仆人，让他带回去给孩子。这仆人拿了馒头回来，施复就吃了一惊，薄老确实没有花这钱的命——也许这钱该是仆人的吧。

这仆人拿着馒头回去，他家媳妇看见馒头，觉得孩子吃了不好消化，就拿了馒头去找施大娘子，要换几块细点心。这银子就又还给了施复。

施复觉得过意不去，时常给薄老钱米，当亲戚走动。薄老去世之后，他又张罗了薄老的丧事。

施复成了本镇首富，儿子媳妇也都孝顺，夫妻二人都活到了八十多岁。

这个故事很有意思。

民间有一种看法，认为变富有的原因是行善积德；还有一种看法，那就是银子是有生命的，会化身为白色的动物。比如祖屋里出现白兔、白鼠，都是银子作怪。

其实这都是普通人不了解财富积累的逻辑，觉得财富充满了神秘感，他们认为施复有钱，就是因为他积了阴德，有运势，银子自然就来了。

当然不是了。施复发家致富的原因有这样几条：一、他对钱财有精确的规划，银子到手，马上拿来扩大生产，而不是拿来享受生活。这是商人的思路，也是理财的思路。二、他有实用主义的态度，他不迷信，只相信自己的勤劳和汗水。三、他看重声誉，好的声誉能换来更多的钱财。

这就是获得财富的三个条件。施复的行为和做法，有很浓重的商人色彩，但他务实、诚恳、朴实的处事风格，却能给我们很多启示。

# 举报是自私者的护身符——《白玉娘忍苦成夫》

今天还是拆解"三言",我们讲一个自私的人喜欢举报的故事。

日常生活中,我们会举报那些违法、犯罪、扰民的行为,这是公民应尽的义务,但对和你意见不合的人扣大帽子举报,这不是一个敞亮人的做法。

如果一个人同时是阴谋论者和举报狂人,那我们就要警惕了。今天就讲一个这样的故事,这就是《白玉娘忍苦成夫》。

## 程公子

南宋末年,有一个叫程万里的人,字鹏举(和岳飞一样,可见他对自己的期待），父亲曾经当过尚书。十九岁那年，程万里因为已故父亲的缘故，成了国子监的生员。

程万里长得高大威猛，爱谈兵书战策，曾经向朝廷献上了许多对蒙古人战、守、和的策略，后来因为得罪了宰相，仓皇出逃。原本计划去江陵投奔马光祖马大帅，结果走到汉口附近的时候，元朝大将兀良哈歹带兵打来了。

程万里被裹挟在一群难民当中，知道敌军快要来了，就提前动身逃命。走了很远的路，才发现包袱没有带，想要往回走，又怕遇到蒙古人，于是硬着头皮，准备一路要饭逃命。

兵乱时候要饭，大概相当于雨天借伞，是最不靠谱的一种思路。程万里看见远处有一支兵马杀了过来，赶紧往树林子里躲，结果被元兵抓了。

热血抗元青年，一旦落入敌手，也是无可奈何。程万里苦苦哀求，谎称是逃难的百姓，不是细作。这个时候，我们不能苛求程万里，先活下来确实是最重要的，但是以他的这种能力，确实不适合打仗。

元兵的一个万户叫做张猛，是一个汉人。

元是一个多民族国家，元军也是一支多民族的军队，蒙古人固然是精锐，充当突击的箭头，汉人在里面，充当炮灰。

张猛以前是兴元府（今陕西汉中）人，当年是个豪强，后来在宋军中做偏将，蒙古人来了之后，他杀了主将，投降了蒙古人，成了元朝的万户。

这种人需要不断搜罗汉人壮丁来充实自己的军队，保持自己的战斗力。我非常喜欢一个中日合拍的电影《敦煌》，里面的主角赵行德就是一个宋人，被西夏的汉人部队抓了壮丁，生生从一个书生变成了骑士。

张万户看见程万里长得相貌雄壮，就留作家丁。家丁可不是看家护院的，也是将领的私兵，明末的时候，最有战斗力的明军其实就是李成梁家的家丁，而《红楼梦》里，焦大之所以谁都敢骂，也是因为他当年跟宁国公上过战场。

程万里被送到兴元府待了一年多，宋元罢兵议和。张万户回了家，第一件事就是挑选抢来的壮丁，把高大威武的留下，剩下的一律卖给别人变现，程万里就被留下来了。

张万户看看大家说："你们幸而遇到我，才算有命，遇到别人，早就死了。这里虽然是异乡，但是我会拿你们当亲人看待，我今晚就给你们分配妻子，你们好好干活，不要生异心，将来在军中如果立了军功，一样可以富贵发达。"

这些人一听，只好流泪叩头，这毕竟比上大草原放羊当奴隶强多了。张万户又把掳来的女子带出来，分配给了大家。程万里领到的这个媳妇，十五六岁，生得十分美丽，不像个下人。

这姑娘受过教育，看着是个知书达理的。

程万里问她："小娘子叫什么名字，是自幼在这宅子里长大的吗？"

这姑娘哭了起来:"我姓白,叫玉娘,是重庆人。我父亲是余玠帐下的军官……"

余玠是南宋的名将,他常年驻扎四川,后来东下去驻守嘉定。余玠病死的时候,兀良哈歹趁机来攻打嘉定,白玉娘的父亲不屈而死。兀良哈歹见自己的士兵损伤很多,就下令屠城。张万户看玉娘年纪小,非常可怜,就留下做了奴婢。

程万里也说了自己的经历,两个人都是宋人,都是官员的孩子,沦落在异乡,泪眼相看,却把同情当作爱慕,做了夫妻。白天玉娘就进内宅服侍,晚上便回到自己家里。

到了第三天,程万里想到自己的前程,落下了眼泪。

**举报者**

"相公,你哭什么啊。"玉娘问。

"没有的事,没有的事。"程万里说。

程万里想要逃回宋地,但是他不肯跟玉娘说。玉娘心想,你不说,我来说。

"妾观郎君才品,必非久在人后者,何不觅便逃归,图个显祖扬宗?却甘心在此为人奴仆,岂能得个出头的日子?"

玉娘觉得丈夫不是一般人,劝他逃走,不让他做仆役家丁。

有人可能会说了,不对呀,元是敌国,玉娘为什么不用民族大义来劝丈夫呢？这正是"三言"这样的市井小说有意思的地方，它不太讲那些忠君、爱国的大道理，而是更关心个人的诉求和欲望。

玉娘也好，程万里也好，他们更关心个人的功名和前程，这是普通人对个人生活的期待。"三言"里的主人公，往往不是忠臣烈士，而是和我们一样，是一些关心个人前途、经营着自己的小天地的平凡人。

程万里相信阴谋论，他疑心张万户是在试他。其实张万户事务繁忙，不会没事儿来试他。可有的人就是这样，觉得自己是世界的中心，所有人都在围着他转。

程万里这样说："岂有此理！我为乱兵所执，自分必死。幸得主人释放，留为家丁，又以妻子配我，此恩天高地厚，未曾报得，岂可为此背恩忘义之事？汝勿多言！"

这话叫什么呢？叫官腔、场面话，特别正确。程万里提防妻子，情有可原，元人的残暴，他早有所闻，玉娘新婚三天说这个话，这其实就是交浅言深，程万里不信是正常的。

但是接下来的操作，说明程万里是个下流的人。

到明早起身，程万里思想："张万户教她来试我，我今日偏要当面说破，固住了他的念头，不来提防，好办走路。"

其实玉娘真的是试探的话，程万里昨天那些漂亮话就传到张万户耳朵里去了，程万里就算不提这事，也不会被张万户怀疑。但他不是，他准备出卖玉娘，让张万户放松警惕。

他请张万户到厅上坐下，说道："昨晚妻子忽然劝小人逃走。小人想来，当初被游兵捉住，蒙老爹救了性命，留作家丁，如今又配了妻子。这般恩德，还半点也没有报答。况且小人父母已死，亲戚又无，这里便是家了，还教小人逃到哪里去？小人昨夜已把她埋怨一番。恐怕她自己情虚，反来说一些话陷害小人，故此特禀知老爹。"

把自己摘得干干净净，全然不在乎玉娘的死活，她十五六岁一个小姑娘，全家都死光了，对元人的仇恨肯定是真的，这样去举报，那一定会害死她。

张万户大怒，教左右快取家法来，吊起玉娘打一百皮鞭。那玉娘满眼是泪，哑口无言。

程万里看到玉娘要挨打，觉得后悔了。他想："原来她是真心的，倒是我害了她了！"

正在危急之际，夫人来了。张夫人非常喜欢玉娘，说是主仆，其实有点像母女，见老爷要打玉娘，赶紧过来问情况。

张万户跟夫人一说，夫人走过来跟玉娘说："我一向怜你幼小聪明，特拣个好丈夫配你，如何反教丈夫背主逃走？本不当救你便是，姑念初犯，与老爹讨饶，下次再不可如此！"

斥责是严厉的，但是板子高高举起，轻轻落下，一句话就把玉娘给饶了。

但是这一饶，程万里又多心了。

"这么快就饶了，一定是夫人和万户两个人演双簧，他们跟玉娘都是一伙儿的，万幸我昨天晚上没说什么不靠谱的话，真是步步惊心啊。"

你看，脏心烂肺的阴谋论爱好者眼里，谁都是阴谋的一部分。

## 再次举报

到了晚间，程万里见到了玉娘，见她虽然满脸忧愁，但没有一点怨恨的意思。程万里想："这肯定还是在试探我，演，你继续演！"他说话更加谨慎了。

又过了三天，玉娘想说话，又不敢说，如此三四次，终于忍耐不住，开口说道："我真心实意地劝你，为什么却要去告诉主人呢！幸好夫人救我。你这样的才华和容貌，一定能成大器，为何还不早点去筹划？你若是贪恋这里的生活，早晚还是奴仆，哪有什么指望！"

程万里心里更加怀疑了："一定是张万户又让她来试我。"

第二天程万里又来报告张万户。张万户听了大怒："这贱婢如此可恨，快拿来敲死了罢！"

在元代，主人敲死奴婢，一点责任都不用负，何况程万里和白玉娘是掳来的奴婢。前面我们讲过一个南宋韩世忠打死奴婢的故事，现在是在北方元人的治下，奴婢的地位更低。

夫人见唤玉娘，料道又有事，不肯让她出来。

张万户心想："这婢子有了外心，不忠诚了，如果再放在程万里身边，程万里免不了会活动心思，就要跑路。"

张万户对程万里说："这贱婢两次三番诱你逃归，其心必有他念，料然不是为你。久后必被其害。待今晚出来，明早就教人引去卖了，别拣一个好的与你为妻。"

各位，这就是领导说话的艺术，你看张万户不说担心玉娘把程万里忽悠跑了，而是说这女人有别的心思，要把玉娘卖掉。

张万户也是个粗人，这种连自己老婆都能出卖的人，怎么可能忠诚？

程万里见说要卖他妻子，方才明白浑家是一片真心，懊悔失言，便道："老爹如今警戒两番，下次谅她也不敢了。她要再说，小人也断然不听。若把她卖了，只怕旁人会说小人薄情，成亲才六日，就把妻子卖了。"

这种辩白就是无力的，程万里这种自私的人，做决定之前根本就不考虑可能给对方带来什么后果，他但凡想想"万一玉娘不是奸细"这种可能性，也不会干这种缺德事。

张万户道："我做了主，谁敢说你！"

举报的后果不可预期，执掌被举报者命运的人不知道会做出什么样的决定，举报的按钮一旦按下，后面会发生什么事就没准了。程万里晚上回到自己房中，看见玉娘也回来，才明白自己就要失去她了。他这时候才意识到，她可能面临极其凶险的厄运，说一句生死未卜也不为过。

玉娘说："我拿你当丈夫，才诚心相告，不想你反而怀疑我有别的念头，几次举报给主人。主人是个暴脾气，怎么会不恨我呢？我恐怕是死无葬身之地了！我死不足惜，但你堂堂仪表，甘为下贱，实在是让人遗憾啊！"

程万里听说，泪如雨下，道："谢谢贤妻指引，我也是一时糊涂，怀疑主人让你来试我，才去举报的，不想把你给拖累了！"

程万里这个时候开始惊慌失措，又哭，又惋惜，可见没有智慧，也没有担当。玉娘倘若真有坏心，这会儿去举报给张万户，程万里估计就得去大草原放羊了。但是玉娘没有，她还是对程万里特别忠诚，真是让人心疼。

## 分别

玉娘和程万里抱在一起哽咽，又不敢放声大哭，眼看快到天明，玉娘用自己的一只旧鞋子换了程万里的一只鞋，当作信物，如果有机会重逢，就用它做相认的凭证。如果没有机会重逢，将来死的时候，这和它一起下葬。

天亮了，张万户吩咐把玉娘送到牙婆那里，卖到下等人家，"磨死这个贱婢"。

玉娘向张万户拜了两拜，起来对着丈夫道声"保重"，含着眼泪，同两个家人去了。程万里心如刀绞，无可奈何，送出大门而回。

玉娘很快就被人买走了，程万里打听不到任何消息，还是继续筹划他的南逃大业。这期间张万户要给程万里介绍对象，他总是说："不忙，等有机会在边境上挣个军功，再娶个好的。"

兀良哈歹这时候镇守鄂州，马上要过五十岁生日。张万户要给老首长送生日礼物，程万里就趁机申请，要去押送这批礼物。张万户有点犹豫："这风餐露宿的，你不怕辛苦吗？"

"正好路上锻炼锻炼。"

张万户就给他开了路引（介绍信），同时又安排家人张进同行。这下程万里傻了，本来准备一个人去，怎么又多出来一个人？

这就是程万里的蠢处，站岗和管钱，一定都是安排两个人，到今天也是如此。

到鄂州把礼物送给兀良哈歹，回程路上，张进病倒了。眼看张进病得不省人事，程万里拿了十两银子，让店家好好照顾张进，声称自己要去山东史丞相那里公干，一溜烟跑了。

史丞相大名叫史天泽，也是汉人，当时在山东平定抗元义军，程万里撒谎还是撒得很有水平的。

史天泽和后来灭宋的张弘范，虽然都是汉人，却一天宋人都没有做过，都是在北国土地上长大的，他们的精神气质，和南宋人都完全不同，一团的尚武精神，但和蒙古人相比，又懂治国和理政。

## 不同的命运

程万里凭着路引，一路顺利逃到了建康，又跑到了临安。他找到了枢密副使周翰，这人是他父亲的门生弟子，程万里就在他家教孩子读书。不久之后，周翰趁着朝廷招募功臣子弟的机会，给程万里补了福建福清县的县尉。

程万里在福建工作了二十多年，因为能力尚可，做官清廉，当上了闽中安抚使。这个官不小，是闽中这一路的长官。这时候忽必烈的大军已经打到了广东崖山，陆秀夫背着小皇帝跳海身亡，宋朝就这么灭亡了。

福建还没有遭到元兵蹂躏，当地的官员们决定投降元朝。元朝给他们人人加官三级，程万里当上了陕西行省参知政事。参知政事在宋朝是副宰相，但是元朝各行中书省（行省）都有参知政事，用今天的话说，就是副省级干部了。

当年的兴元府，归四川行省管辖，距离不远。程万里派出了家人程惠，到兴元府去寻找玉娘。

我们看看程万里，之前的一腔精忠报国之情，食君之禄的心，完全没有了，做完宋朝的官就做元朝的官，哪有什么节操可言呢？生活中爱举报都是这种人，向强权下跪，顺着风向摇摆。

却说玉娘，这二十多年可是受苦了。买她的人，是开酒店的顾大郎，顾大没有孩子，两口子总吵架，后来顾大娘就给他买了一个婢女，正是玉娘。大郎夫妻本来想让玉娘做妾，为顾大郎生儿育女，玉娘宁死不从。

玉娘道："婢子蒙大娘抬举，非不感激。但生来命薄，为夫所弃，誓不再适。倘必欲见辱，有死而已！"

玉娘夙夜织布纺线，为顾大郎夫妻工作。用这些劳动成果换我的贞洁，你们不会再说什么了吧。顾大娘发现这个姑娘很有意思，索性就把玉娘认作养女，不拿她当妾了。

玉娘拼命工作，用织出的布匹还了自己的身价，然后请求顾大娘，表示想要出家，顾大娘也就答应了。就这样，玉娘在尼姑庵里呆了十多年。

## 重逢

程惠来到兴元府，打听到张万户已经死了，再向当年的人牙子打听，得知玉娘被卖在顾家，赶紧去问。这时的顾大郎已经是一个白胡子老头儿了。

程惠经过顾家的指引，来到了尼姑庵，见到了玉娘。

只见堂中坐着个尼姑诵经，年纪虽是中年，人物倒还十分整齐。

程惠想道："应该就是她了。"他不进去打扰，就在门槛上坐着，从袖中取出两只鞋来细玩，自言自语道："这两只好鞋，可惜不全！"

程惠这个人也有意思，他不是上来就直接问尼姑是不是玉娘，而是拿出鞋子这个信物来，这也是试探。

那诵经的尼姑抬起头来，见一人坐在门槛上，手中玩弄两只鞋子，看起来与自己所藏的一模一样，那人却又不是丈夫，心中惊异，连忙收掩经卷，立起身向前问讯。

玉娘把鞋子藏了这么多年，肯定是在等程万里，所以"惊异"，连忙向前问询，一连串的表现和动作，写尽了她的心理。这个善良的人啊，吃了这么多苦，却依然没有绝望。

程惠急忙还礼。尼姑问道："檀越，借鞋履一观。"程惠将鞋子递给她，尼姑看了，道："檀越，这鞋是哪里来的？"程惠却不直接回答，道："是主人差来寻访一位娘子。"尼姑道："你主人姓甚？何处人氏？"

这就是想要认夫的意思。

程惠道："主人姓程名万里，本籍彭城人氏，现任陕西参政。"

程惠有点得意，说出这么大的官职，一会提出请求，主母应该不会推辞吧。程惠不知道主母被老爷举报的事。

尼姑听说，即向身边囊中取出两只鞋来，恰好凑成两对。尼姑的眼中，不，玉娘的眼中泪流不止。

程惠见了，倒身下拜道："相公特差小人来寻访主母。适才问了顾太公，指引到此，幸而得见。"

尼姑道："你相公如何得做这等大官？"程惠把程万里在闽中做官，投降元朝，后来在陕西做官的事，说了一遍。

这大官是投降得来的。程万里啊程万里，你这个每次都能从背叛中获益、爱举报的男人。

玉娘是这么说的："吾今生已不望鞋履复合。今幸得全，吾愿毕矣，岂别有他想。你将此鞋归见相公夫人，为吾致意，须做好官，勿负朝廷，勿虐民下。我出家二十余年，无心尘世久矣。此后不必挂念。"

为什么不肯走？说到底是恨他。因为还认他，所以把鞋子拿出来，但是还怪他，所以不肯跟程惠走。玉娘等着程万里亲自来道歉。

程惠带着两双鞋回来见程万里，说了玉娘不肯回来的事情。程万里也经历了风风雨雨，他知道当年亏欠了玉娘，那么今天就应该给足她体面和排场。

像我们一般人，肯定是直接自己带着礼物去尼姑庵门口，该说好话说好话，该道歉道歉，必要的时候跪下，求玉娘回来，也就是了。

但是程万里不是，人家那个思路，一看就是当领导的。程万里写了信给四川行省的负责人，这是他在福建时候的老领导，请他下一道公文，让兴元府的官员带着礼物去请玉娘。

兴元府不敢怠慢，准备了衣服、礼物，吹吹打打，亲自到玉娘出家的昙花庵来礼请。那时满城人家都听说了这件事情，当作一件新闻，扶老挈幼，争来观看。

到这个地步，玉娘就不能不出来。历朝历代，寺庙要生存下去，最重要就是要维护好和本地官府的关系。

当地官员送上礼物，玉娘不敢推辞，教老尼收了，谢过众官，玉娘把一半礼物送与老尼为终老之资，另一半嘱托地方官员将张万户夫妻以礼改葬，报其养育之恩。

钱的事别客气，这人情让他程万里还去。

玉娘又起了七昼夜道场，追荐白氏一门老小。

超度的是玉娘的家人，玉娘出家之后，一定超度过自家亲人，我怀疑，这次当着元朝官员超度被屠杀的家人，另有深意。玉娘对程万里做元朝的官，心里还是有芥蒂的。

直至陕西省城，那些文武僚属，准备了金鼓旗幡，离城十里迎接。程参政也亲自出城远迎。这个时候，程万里才算赔上了小心。

回至私衙，夫妻相见，拜了四双八拜，起来相抱而哭。各把别后之事，细说一遍。然后奴仆都来叩见，安排庆喜筵席，直饮至二更，方才就寝。这两个人，成亲只有六天，分离倒有二十余年。

结尾是"三言"常见的大欢喜结局，程万里当了平章，封了公爵，玉娘年纪大了，没法生育，但是给程万里纳了妾，生了两个儿子，后来也都做了官。

玉娘看中的相貌堂堂之人，果然像他的字"鹏举"一样，实现了飞黄腾达的目标。但是他的精神世界呢？这个人是一个卑鄙猥琐的人，你没法爱他，也永远没法知道他是不是真的爱你。

不知道程万里有没有认真反思过他的青年时期，检讨一下他造的孽、他犯的傻，不过看他人到中年的心气，应该是破罐子破摔了。

保护自己，警惕他人，是基本的人性。既要维护好自己的利益，又不能伤害他人，这是处理问题的基本原则。问心无愧最难，但是真的舒坦；突破底线很容易，给自己找个借口就行了，但是代价太高。一旦伤害了无辜之人，会跌入那种失足的懊恼当中，无法解脱。

希望大家都享受问心无愧的一生。